STEFAN KELLER

Kölner Grätsche

FUSSBALLMAFIA Der 24-jährige Exfußballer Rui Barque hat seine Karriere hinter sich. Bis vor zwei Jahren galt der Deutsch-Brasilianer als größtes Talent des 1. FC Köln. Ein brutales Foul beendete seine Laufbahn. Seitdem existiert seine Karriere nur noch virtuell – auf der PlayStation, wo er eine große Nummer bei den Königlichen von Real Madrid gibt. Dann wird seine Freundin Gabriela entführt.

Barque beauftragt Privatdetektiv Marius Sandmann mit der Suche nach ihr und den Tätern. Doch Marius will sich auf die Suche nach verschwundenen Kunstwerken spezialisieren und hat bereits ein gestohlenes Werk von Max Ernst im Visier. Als Belohnung winken 100.000 Euro. Geld, das der Privatdetektiv dringend gebrauchen kann. Während seiner Ermittlungen findet er heraus, dass beide Fälle über ein Knäuel an Verstrickungen miteinander im Zusammenhang stehen. Diesen gordischen Knoten kann er nur in Rio zerschlagen, der Welthauptstadt des Fußballs. Doch er wird dort nicht mit offenen Armen empfangen …

Stefan Keller, Jahrgang 1967, lebt und arbeitet als Autor, Dozent und Dramaturg in Köln. Nach einer Tätigkeit als Wirtschaftsjournalist und Theaterdramaturg schrieb er Hörspiele, Fernsehshows, Drehbücher, Bühnenstücke, Kurzgeschichten und Lyrik. Er lektoriert für Filmproduktionen und Fernsehsender und unterrichtet seit mehreren Jahren Schreiben als Lehrbeauftragter an der Universität zu Köln und am KOMED. »Kölner Grätsche« ist Kellers vierter Kriminalroman im Gmeiner-Verlag. Als Fußball-Blogger hat er sich in der Kickerszene bereits einen Namen gemacht.

Bisherige Veröffentlichungen im Gmeiner-Verlag:
Kölner Luden (2013)
Kölner Totenkarneval (2011)
Kölner Kreuzigung (2010)

STEFAN KELLER

Kölner Grätsche

Sandmanns vierter Fall

GMEINER *Original*

Personen und Handlung sind frei erfunden.
Ähnlichkeiten mit lebenden oder toten Personen
sind rein zufällig und nicht beabsichtigt.

Besuchen Sie uns im Internet:
www.gmeiner-verlag.de

Im Ehnried 5, 88605 Meßkirch
Telefon 07575/2095-0
info@gmeiner-verlag.de

1. Auflage 2014

Lektorat: René Stein
Herstellung: Julia Franze
Umschlaggestaltung: U.O.R.G. Lutz Eberle, Stuttgart
unter Verwendung eines Fotos von: © Lario Tus - Fotolia.com
Druck: GGP Media GmbH, Pößneck
Printed in Germany
ISBN 978-3-8392-1526-5

»Einige Leute halten Fußball für einen Kampf um Leben und Tod. Ich mag diese Einstellung nicht. Ich kann Ihnen versichern, dass es viel ernster ist.«

Bill Shankly, schottischer Fußballtrainer

TEIL I

ABSEITS

1

»Scheiße! Was machen die da?«

Rui Barque bremste scharf. Andernfalls wäre er mit seinem weißen Audi Q5 auf den Kleintransporter geknallt, der in der Auffahrt des Parkhauses stand und in der Spirale, die ins Freie führte, erst im letzten Moment zu sehen war. Es sah aus, als habe der Fahrer den Wagen einfach hier abgestellt.

Seine Freundin Gabriela, die neben ihm auf dem Beifahrersitz saß, wurde kurz nach vorne geworfen und vom Gurt nach hinten gezogen.

»Verdammt, Rui! Ich kotz gleich!«

Rui wollte auf die Hupe drücken, stoppte mitten in der Bewegung, als sich die beiden Türen des Transporters öffneten. Zwei schwarz gekleidete und mit Sturmhauben maskierte Männer sprangen aus dem Wagen und liefen auf sie zu. Der Mann auf Ruis Seite zielte mit einer Art Sturmgewehr auf den jungen Brasilianer, sein Kompagnon mit einer Pistole auf Gabriela. Der Mann mit dem Gewehr blieb vor der strahlend weißen Motorhaube des Q5 stehen. Rui konnte seine blauen Augen in der schwarzen Maske sehen, die ihn unverwandt anstarrten. Der andere Mann zwängte sich am Wagen vorbei und riss die Beifahrertür auf. Er beugte sich in den Wagen hinein, hielt Gabriela seine Waffe an die Schläfe, während er über sie hinweggriff, um den Gurt zu lösen. Schließlich packte er Ruis Freundin, zerrte sie aus dem Audi heraus und in den Transporter hinein.

Erst als Gabriela und der Mann mit der Pistole im Wagen saßen, zog sich der zweite Angreifer zurück, Gewehr und Augen weiter auf Rui gerichtet.

»No police!«, brüllte er. »No police!«

Schließlich sprang er in den Transporter, startete den Motor und gab Gas. Der Wagen schleuderte leicht, als er die kurvige Auffahrt hochjagte. Ruis Hand hing immer noch über der Hupe.

2

»Eigentlich erlauben wir das nicht.«

Der Mann mit den grauen Haaren und dem elegant geschnittenen hellblauen Hemd musterte Marius Sandmann abschätzig. Der Privatdetektiv stand in einem Büroflur in der Straße mit dem schönen Namen Obenmarspforten, nur einen Steinwurf vom Wallraf-Richartz-Museum entfernt.

Dessen Direktor, Anton Malven, hatte ein gutes Wort für Marius eingelegt. Immerhin hatte Marius dem Wallraf vor einigen Jahren ein Gemälde des mittelalterlichen Malers Stephan Lochner wiederbeschafft. Ein Sensationsfund, den Malven ins Zentrum einer spektakulären Ausstellung gerückt hatte.

Jetzt stand der Detektiv in den Büros des ›International Art and Antique Loss Register‹, dessen deutsche Niederlassung in einem schlichten Wiederaufbau aus den 1950er-Jahren untergebracht war. Der Leiter dieser Niederlassung hieß Wolfgang Breitbach und schien sich an fast allem an Marius zu stören – den kurzen Haaren, der schwarzen

Brille, der Umhängetasche, dem ebenfalls schwarzen Kapuzenpulli unter der Seemannsjacke, den Jeans und den Vans. Wahrscheinlich passte seine Anwesenheit Breitbach generell nicht in den Kram. Dass er so tat, als habe das Telefonat, das sie beide gestern geführt hatten, nie stattgefunden, ergänzte dieses Bild. Manche Gespräche, überlegte der Detektiv, sollte er vielleicht einfach aufzeichnen.

In gewisser Weise verstand Marius ihn sogar. Selbst wenn er bezweifelte, jemals mit einer Institution wie dem Art Loss Register konkurrieren zu können, holte sich Breitbach einen potenziellen Konkurrenten ins Haus. Das Unternehmen hinter dem Register fahndete nach verschwundenen Kunstschätzen und sammelte Informationen über sie in der weltweit größten Datenbank zu diesem Thema. Wer immer auf ein Bild stieß, dessen Herkunft ihm zweifelhaft erschien, hatte hier die Möglichkeit herauszufinden, ob es eventuell gestohlen war. Ebenso konnte man sich einen Überblick verschaffen, nach welchen Bildern derzeit gefahndet wurde. Aus diesem Grund war Marius hier.

Trotz einiger spektakulärer Fälle lief seine Detektei schleppend. Umso mehr, weil er bestimmte Auftragsangebote, etwa das Ausspionieren von Mitarbeitern größerer Firmen, ausschlug. Als früherer Kunstgeschichtsstudent hoffte er, mit der Suche nach verschwundenen Kunstwerken sein Auskommen zu finden. Zwar hätte sich Marius ebenso gut über das Internet Zugang zu den Informationen des ALR verschaffen können, nur hätte das 70 Euro gekostet – für jede Anfrage! Er musste zunächst prüfen, bei welchen Bildern oder Kunstgegenständen in der Datenbank sich für einen Einzelkämpfer wie ihn Ermittlungen überhaupt lohnten. Breitbachs Verhalten ließ ihn kurz darüber nachdenken, dass eine Online-Anfrage vielleicht die bessere Alternative gewesen wäre, doch der Grauhaarige lenkte schließlich ein und deutete auf einen Garderobenständer neben der Tür.

»Sie können Ihre Jacke dort aufhängen. Ihre Tasche lassen Sie bitte ebenfalls hier.« Mit diesen Worten wandte er sich um und ließ Marius im Flur zurück. Der Detektiv legte seine Jacke ab, nahm Stift, Papier und Handy aus der Tasche und folgte Breitbach in ein funktional eingerichtetes Büro.

Breitbach schüttelte den Kopf. »Ich muss Sie bitten, Stift und Papier hier zu lassen. Sie dürfen keine schriftlichen Aufzeichnungen machen.«

Mit einem Achselzucken legte der Detektiv sie auf Breitbachs Tisch. Er konnte genauso gut ins Handy tippen, sprechen oder Bilder machen. »Das Handy hätte ich ebenfalls gerne. Die kleinen Biester haben heute exzellente Kameras und Aufnahmefunktionen.«

Ein kurzes triumphierendes Grinsen huschte über Breitbachs Gesicht, als Marius ihm sein Smartphone aushändigte. Dann wies er ihm einen Computer in einem fensterlosen Nebenraum zu. »Und beeilen Sie sich, um halb eins machen wir Mittag.«

Zum Glück wusste der Detektiv, wonach er suchen musste. Er wollte sich auf Kunst beschränken, die in Köln gestohlen worden war. Hier konnte er eine Suche am besten beginnen. Also gab er Köln als Tatort in die Suchmaske des Registers ein. Die Datenbank war ergiebiger, als der Detektiv erwartet hatte. Es war erstaunlich, wie viele Bilder tagtäglich ›verloren‹ gingen. Selbst aus den Kölner Museen waren in den letzten Jahren einige Werke abhanden gekommen. Er scrollte die Liste langsam herunter, die wenigsten Bilder schienen ihm wertvoll genug zu sein, als dass jemand bereit wäre, für ihre Wiederbeschaffung viel Geld zu bezahlen. Marius rechnete mit nicht mehr als zehn Prozent des Schätzwertes und das nur bei wirklich namhaften Künstlern. Dennoch war er überzeugt, dass die Suche nach verschwundenen Kunstwerken ein profitabler Geschäftszweig sein könnte. Schließlich blieb er bei einem Bild hängen.

Das Foto des Gemäldes zeigte eine surrealistische Landschaft in kräftigen Rot-, Blau- und Brauntönen, die Figuren schienen zugleich mit der Landschaft zu verschmelzen und sich halb abstrakt aus ihr herauszuschälen. Ein weißer Fleck in der Mitte wirkte wie ein Ball, um den herum sich die Figuren zu gruppieren schienen. Bis vor einem Jahr hatte dieses Bild in einer Kölner Galerie gehangen, aus der es unter ungeklärten Umständen verschwunden war. Der Name des Künstlers ließ Marius aufhorchen: Max Ernst, geboren in Brühl und bis Anfang der 1920er-Jahre in Köln aktiv gewesen, war einer der ganz großen Maler des letzten Jahrhunderts. ›Die Ballspieler‹, dessen Foto Marius vor sich sah, war definitiv das wertvollste Gemälde, das in den letzten Jahren in Köln gestohlen worden war.

Ein Bild aus der gleichen Periode hatte bei einer Versteigerung 16 Millionen Euro gebracht, bei einem Schätzwert von sieben Millionen. Bei zehn Prozent Finderlohn könnte es sich lohnen, die ein oder andere Frage zu stellen. Kurz schaute er sich hinten um. Breitbach hockte an seinem Schreibtisch und telefonierte. Gelegentlich sah er zu Marius hinüber.

Der Detektiv überzeugte sich, dass Breitbach den PC nicht im Blick hatte. Anschließend zog er einen USB-Stick aus der Hosentasche und kopierte den Inhalt der Seite. Hinter sich hörte er Schritte. Rasch zog er den Stick ab und hielt ihn in der Hand verborgen. Breitbach stand im Türrahmen und musterte ihn. Marius' Herz pochte leicht.

»Sie müssen langsam zum Ende kommen. Ich schließe gleich ab.«

Erleichtert lächelte der Detektiv. »Kein Problem, ich bin hier in zwei Minuten fertig.«

Breitbach nickte und ging. Marius ließ den Stick erleichtert in der Hosentasche verschwinden.

Nicht einmal eine Stunde hatte sein Termin beim Art Loss Register gedauert. Fünf verpasste Anrufe zeigte das Display seines Handys, als Marius es draußen auf der Straße überprüfte. Breitbach bog da bereits um die Ecke zur Gürzenichstraße, ohne sich noch einmal umgedreht zu haben. Alle Anrufe kamen von der gleichen ihm unbekannten Nummer. Insgesamt dreimal hatte der Anrufer eine Nachricht hinterlassen. Es eilte offenbar.

Gerade als er die Mailbox abhören wollte, kam ihm eine lärmende Gruppe Schüler entgegen, von denen sich einige übermütig hin und her schubsten. Marius wechselte auf die andere Seite der schmalen Straße. Dem Lärmpegel tat das keinen Abbruch. Erst ein paar Schritte auf Obenmarspforten in Richtung Hohe Straße verschafften ihm mehr Ruhe.

Die Marspfortengasse, auf der er nun stand, sah aus, als diente sie der parallel verlaufenden Hohe Straße als eine Art Hinterhof. Im Grunde tat sie das auch. Gesichts- und teilweise fensterlose Fassaden, Mülltonnen vor Eisentoren und keine Menschenseele weit und breit. Im Mittelalter war dies eine der besten Adressen der Stadt gewesen, dachte der Kunsthistoriker. Jetzt war ihre Leblosigkeit perfekt für Marius, der sich das Handy ans Ohr hielt.

»Hallo. Ist dort Sandmann? Privatdetektiv Sandmann? Ich müsste Sie sprechen. Bitte rufen Sie mich zurück.« Keine weiteren Angaben. Marius hasste das.

Piep.

»Hallo? Herr Sandmann? Bitte melden Sie sich! Es ist dringend!« Der leichte Akzent ließ Marius auf einen ausländischen Anrufer tippen. Ein kurzes Geräusch wie von einem Schluchzen. »Sehr dringend!«

Die dritte Nachricht bestand nur aus einem kurzen Knacken, als der Anrufer die Verbindung unterbrach. Seufzend drückte der Privatdetektiv die Rückruftaste. Nach dem ersten Klingeln hob jemand ab.

»Hallo?«

»Sandmann, Privatdetektiv. Sie haben mich angerufen?«

»Ja, ja, ja! Richtig. Gut, dass Sie zurückrufen. Ich wusste schon gar nicht mehr, was ich tun sollte. Es ist wichtig!« Eine schnelle, atemlose Stimme. Marius konnte leise Schritte hören, als liefe sein Gesprächspartner auf und ab. Der Detektiv dachte an einen nervösen Tiger hinter den Gitterstäben eines Zirkuswagens.

»Sagen Sie mir doch erst einmal Ihren Namen!«

»Rui Barque! Ich brauche Ihre Hilfe. Dringend!«

»Worum geht es?«

»Meine Freundin! Sie ist weg!«

Das kam vor, dachte Marius zynisch. Vor etwa einem Jahr hatte seine eigene Freundin ihn ohne ein Wort der Erklärung verlassen. »Okay, Rui. Was heißt ›weg‹? Ist sie verschwunden? Hat sie eine Nachricht hinterlassen?«

»Nein, nein! Sie verstehen mich nicht. Riela wurde entführt!« Rui gab Marius einen ausführlichen Bericht über das, was am Vormittag geschehen war. Marius versuchte dem atemlosen Tempo seines Gesprächspartners so gut es ging zu folgen.

Er überlegte nicht lange, was er antworten sollte. »Ganz ehrlich, Sie sollten die Polizei anrufen, Rui, ich sehe …«

»Nein!«, brüllte Barque in das Telefon. »Sie haben gesagt: ›Keine Polizei!‹ Sie werden Gabriela etwas antun!«

»Okay, okay, nur weiß ich nicht, wie ich Ihnen helfen kann. Ich habe nicht die Möglichkeiten, die die Polizei hat, und ich bin mir sicher, dass die Beamten einen solchen Fall unauffällig untersuchen können, ohne dass die Entführer das bemerken.«

»Nein, nein, nein! Das ist zu gefährlich. Ich möchte, dass Sie vorbeikommen.«

»Ich bin mir nicht sicher, ob das eine gute Idee ist, Rui«, sagte Marius.

»Ich muss doch irgendetwas tun«, erwiderte Rui. Falls er mehr hatte sagen wollen, ging es in einem Schluchzen unter.

Eine halbe Stunde später parkte Marius seinen alten Renault 19 vor einem zweistöckigen Klinkerbau in Hürth. An der Seite des Hauses befanden sich zwei Garagen. Vor einem der weißen Tore parkte ein ebenso weißer Audi SUV. Im Vorbeigehen blickte Marius hinein. Auf dem Rücksitz standen vier Einkaufstüten mit den Labels ziemlich teurer Designer. An der Haustür schellte er an der oberen der beiden Klingeln. Aus der Gegensprechanlage erklang verzerrt Ruis schnelle Stimme mit dem leichten Akzent. Ein brasilianischer Akzent, wie Marius inzwischen herausgefunden hatte. Trotz der Verzerrung war ihm seine Unruhe anzuhören.

»Ja, bitte?«

»Sandmann, Privatdetektiv. Wir sind verabredet.«

»Ja, ja …« Eine kurze Pause. Marius fragte sich bereits, ob die Freundin inzwischen heimgekommen war, dann sprach Barque weiter. »Haben Sie einen Ausweis, den Sie mir zeigen können?«

Marius zog seinen Personalausweis aus dem Portemonnaie und hielt ihn vor das Fischauge neben der Klingel, hinter dem sich eine Kamera verbarg. Der Summer ertönte, Marius drückte die Tür auf.

Rui Barque erwartete den Detektiv an seiner Wohnungstür im ersten Stock. Er mochte kaum älter als 23 Jahre sein. Hätte er keine Plastikschlappen an den Füßen getragen, hätte er in seiner kunstvoll zerschlissenen Jeans, dem wild bedruckten T-Shirt und dem locker um den Hals geworfenen Tuch einem Modemagazin für Männer entsprungen sein können. Der Detektiv streckte ihm die Hand entgegen, Rui erwiderte den Händedruck flüchtig. Er schwitzte.

Gemeinsam betraten sie einen großzügigen Wohnraum mit Marmorfußboden. Die Möbel wirkten einfach, wie aus dem Katalog zusammengekauft, sah man von dem Flachbildfernseher ab, der eine der schmalen Wände des Raums beherrschte und vor dem ein schwarzes Sofa aus Lederimitat den Raum unterteilte. Rui ging an ein Fenster und blickte hinaus, als erwarte er, dort gleich seine Freundin zu erblicken. Vielleicht stellte er sich vor, wie sie ihn sah, lachte und ihm zuwinkte. Doch nichts geschah. Rui verharrte ein paar Sekunden, bevor er in eine hinter einer offenen Theke liegenden Küche lief und sich ein großes Glas Wasser am Hahn eingoss.

»Wollen wir uns nicht setzen?«, schlug Marius vor und deutete auf drei schwarz lackierte Hocker vor der Theke.

»Natürlich, entschuldigen Sie!« Er kam um die Theke herum.

Marius registrierte, dass Rui das linke Bein leicht nachzog. Als er sich auf einen der beiden Hocker setzte, hielt er das Knie seltsam ungelenk. »Was ist mit Ihrem Bein?«

»Sportverletzung.« Auf dem Weg hatte Marius einen

raschen Blick mit dem Smartphone ins Internet geworfen, um herauszufinden, mit wem er es überhaupt zu tun hatte. Rui Barque war bis vor zwei Jahren Fußballprofi beim 1. FC Köln gewesen. Eine Verletzung aus einem belanglosen Testspiel gegen eine russische Mannschaft hatte seiner Karriere ein jähes Ende bereitet. Da Rui darüber nicht weiter reden wollte, ließ Marius das Thema fallen. Er konnte sich später immer noch im Netz darüber informieren.

»Haben Sie über meinen Vorschlag nachgedacht?«

»Welchen Vorschlag?« Der Ex-Fußballprofi blickte ihn fragend an. Mit einem Bein stand er bereits wieder auf dem Boden. Marius vermutete, dass es nur noch Sekunden dauern würde, bis Rui erneut durch den Raum tigern würde.

»Zur Polizei zu gehen.« Rui sprang vom Hocker herunter, lief ein paar Schritte, kehrte um. »Es ist wirklich das Beste, das Sie tun können. Die haben Experten für solche Fälle und treten sehr diskret auf.«

Rui schüttelte energisch den Kopf. Seine scharfen Gesichtszüge ließen immer noch den Profisportler erkennen. Die geröteten Augen zeugten jedoch deutlich von dem Stress, unter dem der Junge stand. »Nein! Wenn Polizei und Prominenz zusammentreffen, bleibt nichts geheim. Selbst wenn meine Karriere im Arsch ist«, führte er nach einer kurzen Pause bitter an. »Irgendwer wird reden.«

Marius hätte gerne ein Argument dagegen vorgebracht. Leider kannte er die Presse in dieser Stadt so gut wie die Polizei. »Sie«, Rui packte Marius am Arm, »können sich viel unauffälliger umhören. Sie haben bestimmt Informanten, die Ihnen helfen!« Hoffnung lag in Ruis Augen. »Oder?« Mit roten Äderchen durchzogener Zweifel verdrängte die Hoffnung rasch. Marius fragte sich, wie lange Barque diese Gefühlswechsel aushalten würde. Vielleicht brauchte er einen Psychologen dringender als einen Privatdetektiv. Seine schlanken Finger bohrten sich in Marius Oberarmmuskeln. »Sie müssen mir helfen! Bitte!« Marius sah die Tränen im Gesicht des jungen Mann und wusste, dass er aus diesem Fall nicht mehr herauskonnte.

3

Obwohl er kleiner war als alle anderen, ließen sie ihn immer mitspielen. Der zehnjährige Rui Barque war eine kleine Berühmtheit in seiner Straße. Nicht einmal so sehr wegen seiner Ballsicherheit und den Tricks, die er auf dem Sandplatz zwischen den halbfertigen Häusern zeigte, sondern wegen seiner Ruhe und Umsicht am Ball. Selbst die älteren Jungen verloren schnell die Übersicht im Eifer des Gefechts. Rui nie. Am Ball hatte er alles unter Kontrolle. Er liebte das Spiel. Als das Mädchen mit den braunen Locken das erste Mal auf dem kleinen Hügel aus Ziegelsteinen saß, der neben dem Platz aufgetürmt war und Nacht für Nacht immer kleiner wurde, leistete er sich seinen einzigen Fehlpass an diesem Nachmittag und die anderen Jungen lachten.

»Macht sie dich nervös, die kleine Riela?«, riefen sie. Übermütig versuchte ihn einer der Gegner zu tunneln. Das konnte Rui ihm nicht durchgehen lassen. Er spitzelte ihm den Ball vom Fuß, legte ihn sich kurz zurecht und hob ihn über fast das gesamte Feld, Freund und Feind hinweg ins gegnerische Tor, ein mit Kreide gezeichnetes Rechteck auf der gegenüberliegenden Hauswand. Seine Mitspieler klatschten ihn begeistert ab.

»Willst die kleine Riela wohl beeindrucken«, rief ihm einer aus der anderen Mannschaft zu. Alle lachten. Außer Rui, der den Ball, den ihm jemand zurückgeworfen hatte, wütend wegdrosch. Aus dem Augenwinkel konnte er sehen, dass Riela mitlachte. Sie klatschte in die Hände, in ihrem Lachen war keine Spur von Spott. Es erschien Rui wie die reine Freude. Von diesem Tag an kam sie täglich zu dem Sandplatz zwischen den beiden Häusern.

4

Kopf nach unten hing Marius Sandmann an der Stange seines Türrecks. Die Hände hielt er hinter dem kurzgeschorenen Schädel verschränkt, dann zog er sich zusammen und versuchte mit dem Kopf so nahe an die Knie zu gelangen, wie es nur ging. Was früher einmal sein gemeinsames Wohnzimmer mit der Journalistin Verena Talbot gewesen war, nutzte er inzwischen fast ausschließlich als Sportraum. Nachdem sein Vermieter sich bereit erklärt hatte, die Fenster im Erdgeschoss mit abschließbaren Türgriffen zu versehen, hatte er die Kugelhanteln, die er als Einbruchssicherung vor ihnen aufgebaut hatte, aus dem Büro hoch ins Wohnzimmer der Maisonette gebracht, das Türreck fest in einer Ecke des Zimmers verdübelt und seine neueste Errungenschaft, eine Langhantelbank, dort aufgebaut, wo ein Couchtisch hätte stehen sollen. Das Training half ihm, die unangenehmen Gefühle aus dem Gespräch mit Rui Barque abzubauen und seine Gedanken zu klären. Zuvor hatte er über den früheren Fußballprofi und seine Freundin im Internet recherchiert.

Rui war mit 17 aus Brasilien nach Deutschland gekommen und spielte zunächst in der Jugend von Bayer Leverkusen. Nach einem Jahr wechselte er auf die andere Rheinseite zur U19 des 1. FC Köln. Ein weiteres Jahr später gab er sein Debüt in der Profimannschaft des Vereins. Er galt als talentiert, wenngleich Marius bei Durchsicht einiger YouTube-Filme den Eindruck hatte, dass sich Barque neben Talent durch ein ausgeprägtes Phlegma auszeichnete. Auf der anderen Seite interessierte sich der Privatdetektiv nicht für Fußball und war wahrlich kein Experte. Selbst die bevorstehende Weltmeisterschaft in Ruis Heimat Brasilien ließ ihn kalt. Ganz im Gegenteil: die Vorstellung eines Public Viewings mit Tausenden von Menschen ängstigte ihn.

Ein Artikel, den er bei seiner Internetrecherche gelesen hatte, hatte ihn in seiner Abneigung noch verstärkt. Frank Schaffrath, ein junger Rechtsanwalt, war zufällig bei einem Spiel des FC in einen Polizeieinsatz geraten und von einem Beamten zusammengeschlagen worden. So zumindest stellte es die Journalistin dar, die Marius nur allzu gut kannte: Verena Talbot. Meist widerstand er der Versuchung, Neuigkeiten über sie im Netz zu suchen. Dennoch las er regelmäßig, was sie schrieb, persönlich gesprochen hatten sich die beiden seit einem Jahr nicht mehr. Trotzdem wusste er, dass Verena in diesen Bericht persönlich involviert war, handelte es sich bei dem Rechtsanwalt doch um ihren neuen Freund.

Rui stand bei diesem Spiel schon nicht mehr auf dem Platz. Bevor er sein Phlegma ablegen konnte, traf der Fuß eines Gegenspielers sein Kniegelenk, zertrümmerte mehrere Bänder und mit 22 Jahren war Ruis Traum einer Fußballkarriere in Europa ausgeträumt. Was er seitdem tat, hatte Marius weder dem Internet noch dem Mann selbst entlocken können. Nichts davon half dem Detektiv weiter. Über Ruis Freundin Gabriela wusste das Netz fast gar nichts zu berichten. Der Brasilianer hatte von ihr geschwärmt. Für einen kurzen Augenblick schien die Erinnerung die Sorgen zu verdrängen. Nie zuvor hatte Marius jemanden gesehen, der über seine Freundin in derartige Verzückung geriet. Das Foto, das er dem Detektiv für seine Suche mitgegeben hatte, zeigte eine hübsche Dunkelhaarige mit ausgeprägten Locken und einem sympathischen Lächeln. Der Detektiv hatte sich Spielerfrauen immer anders vorgestellt und die Bilder, die eine entsprechende Suche im Internet hervorgebracht hatten, bestätigten ihn.

Doch nirgends fand sich ein Hinweis auf mögliche Entführer und selbstverständlich war Rui überzeugt, dass niemand in seinem Umfeld dahintersteckte. Ebenso selbstverständlich war ihm nichts in den letzten Tagen aufgefallen oder verdächtig vorgekommen. Nur zögernd hatte er Marius gestattet, ihre persönlichen Sachen zu durchsuchen. Auch diese hatten ihm keine Hinweise auf den Hintergrund ihrer Entführung geben können. Ohne wirklich zu glauben, dass sie ihm weiterhelfen würden, hatte er ein paar Papiere Gabrielas mitgenommen. Darunter einen Zettel mit drei Nummern. Er hatte sie angerufen. Zwei ließen sich keinem Anschluss zuordnen. Die dritte gehörte einer Familie im südlichen Stadtteil Godorf. Die

Frau, mit der Marius gesprochen hatte, konnte sich nicht erklären, wie Gabriela an ihre Telefonnummer gekommen war. Marius hatte die Namen der Frau und ihres Mannes im Netz recherchiert und ebenfalls keinerlei Verbindung mit Gabriela feststellen können. Vielleicht hatte sie mit dem Mann ein Verhältnis?

Marius zog die Bauchmuskeln an, als er sich nach vorne beugte und den Kopf bis hoch an die Knie zog. Er spürte einen ersten, leichten Schmerz in den Muskeln, der verschwand, als er den Kopf senkte.

Was sollte er tun? Sich in Ruis Nachbarschaft umhören? Vielleicht hatte jemand einen Wagen beobachtet, der dort geparkt hatte, oder Männer, die dort nicht hingehörten. Die Chancen waren gering. Er bereute es, dass Ruis Verzweiflung ihn weichgeklopft hatte. Das war kein Fall für einen Detektiv. Vermutlich mussten sie einfach warten, bis die Entführer sich meldeten. Bis dahin würde er sich in Ruis Umfeld umhören. Mehr konnte er nicht tun.

Nur auf den ersten Blick wirkte Esteban Chavez entspannt. Bereits zum dritten Mal in fünf Minuten schob er den violetten Ärmel seines Hemdes hoch, um auf die Uhr zu schauen. Ebenso häufig hatte der Mann mit dem grau melierten Haar und dem kräftigen Schnauzbart sich in der Lobby des Lindner Hotels der Leverkusener BayArena umgeschaut. Marius Sandmann saß ihm in einem tiefen, weißen Sessel gegenüber, ein ebenfalls weißer, wie ein S geschwungener Beistelltisch trennte sie.

»Auf wen warten Sie?«, fragte Marius.

»Oh, auf niemand Bestimmtes«, antwortete Chavez, »in meinem Geschäft muss man immer schauen, wer einem begegnen könnte. Vor allem an einem Ort wie diesem.

Außerdem habe ich gleich noch einen Termin.« Er zog sich den Hemdärmel zurecht und beugte sich nach vorn. »Wir sprachen über Rui.«

Marius nickte. »Erzählen Sie über Rui Barque! Sie waren sein Berater, nicht wahr?«

»Das stimmt. Eine Schande, was ihm passiert ist. Ein so begabter Spieler! Aus ihm hätte ein richtig Großer werden können.«

»Ich habe mir ein paar Videos angeschaut. Auf mich wirkte er ein wenig phlegmatisch.«

Chavez kniff das Gesicht zusammen. »Teils, teils. Manchmal war er natürlich zu ruhig. Da fehlte ihm der Biss. Trotzdem: dieses Talent!« Er warf theatralisch die Arme in die Luft.

»Kennen Sie seine Freundin?«

»Gabriela?« Chavez wackelte abwägend mit dem Kopf. »Flüchtig. Sie kennen sich aus Brasilien und sind gemeinsam nach Europa gekommen. Ohne sie hätte er es hier nicht ausgehalten. So eine Bezugsperson ist für einen jungen Spieler extrem wichtig.«

»Ja, er liebt sie sehr, nicht wahr?«, fuhr Marius fort. Chavez lächelte zustimmend. Der Detektiv sprach weiter. »Die beiden waren noch recht jung. Rui war gerade 17, als er nach Deutschland gekommen ist. Gabriela dürfte kaum älter gewesen sein.«

»Sie war 18. Sie ist ein Jahr älter als er.«

»Wo haben sie gewohnt?«

»Rui kam bei einer Familie unter. Wenn möglich vermitteln wir den jungen Spielern, die aus Südamerika kommen, Gastfamilien, in denen sie leben können. Das erleichtert das Zurechtkommen hier.«

»Und Gabriela?«

»Ich weiß nicht, wo sie gewohnt hat. Mit 18 ist Rui mit ihr zusammengezogen. Als er zum FC gewechselt ist.«

»In die Wohnung in Hürth? Schicke Wohnung für einen so jungen Mann.«

Der Berater zuckte mit den Achseln. »Er hatte seinen ersten Profivertrag unterschrieben. Da kann man sich das gönnen. Und unter uns: eine Wohnung ist solider als das, was sich manch andere Spieler bei so einer Gelegenheit leisten. Gabriela hat einen guten Einfluss auf ihn.«

»Könnten Sie sich vorstellen, dass Rui in irgendwelche krummen Dinger verwickelt ist?«

»Rui?« Chavez schüttelte den Kopf. Nach einem weiteren Blick auf die Uhr schaute er hinter sich in den Raum. Als er nur den Barkeeper wahrnahm, der an der Kasse beschäftigt war, wandte er sich zurück an den Detektiv. »Ich wüsste nicht, in was er verwickelt sein könnte. Sie sagten, er werde bedroht?«

»Nun, ich kann Ihnen nichts Genaueres sagen. Er fühlt sich nicht sicher zurzeit.«

»Er macht eine schwierige Phase durch.«

»Das meinte ich nicht.«

Chavez fixierte Marius. »Sagen Sie mir, in welchen Schwierigkeiten Rui steckt, Herr Sandmann. Selbst wenn er nicht mehr spielt, er ist immer noch ein Freund. Außerdem: Ich habe ihn hergeholt. Wenn es Ärger gibt, bin ich dafür ein Stück weit mitverantwortlich.«

Marius hatte Rui versprechen müssen, mit niemandem über die Entführung zu reden. Der frühere Fußballprofi fürchtete, dass irgendetwas zu den Entführern durchsickern und seine Freundin gefährden könne. Der Detektiv hatte ihn darauf hingewiesen, dass das seine Ermittlungen erschwere und dass er eventuell sein Versprechen brechen müsse. Er entschied sich für die halbe Wahrheit.

»Es scheint so, als plane jemand, ihn oder Gabriela zu entführen.«

»Ihn entführen? Oh Gott!« Chavez schlug die Hand vor den Mund, lehnte sich weit zurück, als könne er sich damit von der schlechten Nachricht, der Drohung, die über seinem früheren Schützling hing, fernhalten. »Er soll bloß vorsichtig sein.«

»Kommt es öfter vor, dass Spieler entführt werden? In den Zeitungen liest man wenig davon.«

»Hier in Europa, gerade in Deutschland, passiert das selten. Da, wo ich herkomme, in Brasilien, werden öfter Verwandte von Spielern, manchmal Spieler selbst, entführt. Meist geht es glimpflich aus. Wenn die Familien Lösegeld zahlen.«

»Ist bei Rui viel zu holen? Seine Karriere ist vorbei und selbst wenn er ein, zwei Jahre gut verdient hat – er ist kein schwerreicher Fußballstar.«

»Für Sie nicht. Nach brasilianischen Maßstäben ist er immer noch sehr reich.«

»Reich genug, damit jemand nach Europa kommt, um hier, in der Fremde, einen wenig bekannten Jungprofi zu entführen?«

»Rui und ich sind nicht die einzigen Brasilianer in Köln, Herr Sandmann. Und wir gehören bestimmt zu denen mit den geringsten Geldsorgen.«

Die Tänzerin hob beide Arme langsam auf die Höhe der Schultern, drehte sich mit kleinen trippelnden Schritten um die eigene Achse und schüttelte ihre Schultern im rasend schnellen Tempo der Percussion aus den kleinen

Boxen. Ihre Brüste wippten im Takt mit. Marius schaute ihr durch die Fenster des Restaurants einen Moment zu, bevor er das Lokal betrat. Sie kam aus dem Tritt, warf dem Detektiv einen zornigen Blick zu. Marius konnte sie auf Portugiesisch schimpfen hören. Sie zeigte auf ihn, er fühlte sich ertappt. Ein Mann in weißer Hose und schwarzem Polo-Shirt drehte sich zu ihm um. Laut Chavez war es Ruis Stammlokal und Treffpunkt der brasilianischen Gemeinde in Köln. Allerdings eher des wohlhabenden Teils, wie Marius beim Blick auf die Speisekarte festgestellt hatte. Nicht nur Brasilianer verkehrten gerne hier. Die Homepage des Restaurants zeigte eine ganze Reihe Bilder von Fußballprofis, die als Gäste hier gewesen waren. Ein perfekter Platz für seinen Klienten. Der Mann in dem Polo-Shirt kam Marius mit schnellen Schritten entgegen. Seine Absätze knallten auf das Parkett.

»Wir haben geschlossen«, bellte er.

Marius hob beschwichtigend die Hände. »Ich bin nicht wegen des Essens hier.«

»Das hat man gesehen«, rief die Tänzerin aus dem Hintergrund. Sie besprach sich mit einem zweiten Mann in einem roten Sakko, er drückte auf den Startknopf eines CD-Players und die Musik begann. Die Tänzerin warf Marius einen bösen Blick zu, bevor sie erneut mit ihren Drehungen begann. Der Detektiv bemühte sich, nicht hinzuschauen. Stattdessen konzentrierte er sich auf den Mann ihm gegenüber, der gut einen Kopf kleiner war und einen akkurat frisierten Schnauzbart sein eigen nannte.

»Bitte«, sagte der Mann und deutete mit der ausgestreckten Hand auf die Tür, durch die Marius eben erst hineingegangen war, »wir bereiten gerade den Abend vor und sind sehr eingespannt.«

»Ich habe nur ein paar ganz kurze Fragen. Es geht um einen Freund von Ihnen: Rui Barque.«

»Rui? Was hat der Junge angestellt?« In seiner Stimme lag nun eine leichte Zärtlichkeit. Offenbar konnte dieser Mann auf Knopfdruck jedes Gefühl in seine Stimme legen. Verachtung. Strenge. Zärtlichkeit. Eine beeindruckende Gabe. Der Detektiv fragte sich, ob eine dieser Gefühlsbezeugungen echt war.

»Rui hat gar nichts angestellt.«

»Das würde mich wundern.« Der Mann lachte leise, die Tänzerin im Hintergrund schüttelte ihre Schultern erneut und warf Marius strafende Blicke zu. »Erzählen Sie, was Sie zu mir führt.« Nun deutete seine Hand einladend auf einen Tisch neben der Tür. Sie setzten sich. Die Tänzerin warf trotzig den Kopf hoch.

»Mein Name ist Marius Sandmann, ich bin Privatdetektiv.« Marius reichte dem Mann seine Visitenkarte. »Sie müssen Fabiano sein?« Der Mann nickte. »Schönes Restaurant haben Sie. Sehr beliebt auch bei Ihren Landsleuten, oder?« Fabiano nickte, ohne eine Spur von Freundlichkeit zu zeigen. Da er für Höflichkeit nicht empfänglich zu sein schien, kam Marius auf den eigentlichen Grund seines Besuchs zu sprechen. »Rui fühlt sich in letzter Zeit unsicher«, sprach Marius weiter. »Er hat mich beauftragt, mich ein wenig umzuhören. Vielleicht ist Ihnen etwas aufgefallen?«

»Was soll mir aufgefallen sein?«

»Leute, die neu in der Stadt sind und sich nach Rui erkundigt haben? Landsleute eventuell?«

»Landsleute?«

»Brasilianer.«

»Sie meinen kriminelle Südamerikaner.« Die Musik im Hintergrund verstummte. Fabiano stand auf, Marius ebenfalls. Spannung lag in der Luft. Da war es nicht verkehrt, den eigenen trainierten Körper zur Schau zu stellen. Der Mann im roten Sakko, mit dem sich die Tänzerin besprochen hatte, stand ebenfalls auf und schaute zu Marius und Fabiano hinüber.

»Ich meine ganz allgemein, Leute, die sich nach Rui erkundigt haben. Egal ob Brasilianer, Kanadier, Deutsche oder Togolesen. Mir geht es …«

»Sie wollen Ärger machen. Darum geht es. Sagen Sie Rui, er soll jemanden beauftragen, der ohne Vorurteile ermittelt. Denn das ist es doch: Sie haben ein paar Berichte gelesen, dass in Brasilien Fußballspieler entführt werden und jetzt denken Sie, dass das Rui droht. Ist ja naheliegend! Schließlich ist er Brasilianer! Wir werden alle naslang entführt. Hören Sie zu, Sandmann: Wenn irgendjemand Rui Barque bedroht, ist das bestimmt kein Brasilianer, der sich mit einem Touristenvisum hier eingeschmuggelt hat und einen abgehalfterten, früheren Fußballspieler im Visier hat. Und jetzt verlassen Sie mein Lokal!«

»Ich habe nichts von einer Entführung gesagt.« Marius blickte Fabiano kalt an.

»Was …«, zischte der.

›… erlauben Sie sich‹, ergänzte Marius in Gedanken.

Der Restaurantbesitzer lachte verlegen. »Rui wäre der Letzte, den ich entführen würde, Meisterdetektiv. Bei dem ist nichts zu holen. Der Mann ist pleite und hoch verschuldet. Möchten Sie seinen Deckel sehen?«

»Lassen Sie's gut sein, ich glaube Ihnen«, erwiderte Marius.

»Egal! Verlassen Sie jetzt mein Lokal! Auf der Stelle!« Fabianos laute, schrille Stimme hatte nicht nur den Mann und die Tänzerin alarmiert, sondern ebenfalls die Angestellten, die in der Küche im Hintergrund arbeiteten und sich nun im Restaurant versammelten. Marius zog es vor, Fabianos Aufforderung nachzukommen. Draußen atmete er einen Augenblick tief ein. Durch die Scheibe konnte er die Männer sehen, die ihn immer noch anstarrten. Er ging ein paar Schritte. Wenn Rui tatsächlich Schulden hatte, würde Marius nicht nur Schwierigkeiten haben, sein Honorar zu bekommen. Wenn er kein Lösegeld zahlen konnte, hatten sie ein Problem. Ein großes Problem.

5

Es nieselte, was die Stimmung der vier Männer in den grünen Overalls nicht hob. Mit ihren schweren Stiefeln kämpften sie sich mühsam über den unebenen Waldboden und haderten leise fluchend mit dem halbnassen Laub, den versteckten Wurzeln und den abgebrochenen Ästen, die auf dem Boden lagen. Der Älteste von ihnen, ein grauhaariger Hüne um die 50 mit aufgeschwemmtem, rotem Gesicht, keuchte bereits nach wenigen Metern und machte sich keinerlei Mühe, das zu verbergen. Josef Krings war der einzige gelernte Waldarbeiter der vier und er war gereizt. Allerdings war er der Einzige des Quartetts, der nicht von dem Untergrund genervt war, sondern von seinen Begleitern.

Ein Wagen hatte sie an der Junkersdorfer Straße abgesetzt. Durch die Bäume konnten sie das Rhein-Energie-Stadion sehen, das an diesem Morgen ganz still da lag. Krings mochte die Ruhe um das Stadion außerhalb der Spieltage. Früher war er öfter zum Fußball gegangen. Damals, als der FC noch um die Meisterschaft mitgespielt hatte. Die Spieler heute jedoch waren für ihn überbezahlte Söldner ohne wirkliche Leistungsbereitschaft. Sie ähnelten in gewisser Weise den Männern, die ihn begleiteten. Ein gutes Stück südlich des Stadions ließ er die Gruppe anhalten.

Die Bagger hatten bereits gute Vorarbeit geleistet. Auf zehn Metern war der Boden etwa einen Meter tief und einen Meter breit ausgehoben. Sie würden nur wenige Zentimeter graben müssen, um die Leitung freizulegen, die die Stadt turnusmäßig erneuern ließ. Selbst mit diesen drei Gestalten sollte das bis zum Abend geschafft sein. Krings verteilte die Männer im Graben und ließ sie beginnen. Für sich hatte er das Stück am südlichen Ende gewählt. So konnte er die drei im Blick behalten. Besser war das! Wenn du nicht hingucktest, hörten die sofort auf zu arbeiten! In diesem Fall allerdings musste Krings ihnen erst einmal erklären, wie man mit einer Schaufel umging. Vielleicht würden sie doch zwei Tage brauchen. Seitdem die Stadt Stellen abgebaut und durch Hilfskräfte der ARGE ersetzt hatte, nichts anderes als zwangsverpflichtete und unmotivierte Gelegenheitsarbeiter, war alles mühsamer geworden.

Der Regen hatte nachgelassen, dennoch fühlte sich alles klamm und kalt an. Krings sah, wie der Erste der Männer, der Alte, dessen Namen er bereits vergessen hatte, die Schaufel in die Seitenwand des Grabens rammte und sich mit seinem Schal den Schweiß von der Stirn wischte. Anschließend zündete er sich eine Zigarette an, für die beiden Männer vor und hinter ihm ein Zeichen, ebenfalls Pause zu machen.

»Pause ist erst um halb zehn«, rief Krings. Der Alte

schnippte die Zigarette achtlos weg und warf dem Vorarbeiter einen verächtlichen Blick zu. Immerhin griff er zur Schaufel. Das war alles, was den Vorarbeiter interessierte.

Josef Krings war nicht hier, um gemocht zu werden. Übermorgen wäre sowieso keiner der anderen mehr im Wald. Wütend zog der Mann an der Schaufel, die offenbar feststeckte. »Vorsicht!«, mahnte Krings noch, da rutschte bereits ein Stück der Wand in den Graben. Erde bedeckte den glatt ausgehobenen Boden und die geliehenen Arbeitsschuhe des Alten. Der sprang fluchend zur Seite und schaute entsetzt auf den weggebrochenen Teil der Umrandung. Zuerst dachte Krings, der Mann sei wütend, weil die Wand nachgegeben hatte. Dabei trug er selbst Schuld. Dann erst sah er die ledrige Hand.

Hauptkommissarin Paula Wagner ging mit festen Schritten durch den Wald. Sie war quasi im Wald aufgewachsen, das Gehen auf dem immer glitschiger werdenden Laub machte ihr nichts aus. Ihre Kollegin und Freundin, Kriminalkommissarin Franka Schilling, hingegen rutschte in ihren grünen Sneakern auf dem nassen Waldboden ein ums andere Mal weg. Paula sah es bereits kommen, als Franka endgültig den Halt verlor und fast auf dem Boden landete, hätte Paula sie nicht festgehalten. Wie eine gestrauchelte Eisläuferin versuchte sich Franka an Paula hochzuziehen, immer wieder wegrutschend, lachend, glücklich. Als sie endgültig stand, hielten die beiden Frauen sich umklammert, küssten sich, bevor sie weiter in Richtung des Absperrbandes gingen, das sich rot und weiß vom nassen Braun des Waldes abhob. Paula stützte Franka halb, mehr ein Vorwand, um sie anzufassen, Franka klammerte sich mit einem Arm an ihrer Chefin fest – aus dem gleichen Grund. Es waren diese Momente, die Paula in ihrer Beziehung am meisten liebte. Dieses ›Wir gegen den Rest der Welt‹, das sie verband. Egal, ob es sich um einen dämlichen Waldboden oder die dämlichen Kollegen der Kölner Polizei handelte, bei denen beide einen miserablen Ruf besaßen. Paula, weil sie keine Scheu hatte, gegen Kollegen zu ermitteln, Franka, weil sie sich einmal zu oft der Chauvi-Kultur der Kölner Polizei widersetzt hatte.

»Mir war nie klar, wie sehr ich asphaltierte Wege liebe«, sagte Franka, als sie weitergingen. »Das ist ja Horror, hier durch den Wald zu kraxeln.«

»Dabei ist das nicht einmal ein richtiger Wald.«

»Mir reicht das völlig. Ich stehe schon unter Naturschock.«

»So wie die Männer da vorne aussehen, stehen die unter einem ganz anderen Schock.« Paula deutete auf zwei Waldarbeiter, die abseits des Grabens auf einem modrigen Haufen alten Holzes saßen, der eine rotgesichtig und keuchend, eine Kippe zwischen den kräftigen Fingern, der andere blass, immer wieder auf die Uhr und verstohlen in einen Graben hineinstarrend, in dem Paula den Grund ihres Besuchs vermutete. Zwei jüngere Arbeiter standen abseits, rauchten und spielten gelangweilt mit ihren Handys. Die beiden Frauen ließen einander los. Es wurde genug unter den Kollegen über sie gelästert. Man musste ihnen nicht noch mehr Stoff liefern.

Die Hauptkommissarin hielt dem Polizisten, der die Absperrung des Tatorts bewachte, ihren Ausweis hin und schwang sich über das rot-weiße Absperrband. Franka kletterte ihr nach, rutschte dabei erneut auf dem glitschigen Boden aus. Der Polizist packte sie am Arm und half ihr über die Absperrung.

»Danke, Rob! Wie immer ein wahrer Gentleman.«

Der Angesprochene grinste breit. »Uh, danke! Wie geht's

dir? Du hast dich lang nicht mehr blicken lassen.« Er stützte Franka immer noch mit einer Hand an ihrer Schulter. Sie ließ ihn gewähren. Paula stand abseits. Es schien ihr, als blicke sie der Polizist provozierend an. ›Fünf Minuten mit mir allein und du wärst sie los‹, schien sein Blick ihr sagen zu wollen und sie war sich nicht sicher, ob er nicht sogar recht hatte.

»Viel zu tun«, antwortete Franka ihm ausweichend. »Du kennst das ja.« Rob ließ sie los. »Lass dich mal wieder beim Dartspielen sehen. Das war immer lustig mit dir!«

Franka lächelte verlegen und strich sich eine blonde Haarsträhne aus dem Gesicht. »Mal sehen, vielleicht schaffe ich es ja wirklich. Spielt ihr immer noch dienstags?«

»Jepp!«

»›Ein wahrer Gentleman‹«, äffte Paula Franka leise flüsternd nach, damit niemand der anderen es hörte. »Das war Robert Schuvert, oder?«

»Ja, wieso?«

»Das ist der Kerl, der diesen Rechtsanwalt beim Fußball zusammengeschlagen hat.«

»Von dem behauptet wird, er habe diesen Rechtsanwalt zusammengeschlagen. Rob bestreitet das. Genauso wie die Kollegen, die dabei waren!«

»Du weißt, wie das läuft. Ein Polizist schlägt über die Stränge. Er leugnet. Die Staatsanwaltschaft befragt ein paar Kollegen, die nichts gesehen haben wollen. Der Fall wird eingestellt.«

»Sagt dir der Begriff Unschuldsvermutung irgendwas, Paula?«

»Ja, er steht in meinem persönlichen Lexikon noch vor ›Unter den Teppich kehren‹.«

»Was ist denn mit dir heute los?«

Paula antwortete nicht. Sie hatten den Fundort erreicht.

Über ihr hing finster ein anderer Gedanke: ›Wir gegen die‹ oder ›allein gegen den Rest der Welt‹? Waren Franka die alten Kameradschaften doch wichtiger, als Paula gedacht hatte? Und was bedeutete das für sie, die immer noch im Visier des größten Teils ihrer Kollegen stand?

»Und fällt er in den Graben, dann fressen ihn die Raben«, begrüßte Rechtsmediziner Volker Brandt die beiden Frauen. Er stand, die Armani Jeans in gelben Gummistiefeln, an einer Seite der Aushebung, wo die Männer der Spurensicherung ein mit einer ledrigen Haut überzogenes Skelett halb freigelegt hatten.

»Und«, fragte Paula, »ist er tot?«

»Nein«, erwiderte der Mediziner und verzog den Mund dabei um keinen Millimeter.

»Also hat er Ihnen bestimmt erzählt, wie er heißt und wie er hier hingekommen ist.«

»Das sagte ich doch: Er ist in den Graben geplumpst.«

»Muss ich das verstehen?«, mischte sich Franka in das Gespräch ein. Jetzt fühlte sie sich ausgeschlossen. Brandt musterte sie kühl. Wie immer fragte die Kommissarin sich, ob das Eifersucht war. Paula hatte ihr gegenüber beteuert, dass die beiden seit drei Jahren nichts mehr miteinander hatten. Nur war Doktor Volker Brandt ein Mann, der ungern hergab, was er als sein Eigen betrachtete. Selbst die Aussagen, zu denen er als Rechtsmediziner verpflichtet war, rückte er nur auf langes und zähes Bitten hin heraus. Meist half es, ihm zu sagen, wie brillant und wichtig er war. Was schwerfiel, wenn er mit gelben Gummistiefeln in einem Erdloch steckte.

»Ein alter Kinderreim«, erklärte deswegen nicht Brandt, sondern Paula.

»Hoppe, hoppe Reiter, wenn er fällt, dann schreit er. Fällt er in den Graben, dann fressen ihn die Raben und so weiter«, dozierte Brandt. »Kennen Sie das etwa nicht?« Brandt starrte Franka an, als zweifelte er an ihrem Verstand. Er konnte selbst die Frage nach einem Kinderreim in eine unangenehme Prüfungssituation verwandeln.

»Nein, kenne ich nicht«, erwiderte Franka schnippisch.

»Abgesehen von alten Kindheitserinnerungen: Was haben Sie sonst noch für uns, Doktor Brandt?«, fragte Paula.

Brandt deutete mit der Hand auf das Skelett. »Das da.«

»Irgendetwas, dass Sie uns über ›das da‹ sagen können?«

Brandt seufzte schwer. »Eine Leiche. Vermutlich ein Mann. Wahrscheinlich seit ein paar Jahrzehnten tot. Alles weitere bekommen Sie später.« Mit diesen Worten kletterte Brandt aus dem Graben.

Paula wandte sich an die Männer der Spurensicherung. »Habt ihr irgendetwas Interessantes für uns?«

Einer der zwei schaute hoch und blickte sie aus seinem weißen Ganzkörperkondom an. »Nichts. Ich glaube auch nicht, dass wir hier viel finden werden.«

»Ein echter Fall für die ›Task Force Science‹«, ergänzte sein Kollege spöttisch.

»Sie meinen ein Mord, der durch die Wunder der Wissenschaft gesühnt wird?«, fragte Paula spöttisch zurück. Sie machte sich keine Illusionen über Sinn, Zweck und Ruf ihrer Abteilung.

»Eher ein hoffnungsloser Fall für hoffnungslose Kriminalbeamte«, murmelte der Mann. Nur der Streifenbeamte am Absperrband lachte.

*

Obwohl Rui vermutlich ein Langschläfer war, bezog Marius Sandmann früh am Morgen seine Position. Er parkte den Renault etwa zehn Meter von Rui Barques Haus entfernt in einer Parkbucht. So hatte er gute Sicht auf die Eingangstür, die Garagen und Ruis Audi Q5. Da er mit einer längeren Wartezeit rechnete, hatte er sich mit einer Thermoskanne heißen Tees und einer Tüte Veggi-Burger eingedeckt. Rui Barque hatte ihm seine Geldprobleme verschwiegen. Natürlich verheimlichten Klienten einem immer etwas, aber das hätte Rui erwähnen müssen. Misstrauisch hatte Marius auf der Hantelbank darüber nachgedacht. Dabei war ihm ein anderer Verdacht gekommen: Was, wenn Rui die Entführung Gabrielas nur vortäuschte, um selber an Geld zu kommen? Das kam öfter vor. Zwar traute er es dem Brasilianer nicht unbedingt zu, dennoch hielt er es für eine gute Idee, sich seinen Klienten genauer anzuschauen.

Der Morgen verlief ereignislos. Gegen halb zehn klopfte ein Mann an seine Scheibe. Ein Pudel schnüffelte neugierig am Reifen des Renault. Marius machte sich nicht einmal die Mühe, das Fenster herunterzukurbeln. Je mehr man mit den Leuten redete, umso misstrauischer wurden sie. Stattdessen hielt er eine offiziell aussehende Marke mit der Aufschrift ›MSS Security‹ an die Scheibe. Sein Aussehen, die schwarze Jacke und der schwarze Pulli gingen wohl als eine Art Security-Uniform durch, gleiches galt für den kurzgeschorenen Schädel, denn der Mann nickte kurz und ging weiter, bis sein Pudel am nächsten Baum schnüffeln musste. Unsicher schaute er noch einmal zu Marius hinüber. Der Detektiv lächelte freundlich. Nichts schuf mehr Vertrauen.

Hätte sich Marius nicht zu Beginn seiner Überwachung mit einem Gang um das Haus und einem Blick in die erleuchteten Fenster überzeugt, dass Barque zu Hause sein musste, hätte er langsam Zweifel daran entwickelt. Mittlerweile war es zwölf Uhr dreißig und nichts war geschehen. Der Brasilianer hatte das Haus nicht verlassen. Egal, Marius konnte warten. Mithilfe eines USB-Sticks ging er online und las im Internet einige weitere Berichte zu Entführungen von Fußballern und ihren Angehörigen. Dann sah er, wie der Brasilianer das Haus verließ und in den Audi einstieg. Marius startete den Motor und folgte dem früheren Fußballer auf seinem Weg in die Stadt hinein.

Vor einem Wettbüro auf der Neusser Straße parkte Rui den Audi in zweiter Reihe auf einem Fahrradweg. Hinter dem Q5 hupten zwei Wagen, denen er die Fahrt versperrte. Rui beachtete sie nicht. Er schaltete die Warnblinkanlage an, verließ den Wagen und betrat das Wettbüro. Schließlich zwängten sich die beiden an dem Audi vorbei. Marius parkte etwa zwanzig Meter unterhalb, ebenfalls auf den Markierungen für den Radweg. Wer wie Rui parkte, wollte nicht lange bleiben. Hinter ihm hupte ein Auto. Marius deutete mit einer Handbewegung an, der Fahrer solle vorbeifahren. Er verschwendete keinen Gedanken daran, Rui in das Wettbüro zu folgen. Die Tatsache, dass er in Wettbüros verkehrte, war aufschlussreich genug. Entweder hatten seine Geldprobleme hier ihren Ursprung oder der Ex-Profi hoffte, sie hier lösen zu können.

Wie erwartet, dauerte es nur kurz, bis der frühere Profi das Büro verließ. Allerdings kam er nicht allein. Rechts und links von ihm gingen zwei Männer. Gemeinsam stiegen sie in den Q5, Rui fuhr los, stoppte wenige Meter weiter vor einer Bank. Gemeinsam mit einem der Männer stieg er aus. Sie gingen zum Geldautomaten. Marius beobachtete die Szene so gut es ging durch die parkenden Autos hindurch. Doch er konnte nur die Köpfe der zwei sehen. Wahrscheinlich hob Rui Geld ab. Marius sah, wie die beiden Männer erregt miteinander debattierten, bevor der Fremde Marius' Klienten zurück in Richtung Audi schubste.

Sie fuhren weiter die Neusser Straße stadtauswärts, durchquerten mit Weidenpesch ein weiteres Kölner Stadtviertel. Die Gegend wirkte nicht so lebendig wie das quirlige Nippes. Weniger Leute waren auf der Straße unterwegs. Hier herrschte eine andere Szenerie vor: Statt der zahlreichen Geschäfte prägten einfache Mietshäuser das Stadtbild.

Der SUV war deutlich höher als die anderen Wagen. Daher fiel es dem Detektiv trotz des dichten Verkehrs leicht, Rui zu folgen.

Kurz vor dem Militärring hielt der Audi auf einem Parkstreifen. Marius musste an dem Wagen vorbei, setzte den Blinker und parkte den Renault auf dem Parkstreifen, durch einen abgestellten Lkw-Anhänger für die drei im Audi nicht zu sehen. Im Rückspiegel hatte er den schmalen Bürgersteig und die Büsche neben der Straße im Blick. Er sah gerade noch, wie die beiden Männer Rui ins Gebüsch stießen und dort verschwanden. Keiner der anderen Autofahrer bemerkte, was dort vor sich ging – oder wollte es nicht bemerken.

Marius stieg aus und lief zu der Stelle, an der die drei verschwunden waren.

Im Gebüsch konnte er ihre Stimmen hören, verstand allerdings kein Wort. Vorsichtig schob er Äste beiseite und ging in das Grün hinein. Die Männer konnte nicht allzu weit sein. Nach ein paar Schritten entdeckte er sie. Der Baumbestand war nicht sehr dicht, er konnte sogar die Autos erahnen, die auf der anderen Seite der kleinen Grünfläche fuhren. Rui und die beiden Männer aus dem Wettbüro standen auf einer Lichtung, der eine hielt den Brasilianer an der Schulter fest, fuchtelte mit dem ausgestreckten Zeigefinger vor seinem Gesicht herum. Sein Kompagnon stand wie unbeteiligt daneben und beobachtete die Umgebung. Marius hielt sich im Dunkel des Gebüschs versteckt. Der Mann, der mit Rui sprach, versetzte ihm plötzlich einen Schlag mit der flachen Hand ins Gesicht, stieß ihn, sodass er in Richtung des Aufpassers stolperte, der ihm ein Bein stellte. Rui stürzte. Der Redner trat zu. Marius' erster Impuls war es, sich umzudrehen und zu fliehen, so zu tun, als habe er die Szene nicht gesehen. Er überlegte es sich anders, wollte laut rufen, um Rui zu schützen, schwieg aber. Er war hier, um zu beobachten. Wenn er aus seinem Versteck heraustrat, riskierte er nicht nur Ärger mit Ruis Peinigern, er musste vor allem Rui die Frage beantworten, warum er überhaupt hier war.

»Du zahlst!«, brüllte der Mann, trat ein weiteres Mal zu. Bevor die beiden ihr Opfer zurückließen, hatte sich Marius bereits aus seinem Versteck in Sicherheit gebracht.

*

»Wie viel?«

»Wie viel was?«

»Wie viel schuldest du dem Wettbüro?«

Rui Barque saß auf seinem Sofa, den Controller der Playstation in der Hand. Das eingefrorene Bild auf dem Flatscreen zeigte sein Double in Jubelpose. Marius saß auf der Sofalehne und schaute auf den Brasilianer herab, der ins Leere stierte. »Ich weiß nicht, wovon du redest.«

»Ich rede von der aufgeplatzten Braue über deinem linken Auge und von deinen Besuchen im Tippco-Wettbüro auf der Neusser Straße.«

»Verfolgst du mich?«

»Lenk nicht ab! Hast du mal einen Gedanken daran verschwendet, dass deine Schulden mit Gabrielas Verschwinden zu tun haben könnten? Warum verschweigst du sie mir?«

»Das ist meine Privatsache.« Rui starrte ins Leere und klammerte sich an den Controller.

Marius hielt es nicht mehr auf dem Sofa. »Deine Freundin ist entführt worden. Du hast Geldprobleme. Wenn eine Lösegeldforderung kommt: Wovon willst du die bezahlen?«

»Da wird sich was finden. Ich habe Freunde. Die lassen mich nicht hängen.«

»Wir reden hier nicht von ein paar Euro. Apropos: Was schuldest du Tippco?« Ruis Schultern verkrampften. Seine Finger schienen den Controller zerdrücken zu wollen. »Wie viel?«

»500«, sagte er leise. »500.000 Euro.«

6

Die Galerie Juist lag im Zentrum der Stadt, in einer stillen, unscheinbaren Gasse ein Stück abseits der trubeligen Einkaufsstraßen und der Touristenströme, die den Dom umkreisten. In unmittelbarer Nachbarschaft befanden sich ein Antiquitätengeschäft, ein Herrenausstatter und ein Juwelier. Eine Zusammenstellung, die Sandmann daran erinnerte, dass in Köln sehr viel Geld saß, wenngleich die Stadt auf den oberflächlichen Betrachter einen anderen Eindruck machte: heruntergekommen, schmuddelig, ärmlich. Vielleicht hatte das eine mit dem anderen zu tun? Marius beschäftigten eher seine eigenen Finanzen. Er konnte Rui nicht hängen lassen, nur fürchtete er, dass dieser Fall ihm wenig einbringen würde. Es war an der Zeit, sich auf die Suche nach Max Ernsts ›Ballspielern‹ zu machen. Für Gabriela dos Santos konnte er zurzeit ohnehin nicht viel tun, rechtfertigte er sich vor sich selbst. Noch einmal hatte er Rui zu überzeugen versucht, die Polizei einzuschalten. Er hatte abgelehnt.

In den Schaufenstern der Galerie hingen einige Gemälde aus den 1950er-Jahren des vorigen Jahrhunderts, Willy Baumeister, Ernst Wilhelm Nay, Fathwinter, die der ehemalige Kunsthistoriker auf fünfstellige Beträge schätze. Er betrat einen großen, weiß getünchten Raum. An den Wänden hingen weitere Bilder der drei Maler, der Boden war mit Stäbchenparkett ausgelegt. Auf zwei Säulen in der Mitte des Raumes standen zwei abstrakte Plastiken Hans Uhlmanns, die den Detektiv spontan an Fußballspieler im Zweikampf denken ließen, sich bei näherem Hinsehen allerdings als Paare im Liebesakt entpuppten. Er schaute sich um. Fast schien es, als wäre er allein. Nur mit einem kurzen Blick streifte er die Kunst. Wegen dieser Bilder war er nicht hier. Stattdessen blickte er hoch an die Decke und in die Ecken des Raumes. Neben dem obligatorischen Messgerät zur Erfassung von Raumtemperatur und Luftfeuchtigkeit, das sicherstellen sollte, dass die oft empfindlichen Kunstwerke keinen Schaden nahmen, entdeckte er in zwei Ecken kleine Überwachungskameras. Hinter sich hörte er das leise quietschende Geräusch von Ledersohlen auf Holz. Er drehte sich um und sah in das sonnengebräunte Gesicht eines Mannes um die 40. Der taubenblaue Anzug harmonierte perfekt mit seiner Augenfarbe, das dichte braune Haar war in einer Tolle aus der Stirn gekämmt. Der Mann hinterließ ebenso den Eindruck einer gewissen Eitelkeit wie einer reservierten Sachlichkeit – nicht unfreundlich, schließlich könnte in dem Detektiv trotz seines preiswerten Anzugs ein potenzieller Kunde schlummern.

»Kann ich Ihnen weiterhelfen?«

»Marius Sandmann, Privatdetektiv. Ich vermute, Sie sind Tristan Juist?«

»Das ist richtig.« Im Hintergrund sah Marius eine junge Frau mit einer Mappe im Arm aus einem weiteren Ausstellungsraum kommen, der von außen nicht zu sehen gewesen war. Sie schaute ihn einen kurzen Moment durchdringend unter ihrem kastanienbraunen Pagenkopf an, widmete sich wieder ihrer Mappe, bevor Marius Blickkontakt aufnehmen konnte. Da Juist nicht weitersprach, übernahm der Detektiv die Initiative.

»Ich komme wegen des verschwundenen Bildes.« Dramaturgische Pause. »Von Max Ernst.«

Die Frau, die ein oder zwei Jahre jünger als Marius sein musste, legte die Mappe auf einen kleinen Schreibtisch an der hinteren Wand des Galerieraumes. Ohne einen weiteren Blick auf die beiden Männer zu werfen, ging sie zurück. Sie hatte die Figur und akkurate Haltung einer Tänzerin und der Detektiv zweifelte nicht einen Augenblick, dass ihr das bewusst war. Ebenso, wie ihr vermutlich bewusst war, dass er ihr nachblickte.

Juist schwieg nach wie vor.

»Das Bild, das Ihnen im Herbst vor zwei Jahren gestohlen wurde. Ich würde Ihnen gerne helfen, es wiederzubeschaffen.«

»Mhm.« Enthusiasmus klang anders.

»Ein Versuch wäre es wert. Ich arbeite auf eigenes Risiko und eine eventuell fällige Belohnung zahlt die Versicherung. Bin ich erfolgreich, bekommen Sie Ihr Bild zurück. Wenn nicht, passiert Ihnen gar nichts.«

Juist zuckte bei Marius' letzten Satz zusammen, als habe er eine Drohung ausgesprochen.

Marius lächelte Juist an, der auf einen imaginären Punkt irgendwo links neben Marius Hüfte blickte und beharrlich schwieg. »Ein paar Informationen über den Ablauf des Diebstahls, mögliche Spuren und Hinweise würden mir allerdings die Arbeit erleichtern ...« Da Juist immer noch keine Reaktion zeigte, schob Marius »... und Ihnen vielleicht ein paar Millionen wiederbringen« hinterher.

Der Galerist schien zu einer Entscheidung gekommen zu sein, denn er hob den Kopf und blickte den Detektiv direkt an. »Wie Sie schon sagten: die Versicherung kommt für Ihre Belohnung auf, also sollten Sie sich an sie wenden. Wir können wirklich nicht jedem, der hier ankommt, Informationen über unser Sicherheitssystem geben. Kommen Sie mit einem Bestätigungsschreiben der Versicherung und ich kann unter Umständen sehen, was ich für Sie tun kann.« Mit diesen Worten drehte Juist sich um und ließ Marius stehen.

»Wenn Sie mir sagen, bei wem Sie versichert sind?«

Juist war inzwischen in dem offenen Durchgang zum hinteren Galerieraum angelangt. »Frau Kasakowa! Geben Sie Herrn Sandmann doch bitte die Anschrift unserer Versicherung. Der Herr Detektiv scheint das alleine nicht herausfinden zu können.« Er drehte sich nicht einmal um.

Fast augenblicklich erschien Frau Kasakowa. Ihr Blick irritierte Marius und es dauerte eine Weile, bis er dahinterkam, dass dafür die braunen Sprenkel in den ansonsten grünen Augen verantwortlich waren. Die Iris der Frau erinnerte den Detektiv an zweifarbige Murmeln. »Kommen Sie bitte!«, sagte sie mit einer Selbstverständlichkeit, als habe sie im Voraus mit dem Auftrag ihres Chefs gerechnet. Sie führte Marius durch den zweiten Ausstellungsraum hindurch in ein offenes Büro. Hier standen zwei große weiße Schreibtische, über und über mit Papieren bedeckt. Die ebenfalls weißen Regale waren in gleichförmige Quadrate unterteilt. Kasakowa ging vor einem davon in die Hocke. Das kurze Jackett ihres dunkelbraunen Kostüms rückte ein kleines Stück hoch und entblößte einen schmalen Streifen fast golden schimmernder Haut. Sie zog einen Ordner aus dem Regal, erhob sich, drehte sich auf einem Absatz elegant um und ging an Marius vorbei. Dabei blickte sie den Detektiv kurz aus ihren verwirrenden Augen an. Sie legte den Ordner auf einen Papierstapel auf einem der beiden Schreibtische, schlug ihn auf und blätterte darin. Ihre Finger waren schlank, der Nagellack auf die Haarfarbe abgestimmt. Die Frau erinnerte ihn an ein Bild von Gustav Klimt.

»Sie dürfen gerne mit mir reden, Herr Sandmann«, sagte sie in die Stille hinein.

»Marius«, erwiderte er.

Ein schnelles Lächeln huschte ihr übers Gesicht. »Arina.«

»Ein ungewöhnlicher Name. Wo ist der her?«

»Aus Russland.«

Arina Kasakowa aus Russland also. Marius speicherte die Information ab. »Dein Chef ist nicht allzu sehr daran interessiert, die ›Ballspieler‹ wiederzubekommen, oder?«

»Er steht ziemlich unter Druck.« Sie drehte sich in einer eleganten, tänzerischen Bewegung zu Marius um und hielt ihm eine Visitenkarte hin. »Im Sommer letzten Jahres hat er die Galerie von seinem Vater übernommen. Und das Erste, womit er von sich Reden macht, ist der Diebstahl eines Max-Ernst-Gemäldes. Kein guter Start.«

Marius nahm die Karte. Er berührte leicht den Finger der Kasakowa. Sie ließ es geschehen. Auf der Karte standen Name, Anschrift und Telefonnummer einer Versicherungsgesellschaft. »Umso größer sollte sein Interesse sein, den Ernst wiederzubekommen.«

»Glaub mir, das Interesse hat er. Nur hat er viel mehr Angst davor, dass herauskommt, dass er einen Fehler gemacht hat. Dass er Schuld an dem Diebstahl trägt.«

»Tut er das denn?«

Sie schüttelte den Kopf. »Weder Polizei noch Versicherung haben ihm das vorgeworfen.«

Das beantwortete nicht seine Frage, dachte der Detektiv. Er hielt die Karte hoch. »Darf ich die behalten?«

»Du darfst.«

»Brauchst du sie nicht mehr?«

»Nein.« Arina deutete kurz mit dem Finger an die Stirn. »Alles hier drin. Ich seh' nicht nur gut aus, ich hab auch ein Gehirn.« Sie führte ihn zur Tür. Marius blickte auf ihre zierliche Silhouette. Juist stand an dem kleinen Tisch im vorderen Raum über die Mappe gebeugt und schaute sich ein paar Drucke an. Er widmete den beiden keinen Blick.

Sie hielt ihm die Tür auf, Marius blieb einen Moment stehen.

»Hast du auch eine Visitenkarte?«

Sie ratterte eine Handynummer herunter und lächelte.

Es sah fast so aus, als bewegten sich dabei die braunen Sprenkel in der grünen Iris.

»Ist hier drin«, antwortete der Detektiv und hielt den Zeigefinger an die Stirn.

»Ein Mann mit Gehirn.« Sie lächelte. »Auf Wiedersehen, Detektiv.« Leise schloss sie die Tür hinter ihm. Eilig schrieb sich Marius die Nummer auf die Hand.

Bis draußen auf den Parkplatz schallte das Geschrei spielender Kinder, gelegentlich unterbrochen durch einen Pfiff und die Stimme eines erwachsenen Mannes. Rui ging durch das offene Tor, über die rote Tartanbahn und lehnte sich an die Bande, die den Fußballplatz umschloss. Auf der linken Platzhälfte jagten zwei Gruppen Sechsjähriger einem Ball hinterher. Ein paar Erwachsene standen neben dem Tor und riefen lautstark aufs Spielfeld, um ihre Sprösslinge anzufeuern oder den kleinen Gegenspielern und deren Trainer, der zugleich als Schiedsrichter fungierte, Schimpfworte an den Kopf zu werfen. Als der Schiedsrichter Rui sah, winkte er ihm kurz zu.

Nachdem er das Spiel abgepfiffen hatte, seine eigene Mannschaft gelobt und sich von einem aufgebrachten Vater einen ›parteiischen Wichser‹ hatte nennen lassen, lief Thorben Glock hinüber zu Rui und umarmte ihn. Rui sog den Geruch durchgeschwitzter Sportkleidung förmlich auf. Erinnerungen.

»Schön, dich zu sehen! Wie geht's dir?«, begrüßte ihn der E-Jugendtrainer der Fußballfreunde Dellbrück.

»Läuft, Thorben«, antwortete Rui und lachte gackernd.

»Sieht man«, erwiderte Thorben und deutete auf den Verband an Ruis Stirn.

»Ich habe mich nur gestoßen«, wiederholte der Brasilianer die Lüge, die er Marius aufgetischt hatte. Er zögerte, bevor er weitersprach. Ein paar Eltern, ihre Kinder an der Hand, gingen an ihnen vorbei und musterten den Brasilianer neugierig. Doch niemand sprach ihn an. Erst als sie außer Hörweite waren, redete er weiter. »Okay, um ehrlich zu sein, ich brauche deine Hilfe.«

Thorben blickte ihn direkt an. »Kein Thema, Kumpel, lass hören!« Er wandte sich ein paar seiner Jungs zu, die mit ihren Taschen, in die sie fast selber hineingepasst hätten, über den Schultern unschlüssig neben ihnen standen. »Geht mal vor in die Kabine, ich komme gleich.« Bis auf eines der Kinder machten sich die Jungs auf den Weg, sprachen über das Spiel, jeder bemüht, seine eigene Leistung herauszustellen. »Yannick, was ist mit dir?«, fragte der Trainer den Rothaarigen, der geblieben war.

»Kann ich mit dir in die Kabine gehen?«

Rui musterte den Jungen nervös. Kinder konnte er gerade wirklich nicht gebrauchen. »Die Sache ist vielleicht ein bisschen heikel«, flüsterte er fast.

Sein Freund nickte kurz. »Okay, Yannick, trag doch schon mal das Ergebnis in meinen Kalender.« Er drückte dem Jungen eine Lederkladde in die Hand. »Und die Aufstellung. Drüben auf der Tribüne!« Er deutete auf eine nicht einmal zwei Meter hohe Erhebung am Rand des Spielfeldes, die durch Betonquader in drei Sitzreihen gegliedert wurde, und schob den Jungen sanft in die gewünschte Richtung. Rui strich ihm kurz über das Haar, als er an ihm vorbeilief.

Yannick drehte sich noch einmal um. »Ich hab dich spielen sehen!«, rief er nur. Mehr nicht.

Erst als sich Yannick auf die unterste Reihe gesetzt hatte und langsam und offensichtlich in Schönschrift das Ergebnis und die Spielernamen in den Kalender seines Trainers malte, setzte Rui das Gespräch fort.

»Ich kann dir nicht alles sagen, was dahintersteckt. Es ist einfach wichtig und du musst mir vertrauen. Und du darfst mit niemandem drüber reden!«

Thorben stand nur da und nickte. »Okay!«

»Erinnerst du dich an die Waffe, die du mir mal gezeigt hast?«

»Welche Waffe?« Thorben schaute seinen Freund perplex an.

»Damals bei euch zu Hause! Ich war gerade neu hier, da hast du mir eine Pistole gezeigt. Bei euch unten im Keller. Du hattest sie hinter einem Ziegel oder so versteckt.«

»Ach, diese Waffe! Scheiße! Was willst du denn damit? Du hast doch Gabriela, die auf dich aufpasst!« Er lachte, als er das sagte. Rui lachte nicht.

Eine kleine Hand griff nach Thorbens Ärmel. Erschrocken wandte er sich um. »Yannick! Schleich dich nicht so an!«, brüllte er lauter als beabsichtigt.

Der Junge stammelte eine Entschuldigung. »Ich bin fertig. Soll ich schon die Tabelle schreiben? Ich kann das nämlich!«

»Ja, ja«, antwortete Thorben rasch und schob ihn weg. »Hab ihn gar nicht kommen hören. Die ganze Geschichte kann mir einen Haufen Ärger einbringen. Kinder können nicht die Klappe halten. Erzähl: Was ist los?«

Rui überlegte einen Moment, bevor er antwortete. Keinesfalls wollte er die Wahrheit sagen. Dass Gabriela entführt worden war, dass er sich klein und erbärmlich gefühlt hatte, als er hilf- und regungslos im Wagen gesessen hatte. Dass er dieses Gefühl erneut gespürt hatte, als die beiden Kerle aus dem Wettbüro ihn verprügelt hatten, dass er das nie mehr spüren wollte und dass er schlicht und ergreifend Angst hatte. »Ich kann darüber nicht reden. Jedenfalls: Ich werde bedroht.«

»Mein Gott, Rui, geh zur Polizei!«

»Nein, das geht nicht. Ich muss mir selber helfen. Ich will ja niemanden abknallen. Es geht nur darum, dass ich mich wehren kann, sicher fühle!«

Thorben schüttelte den Kopf. »Nee, Alter, auf gar keinen Fall! Ich kann dir die Waffe nicht geben.«

Mit diesen Worten ließ er ihn stehen, schnappte sich Yannick und ging mit ihm in Richtung der Kabinen. Die Stollen der Fußballschuhe klapperten auf dem Betonboden. Rui kannte dieses Geräusch. Er vermisste es.

7

Über manche Leute konnte man nur den Kopf schütteln. Heinz Müller war seit über fünf Jahren als Aufsicht im Parkhaus des DuMont-Carrés angestellt und hatte in diesen Jahren manches gesehen. Der kräftige Kerl mit den kurzen Haaren und der dunklen Brille war beileibe nicht der erste Idiot, der das Parkhaus statt über das Treppenhaus über die spiralförmige Ausfahrt verlassen wollte. Eigentlich konnte Müller das egal sein. Das Blöde war nur: Sollte der Trottel überfahren werden, bekäme er mit Sicherheit eine Teilschuld und wäre seinen Job los. Widerwillig erhob er sich von seinem Platz vor den sechs kleinen Videobildschirmen, auf denen er die Bilder mehrerer Überwachungskameras betrachten konnte, die das Parkhaus zumindest an seinen neuralgischen Stellen kontrollierbar machte. Zwar sah er nicht die gesamte Auffahrt, sondern nur jede der Ein- und Ausfahrten auf den verschiedenen Parkebenen, aber alle zwei Minuten kreuzte so der Mann das Blickfeld der Kamera. Zwischen dem zweiten und dritten Parkdeck verbrachte er mehr Zeit. Das war der Grund, warum sich Müller entschloss, nachzuschauen. Als er sein Kabuff verlassen hatte, kam ihm der Mann entgegen.

»Sie werden das vielleicht nicht glauben, aber wir haben hier tatsächlich ein Treppenhaus! Es gibt sogar Aufzüge!«

»Ja, und Sie haben Überwachungskameras, habe ich gesehen.«

»Natürlich! Wir müssen ja Leute wie Sie davon abhalten, sich umzubringen, indem sie auf einer schwer einsehbaren Auffahrt herumspazieren.«

»Ich bin nicht ohne Grund hier«, erwiderte der Mann, der weniger groß war, als Müller aufgrund der Videoüberwachung vermutet hätte – dafür umso kräftiger. Wenn er aggressiv werden würde, hätte Müller keine Chance. Unbewusst tastete er nach seinem Handy, das er in einer Gürteltasche trug und mit dem er per Kurzwahltaste direkten Kontakt zur Polizei herstellen konnte. Man wusste ja nie.

»Sandmann ist mein Name. Ich habe vorgestern hier geparkt und beim Rausfahren ist mir doch echt ein Idiot hinten reingefahren. Gleich hier vorne zwischen zweitem und drittem Parkdeck. Zuerst dachte ich, es wäre nicht weiter schlimm und habe die Sache auf sich beruhen lassen. Aber in der Werkstatt haben sie mir heute Morgen gesagt, dass nicht nur die Stoßstange, sondern das ganze hintere Blech verzogen ist und erneuert werden muss. 3.500 Euro! Können Sie sich das vorstellen?«

Müller schüttelte den Kopf. Dass die Leute immer so nachlässig waren. Von wegen ›Et hätt noch immer jot jejange‹. Nichts ging gut, wenn man sich nicht selbst drum kümmerte. Der Mann hätte den Unfall sofort bei der Aufsicht melden müssen. Stattdessen einigte man sich lieber irgendwie so und hatte später den Ärger am Hals. »Rufen Sie den Unfallverursacher einfach an! Sagen Sie ihm, was Sache ist. Er muss ja zahlen!«

»Das ist genau das Problem. Er streitet alles ab. Am Telefon hat er gesagt, er wäre nicht einmal hier gewesen.«

»Und wie hat er erklärt, dass Sie seine Telefonnummer haben?«

»Er hat behauptet, ich hätte einfach eine Nummer aus dem Internet rausgesucht.«

Die Leute waren so dreist! Ein Auto raste die Auffahrt hoch. Der Parkhauswächter zog Marius am Arm von der Fahrbahn. Gemeinsam gingen sie die wenigen Meter zu seinem Kabuff.

»Aber was wollten Sie dann oben bei den Auffahrten?«

Marius zuckte mit den Achseln. Die kleinen Komödien, die er den Leuten vorspielte, um an Informationen zu gelangen, fielen ihm immer leichter. »Na, ich dachte, ich schaue einmal nach Lackspuren oder so. Vielleicht ist ein Stück Lack abgesplittert und liegen geblieben. Das habe ich mal in einem Krimi gesehen.«

»Sie sollten nicht alles glauben, was Ihnen in Krimis erzählt wird. Hier bleibt nichts liegen. Hier ist Ordnung.«

»Deswegen habe ich nichts gefunden.« Marius schaute

sich in dem kleinen Raum um. An der hinteren Wand hing ein Wimpel des 1. FC Köln.

»Oh, Sie sind FC-Fan? Steigen wir auf dieses Jahr?« Der Detektiv lächelte den Parkhauswächter an. Müller deutete auf eine schwarz-weiße Tasse mit einer vertikal aufgedruckten Raute, in der ein ›B‹ prangte.

»Von mir aus kann der FC hundert Jahre in dieser verdammten zweiten Liga bleiben. Ich bin Borusse. Seit 45 Jahren«, schob Müller stolz hinterher.

Ups, dachte Marius. »Jeder Jeck is' anders«, erwiderte er und grinste schief.

Er zeigte auf die Bildschirme der Videoüberwachung. »Könnte ich da denn einmal reinschauen? So könnte ich mit Sicherheit beweisen, dass dieser Mann nach mir die Auffahrt hochgefahren ist. Bestimmt haben Sie irgendwo Aufzeichnungen, oder?«

»Ich kann Sie unmöglich hier unsere Videoüberwachung durchschauen lassen! Es gibt ja so etwas wie Datenschutz, nicht wahr? Da müssten Sie mit einer polizeilichen Verfügung kommen. Also vom Gericht, meine ich.«

»Sie würden mir wirklich sehr helfen. Sehen Sie, 3.500 Euro! Das ist eine Menge Geld. Meine Kleine ist gerade eingeschult worden. Sie wissen bestimmt, was da alles an Kosten anfällt: Schulbücher, Ranzen, neue Klamotten und was weiß ich nicht noch alles!«

»Tut mir leid, das kann ich nicht machen.« Er konnte den jungen Mann ja verstehen. Er hatte selber Kinder.

Marius nahm einen Hunderteuroschein aus der Innentasche seiner Jacke und spielte mit ihm zwischen den Fingern. Der Parkhauswächter überlegte einen Augenblick. Warum dem armen Teufel nicht helfen? Ein Geräusch an der Tür riss ihn aus seinen Überlegungen.

»Müller, alles klar bei Ihnen?«

»Jaja, Chef! Alles bestens«, beeilte er sich zu antworten. »Der junge Mann hier hatte nur ein paar Fragen.«

»Ich habe vergessen, wo ich meinen Wagen abgestellt habe.« Marius grinste verlegen.

Müller entspannte sich. Hätte der Mann den Unfall erwähnt, hätte das nur Ärger bedeutet.

»Sie dürfen hier trotzdem nicht einfach rein.«

»Ich wollte sowieso gerade gehen.« Der Detektiv deutete noch einmal auf den rot-weißen Wimpel. »Ihrer?«

Der Chef schüttelte den Kopf. »Der gehört dem Strunz von der 2. Schicht.«

»Der ist diese Woche abends dran«, ergänzte Müller.

*

Rui Barque reagierte nicht auf Marius Sandmanns Anruf. Der Detektiv holte seinen Renault aus dem Parkhaus an der Gertrudenstraße. Auf dem Weg dorthin versuchte er ein weiteres Mal, Rui zu erreichen. Vergeblich. Vielleicht benutzte er das Handy nur noch, um für Gabrielas Entführer erreichbar zu sein? Selbst wenn Marius' Besuch am angeblichen Ort der Entführung ihm nicht bestätigen konnte, dass sie wirklich stattgefunden hatte, ging er insgeheim doch davon aus.

Es kostete ihn über eine halbe Stunde Fahrtzeit, ehe er vor dem geklinkerten Haus in Hürth parkte. Auf der Luxemburger Straße wurden ein paar Äste geschnitten und auf fünfhundert Metern eine Fahrspur blockiert. Marius' Idee, über die Berrenrather Straße auszuweichen, hatte er nicht allein gehabt.

Er schellte. Der Detektiv wollte sich schon umdrehen,

als der Türöffner summte. Routiniert ließ Marius das kleine schwarze Mikrofon seiner Kopfhörer aus der Jeanstasche hängen und startete die Audioaufzeichnung, bevor er Ruis Wohnung betrat.

Auf der Bar standen ein Pizzakarton, ein schmutziger Teller, mehrere leere Flaschen und Gläser. Auf der Sofalehne stapelten sich Ruis Klamotten. Die Einkaufstüten hatte er mittlerweile aus dem Auto geholt und unter einem Fenster abgestellt. Der große Flatscreen zeigte das Standbild einer Spielszene aus einer Fußballsimulation. Im ersten Moment dachte Marius, Rui habe sich ein Fußballspiel angeschaut, so realistisch war es. Erst bei näherem Hinsehen erkannte er, dass Rui die Pausentaste eines Konsolenspiels gedrückt hatte. Real Madrid führte 3:0 gegen den 1. FC Köln.

»Ihr Spiel läuft nicht allzu gut, oder?«

»Ich bin Madrid«, antwortete der Brasilianer.

»Haben sich die Entführer gemeldet?« Rui schüttelte den Kopf. Wirkte er gestern noch aufgekratzt und panisch, kam er Marius heute eher resigniert vor.

»Das werden sie sicher noch tun.« Als ob das ein Trost für den Ex-Fußballer sein könnte. »Ich hätte noch ein, zwei weitere Fragen.«

»Lassen Sie hören!« Rui setzte sich halb auf die Sofalehne.

»Wusste jemand, dass Sie gestern in die Stadt gefahren sind?«

Der Brasilianer dachte lange nach, bevor er antwortete. »Nein. Riela wollte eigentlich allein fahren. Ich bin spontan mitgekommen.«

»Aber Gabriela hatte die Fahrt in die Stadt geplant?« Rui schüttelte den Kopf. Vermutlich hatten die Entführer das Pärchen also überwacht.

»Erzählen Sie mir, wie das alles abgelaufen ist!« Rui berichtete, so gut er konnte, von der Entführung. Marius ließ ihn reden.

»Haben die Entführer etwas gesagt?«

»›No police!‹, sonst nichts.«

»Sie haben englisch gesprochen?« Rui nickte. »Okay, die zweite Frage ist schwieriger. Ich habe mich ein wenig umgehört. Entführungen sind in Ihrer Heimat nicht selten. Gerade im Umfeld von Profifußballern.«

»Worauf wollen Sie hinaus? Glauben Sie, dass jemand aus Brasilien nach Deutschland fliegt, um die Freundin eines …«, er zögerte kurz, »… Krüppels zu kidnappen? Bei meinen Problemen?«

Marius blickte sich im großzügigen Wohnzimmer der Eigentumswohnung um. »Vielleicht war es niemand, der extra wegen dieser Entführung aus Brasilien hergekommen ist, sondern jemand, der hier bereits lebt. Haben Sie viele brasilianische Freunde und Bekannte hier?«

Ruis heftige Reaktion überraschte den Detektiv. »Kennen Sie das Wort ›Freunde‹? Das sind Leute, die viel für einen tun. Leute, die alles für einen tun! Bestimmt keine Leute, die Gabriela entführen würden, um Lösegeld zu erpressen!«

Abwehrend hob Marius beide Hände. »Mich interessieren weniger Ihre engen Freunde. Vielleicht gibt es Bekannte, Bekannte von Freunden, die Sie nicht so gut kennen? Die sich vielleicht in letzter Zeit auffällig für Gabriela und Sie interessiert haben?«

Energisch schüttelte Rui den Kopf. »In der Fremde hält man zusammen, Sandmann. Sonst hält man es nicht aus.«

Marius zückte einen Notizblock und einen Stift, die er Rui hinhielt. »Vielleicht können Sie mir doch Namen und Adresse einiger Ihrer Freunde aufschreiben?« Ruis Augen weiteten sich. Es steckte eine Menge Zorn in dem Jungen, dachte der Detektiv. Er beeilte sich, die Wogen zu glätten. »Es könnte ja sein, dass die etwas bemerkt haben. Dass einer Ihrer Freunde von jemandem auf Sie angesprochen wurde.« Rui wirkte immer noch aufgebracht. »Vermutlich niemand, den Sie persönlich kennen. Umso wichtiger ist es, dass ich die Möglichkeit habe, mich unter Ihren Freunden umzuhören.«

Endlich nahm Rui Block und Stift, hob das verletzte Bein und kritzelte mit schnellen Bewegungen einige Namen auf das Blatt, bevor er beides dem Detektiv zurückgab.

»Noch einmal: Erzählen Sie niemandem von Gabriela! Bringen Sie sie nicht in Gefahr!« So sehr schien er seinen Freunden nicht zu vertrauen, dachte Marius, verließ die Wohnung und drückte draußen auf die Stopptaste der Audioaufzeichnung.

Während der Detektiv seinen Wagen startete, um in die Stadt zurückzukehren, saß Rui schon vor dem Flatscreen. Mochte seine Karriere im wirklichen Leben den Bach heruntergegangen sein, hier war sie noch lange nicht zu Ende.

»Du hast dich keinen Deut verändert, Sandmann!« Robert Wolters sprang aus seinem Stuhl, lief um den großen Schreibtisch herum und drückte den Privatdetektiv zu dessen Verwunderung fest an sich. »Gut siehst du aus!«, schob er nach, hielt Marius an beiden Schultern fest und betrachtete ihn. »Immer noch die coolen, alten Klamotten von damals!« Endlich ließ er Marius los und deutete auf den Besucherstuhl vor dem Tisch. »Setz dich doch!« Er selber kehrte auf seinen Platz zurück, faltete die Hände wie zum Gebet und schaute seinen Besucher neugierig an. »Was kann ich für dich tun?«

Marius musterte seinen ehemaligen Kommilitonen. Robert Wolters hatte sich verändert. Aus dem linkischen Berufsjugendlichen in bedruckten T-Shirts, die immer ein wenig um den dürren Körper schlackerten, war ein attraktiver Mann in einem dunkelgrauen Anzug geworden, der den schlanken Körper vorteilhaft ins Bild setzte. Der Detektiv ließ den Blick durch das Büro schweifen. Teppich, Möbel, Technik – das alles sah aus, wie ein Büro eben aussah. Ob hier eine Versicherung, eine Verwaltung oder eine Krankenkasse beheimatet war, ließ sich kaum feststellen. Nur dem Kunstkenner fiel die Lithografie Gunther Ueckers an der rechten Wand ins Auge.

»Uecker – konnte ich nicht liegen lassen.« Wolters grinste schelmisch und wirkte ein wenig wie früher. »Die Galerie hat mir einen guten Preis gemacht, obwohl das gar nicht nötig gewesen wäre.« Selbstzufrieden lehnte er sich zurück und verschränkte die Arme hinter dem Kopf. Stolz deutete er auf ein Foto auf dem Sideboard an der anderen Wand. Es zeigte eine umwerfend attraktive Frau in ihrem Alter, eingerahmt von zwei nicht minder hübschen Kindergesichtern. »Erinnerst du dich noch an Magdalena Persic?«, fragte Wolters. Wie vermutlich jeder männliche Kunstgeschichtsstudent seines Semesters erinnerte sich Marius natürlich an Magdalena Persic. »Und das sind unsere Kinder Pablo und Henri. Schön die drei, nicht?« Wolters wartete auf die Bestätigung des Detektivs.

»Schön hast du's«, brachte der schließlich hervor. In Gedanken verglich er das Zimmer, das Foto und den Uecker mit seinem eigenen Ehrenfelder Büro und seinem eigenen Leben. Er schnitt nicht allzu gut ab.

»Ich weiß.« Wolters hatte sich über die Jahre eine Vielzahl unterschiedlicher Arten zu grinsen beigebracht. Fett und zufrieden gehörte ebenfalls zum Repertoire. »Hast du Kinder?«

Marius schüttelte den Kopf.

Wolters sah ihn kurz an, als habe er eine ansteckende Krankheit. Anschließend wechselte er das Thema. »Und was machst du so?«

Marius zögerte. »Ich bin … Kunstdetektiv«, antwortete er schließlich.

»Kunstdetektiv?« Wolters sprang auf. »Dann bist du hier genau richtig!« Er lief erneut um den Schreibtisch herum und packte Marius an der Schulter. »Mensch, Alter, wir können ja zusammenarbeiten! Was hast du so wiederbeschafft?«

»Erinnerst du dich an die Lochner-Kreuzigung, die das Wallraf vor ein paar Jahren wiedergefunden hat?«

»Das warst du?«

Marius nickte. Er verschwieg allerdings, dass bei der Suche nach diesem Bild sein damaliger Chef selbst an ein Kreuz genagelt worden war und dass er fast auf ähnliche Weise getötet worden wäre. Er versuchte so wenig wie möglich daran zu denken.

»Das war eine Hammersensation damals! Alle Achtung!« Er schlug Marius auf die Schulter. »Was suchst du jetzt? Bestimmt ein Bild, das wir versichert haben, oder? Na klar, sonst wärst du ja nicht hier.« Er zwinkerte dem Detektiv verschwörerisch zu.

»Es geht um Max Ernsts ›Ballspieler‹ aus der Galerie Juist. Ich bin schon dort gewesen, aber Juist junior war nicht sehr gesprächig. Er meinte, ich solle mich an dich wenden.«

»Ja, der hat's schwer. Quasi seine erste Ausstellung, nachdem sein Vater ihm nach langem Quengeln den Laden überlassen hat, und ihm kommt ein Max Ernst abhanden! Das steckst du nicht so locker weg. Arme Sau!«

»Meinst du, er hängt mit drin?«

»Glaube ich nicht. Um ganz ehrlich zu sein: Dafür fehlt Tristan Juist das Format.«

»Vielleicht hat er nicht ganz freiwillig mitgeholfen? Juist will jedenfalls erst mit mir reden, wenn ich mit dir gesprochen habe. Er will eine Bestätigung, dass ihr meine Arbeit unterstützt.«

Wolters setzte sich. Er schwieg eine Weile. »Wir können dir natürlich keinen offiziellen Auftrag erteilen.«

Marius hatte sich mehr versprochen, gab jedoch nicht so schnell auf. »Vielleicht kannst du mir mehr über den Diebstahl erzählen?«

»So auf Anhieb nicht. Am besten wendest du dich an die Polizei.« Das Gespräch wurde immer unerfreulicher. »Ich kann dir die Namen der Beamten raussuchen lassen, die vor zwei Jahren ermittelt haben.« Er beugte sich nach vorn und drückte einen Knopf auf seiner Telefonanlage. »Inga, könntest du mir mal schnell die Namen der Beamten im Fall Juist/Ernst raussuchen?« Er grinste Marius kurz an, als er ein »Dank dir!« in die Anlage flötete. »Eine Sekretärin ist was Tolles! Hast du eine?« Der Privatdetektiv schüttelte den Kopf. Wenige Augenblicke später öffnete sich die Tür und Inga betrat, einen Zettel in der Hand, den Raum. Sie war allerhöchstens zwanzig und toppte Magdalenas Aussehen auf dem Familienfoto. Wolters sah sie an, als wollte er nicht nur mit Magdalena Persic schöne Kinder in die Welt setzen. Sie reichte ihm den Zettel und ging hinaus, ohne ein Wort zu sagen. Wolters reichte den Zettel an Marius weiter, der schaute kurz drauf und steckte ihn ein.

»Vermutlich wird die Polizei ebenfalls nicht mit mir reden, oder?«

»Wahrscheinlich nicht.«

»Vielleicht würde ein Schreiben der Firma, die das Bild versichert hat, helfen«, brachte Marius das Gespräch auf den heikelsten Punkt zurück.

»Wie gesagt: Wir können dir keinen offiziellen Auftrag geben. Da sind unsere Richtlinien ganz strikt.«

Marius blickte nachdenklich auf das Familienfoto. »So ein schwammiger Brief, dass ihr meine Ermittlungen unterstützt, würde reichen. Nichts, was dich festlegt.«

»Eins muss dabei klar sein: Wir verpflichten uns zu nichts. Keine Unterstützung, keine Zahlung.«

»Es sei denn, ich bringe euch den Ernst.«

»Das wäre eine neue Situation. Nur können wir unmöglich in Vorleistung treten.«

Marius wusste, dass die Versicherung das durchaus konnte, beließ es aber dabei. Irgendein Wisch von Wolters, dass er mit seinem Wissen ermittelte, würde in den meisten Fällen reichen.

»Keine Angst. Du erhältst keine Rechnung von mir. Es sei denn, das Bild ist dazu gepackt.«

Wolters grinste. »Wir verstehen uns. Inga setzt dir was auf.«

*

Noch im Foyer der Versicherung wählte Marius die Telefonnummer der Galerie Juist. Wie erhofft, ging Kasakowa dran.

»Sandmann hier. Der Privatdetektiv.«

»Ich weiß, wer du bist.«

»Schön. Ich habe mit der Versicherung gesprochen und würde gerne einen zweiten Termin mit deinem Chef vereinbaren.« Er hielt kurz inne, bevor er weitersprach. »Und mit dir.«

Ein kurzes Lachen erklang am anderen Ende der Leitung. »Bin ich verdächtig?«

»Selbstverständlich!«

»Also sollten wir das Gespräch besser hier in der Galerie führen.«

»So verdächtig vielleicht doch nicht«, erwiderte Marius.

»Okay, für den einen Termin könnte ich dir den Donnerstagabend anbieten. Den anderen muss ich mit Tristan klären. Ich melde mich.« Damit legte sie auf.

Zurück im Büro widmete sich Marius zuerst seiner obligatorischen Trainingseinheit. Seitdem er gelernt hatte, den Schmerz länger auszuhalten, waren seine Leistungen besser geworden. Zufrieden und erschöpft setzte er sich anschließend an den Rechner. Er wollte Ruis und Gabrielas Freunde und Bekannte recherchieren, damit er wusste, mit wem er es zu tun hatte, bevor er sich mit den Leuten auf Ruis Liste traf. Doch als Erstes gab er die Begriffe Kasakowa und Galerie Juist in die Google-Suchmaske ein. Auf der Homepage der Galerie fand er ein Foto der Russin, das er auf den Rechner zog und in einen Ordner packte, zusammen mit ihrem Lebenslauf.

Arina Kasakowa war in Wolgograd geboren, hatte dort Kunst und Deutsch studiert. Damals beriet sie einen einheimischen Geschäftsmann namens Iljakow bei seinen Kunstinvestments. Schließlich war sie nach Moskau gegangen, wo sie als Assistentin und Dolmetscherin eines deutschen Galeristen gearbeitet hatte. Von dort führte sie ihr Weg ziemlich rasch zu Juist nach Köln. Die nächsten Google-Treffer waren auf Russisch und hatten offenbar mit Ausstellungen zu tun, an denen Arina beteiligt gewesen war, oder bezogen sich auf ihr Studium in Wolgograd. Ein Übersetzungsprogramm brachte wenig Erhellendes. Trotzdem speicherte Marius die Seiten ab. Auf einer davon fand er ihre private E-Mail-Adresse. Schließlich loggte er sich bei Facebook ein, wo er zwei Profile unterhielt. Eins unter seinem Namen, eins unter dem Namen eines alten Studienfreundes, der bereits vor zehn Jahren bei einem Autounfall ums Leben gekommen war. Mit dessen Namen meldete er sich häufiger bei dem sozialen Netzwerk an.

Zu seiner Enttäuschung hatte die Kasakowa all ihre Angaben dort auf ›Privat‹ gesetzt. Außer einem kleinen quadratischen Porträt, das er ebenfalls speicherte, und einem Hintergrundbild, das vermutlich Wolgograd zeigte, konnte Marius nichts sehen. Er überlegte, ob er der Russin mit seinem echten Profil eine Freundschaftseinladung schicken sollte. Das hätte aber bedeutet, auch etwas über sich preisgeben zu müssen. Stattdessen versuchte er, mit ihrer E-Mail-Adresse und ein paar planlos ausprobierten Passwörtern Zugang zu ihrem Profil zu bekommen. Vergeblich. Der Detektiv wusste, dass es im Internet Programme gab, die es ihm ermöglichten, das Passwort zu hacken. Aber er vertraute diesen Programmen nicht und wollte sie keinesfalls auf seinem Rechner installieren. Nach ein paar weiteren Versuchen gab er es auf, Arina Kasakowas Passwort herauszukriegen.

8

Sebastian Jansen rutschte unruhig auf seinem Stuhl hin und her. Seitdem er zum Leitenden Polizeidirektor aufgestiegen war und nicht mehr nur die Verantwortung für die Kölner Kripo innehatte, häuften sich unerfreuliche Situationen wie diese. Ihm gegenüber saß tief in den Stuhl gedrückt, beide kräftige Arme vor der Brust verschränkt, der Streifenbeamte Robert Schuvert. Neben Schuvert saß Carsten Bluth, der neue Mediensprecher der Kölner Polizei. Er hockte, ein paar Unterlagen auf dem Schoß, ganz am Rande des Stuhls, scheinbar bereit, jederzeit aufzuspringen. Zwischen ihnen auf dem Schreibtisch lag die aufgeschlagene Zeitung mit dem Artikel, in dem die Journalistin Verena Talbot Schuvert beschuldigt hatte, einen Rechtsanwalt – ausgerechnet einen Rechtsanwalt! – zusammengeschlagen zu haben.

»Unerfreulich! Sehr unerfreulich!«, sagte Jansen mit hoher, schriller Stimme.

»Ich kapier das nicht!« Schuvert schaute ihn finster an. »Warum kann ich nicht einfach eine Gegenanzeige machen? Das ist doch Standard in solchen Situationen. Soll der Kerl mal sehen, wie weit er mit seinen Vorwürfen kommt.«

»Weil wir es hier nicht mit irgendeinem dahergelaufenen Fußballfan zu tun haben, sondern mit einem Strafverteidiger, der obendrein mit einer stadtbekannten Journalistin liiert ist«, warf Bluth ein. »Die zerlegen uns eine Gegenanzeige. Sie haben leider den Falschen erwischt, Schuvert.«

»Blöder Wichser«, entgegnete Schuvert.

»Ich hoffe, Sie meinen nicht mich? Ich bin schließlich hier, um Ihren Arsch zu retten.«

Jansen zupfte sich mit Daumen und Zeigefinger an der

Lippe. »Wir können doch nicht einräumen, dass einem Kollegen die Hand ausgerutscht ist!«

»Auf keinen Fall!«, bestätigte Bluth seinen Chef. »Wenn wir einmal anfangen, zuzugeben, dass einer unserer Beamten einen Fehler gemacht hat, untergräbt das unsere Autorität auf der Straße.«

»Und da ist es hart genug. Keine Sau hat mehr Respekt vor der Uniform«, warf Schuvert ein.

»Es ist wichtig, dass die Kollegen draußen sich auf uns verlassen können. Es wäre das völlig falsche Signal, jetzt jemanden an den Pranger zu stellen. Die Akzeptanz unserer Arbeit steht auf dem Spiel. Tag für Tag sehen wir uns Kritik ausgesetzt. Wo endet das, wenn wir selber damit anfangen? Und …«, schob Bluth hinterher, »… was würden die Kollegen draußen auf der Straße von Ihnen halten, wenn Sie einen verdienten und beliebten Beamten der Pressemeute vorwerfen?«

»Und wenn wir sagen, er hätte kurz die Nerven verloren?« Jansen blickte Schuvert unsicher an. »Im Stress? Man könnte es so drehen, dass die Belastung bei solchen Spielen einfach immens groß geworden ist!«

»Dass die Leute irgendwie selbst schuld sind, wenn das passiert? Hm …«, Bluth überlegte. »Das wäre vielleicht eine gute Gelegenheit, um die ein oder andere Erleichterung für die Kollegen durchzudrücken.«

»Auf meine Kosten?« Schuverts Wangen zeigten eine ausgeprägte Röte.

Bluth tätschelte sein Knie. »Keine Sorge, so machen wir das nicht.« Er nahm eine dünne Mappe von seinem Schoß und reichte sie mit seinen dürren Fingern dem Direktor. »Es gibt eine Untersuchung zu diesem Fall.« Jansen nahm die Mappe, öffnete sie jedoch nicht. »Was steht drin?«

»Dass sich unser Kollege Schuvert keinerlei Vorwürfe machen muss und der Einsatz völlig in Ordnung war.«

»Die Journalistin behauptet das Gegenteil.«

»Die Schlampe lügt doch!«

Bluth hob warnend die Hand. »Wir wollen in Ruhe an die Situation herangehen. Die Journalistin sagt so. Wir sagen so. Solange sie keine Beweise liefern kann, passiert gar nichts.«

»Das sehe ich ähnlich«, pflichtete ihm Jansen bei.

»Die wird nicht locker lassen«, widersprach Schuvert. »Ich habe mit den Kollegen gesprochen. Die sagen, sie sei eine Bitch. Wenn die sich einmal in ein Thema verbeißt, hört die nicht auf.«

»Wenn sie das tut, können wir immer noch andere Munition nachladen.«

Schuvert stand vor dem Haupteingang des Präsidiums und rauchte gierig eine Zigarette. Die Tür öffnete sich und Bluth eilte heraus. Schuvert nickte kurz. Er mochte den Mediensprecher nicht. Jetzt, wo er von dessen Arbeit abhing, noch weniger. Immerhin hatte Bluth ihn auf eine Idee gebracht. Er würde sich seine eigene Munition für Verena Talbot suchen. Sicher war sicher. Als er die Zigarette im Aschenbecher ausdrückte, sah er Paula Wagner über den Vorplatz rennen. Ebenfalls eine, für die man sich besser Munition bereit hielt. Wieso es Franka ausgerechnet in ihre Abteilung verschlagen hatte?

*

Kriminalhauptkommissarin Paula Wagner klopfte kurz an Jansens Bürotür. Ohne eine Antwort abzuwarten, ging sie hinein. Seine Sekretärin schreckte hoch, als Paula das Vorzimmer enterte, an ihr vorbeistürmte und die Tür zu Jansen aufriss. »Das dürf…« Mehr konnte sie nicht sagen, ehe die Tür hinter Paula zuknallte.

Jansen sah überrascht hoch. Er hatte sich einen Moment der Ruhe gewünscht, nachdem ihm das Gespräch mit Schuvert und Bluth so zugesetzt hatte.

»Sie wollten mit mir reden«, eröffnete Paula das Gespräch. Er bot ihr einen Platz an, sie blieb stehen, leicht nach vorn gebeugt, beide Hände auf die Lehne eines Stuhles gestützt. Er schaute zu ihr auf.

»Es geht um Ihren neuen Fall. Was haben Sie da bisher?«

»Eine Leiche, keinen Namen, keine Informationen, wann und wie der Mann ums Leben kam. Wir arbeiten natürlich dran.«

»Gut. Ich möchte, dass Sie mich über Ihre Fortschritte auf dem Laufenden halten.«

»Um mir das zu sagen, haben Sie mich hergebeten?« Paulas Hände krallten sich in das Polster der Lehne.

»Nun, Frau Hauptkommissarin …«, hob Jansen an.

»Sie wollen sichergehen, dass mir nicht wieder ein Kollege vor die Flinte läuft«, stellte Paula fest.

»Das ist doch Unsinn!«, rief Jansen aus. Zu betont empört, fand Paula. Statt zu antworten, hob sie nur leicht eine Augenbraue. »Nun gucken Sie mich nicht so an! Natürlich geht es mir nicht darum, Ihre Ermittlungen zu überwachen! Glauben Sie im Ernst, ich würde Ihre Ermittlungen beschneiden? Oder in eine bestimmte Richtung lenken wollen?«

Paula Wagner schaute sich kurz um, als wolle sie sicher gehen, keine Zeugen zu haben. »Sie möchten zumindest sichergehen, dass ich nicht in die falsche Richtung ermittle.« Abrupt wechselte sie das Thema. »Ist Schuvert früher einmal gewalttätig geworden?«

»Ich denke nicht, dass Sie das zu interessieren braucht«, antwortete Jansen und nestelte an seiner Lippe, was Paula verriet, dass ihre Vermutung richtig war.

»Muss ein anstrengendes Gespräch gewesen sein.«

»Was?«, fragte Jansen verwirrt.

»Das Gespräch mit Schuvert und Bluth. Es scheint sehr anstrengend gewesen zu sein. Wie gehen wir in dem Fall weiter vor? Wird er suspendiert?«

»Das kann Ihnen herzlich egal sein, Frau Hauptkommissarin.« Also nein, dachte Paula. »Ihr ›Wir‹ können Sie sich ebenfalls sparen. Kümmern Sie sich um Ihren Fall! Damit haben Sie, wie Sie selber bereits gemerkt haben, genug zu tun. Und informieren Sie mich über jeden Ihrer Ermittlungsschritte!«

»Finden Sie nicht, Sie sollten sich mehr mit Leuten wie Schuvert und weniger mit Leuten wie mir beschäftigen?«

Jansens Fingernagel bohrte sich tief in die Unterlippe. Als er ihn wegnahm, sah Paula ein wenig Blut an der Lippe. Jansen richtete den Finger, an dessen Spitze sich nun ein kleiner roter Fleck befand, auf sie. »Noch einmal: Halten Sie sich da raus! Machen Sie Ihren Job! Ihre Abteilung hat bisher nicht wirklich Ergebnisse vorzeigen können. Es wird Zeit, dass das anders wird, Frau Hauptkommissarin!«

Vom Polizeipräsidium im rechtsrheinischen Kalk fuhr sie ins Rechtsmedizinische Institut nach Ehrenfeld, wo Doktor Brandt auf sie wartete. Zu Paulas Verwunderung begrüßte er sie mit Handschlag und bot ihr von sich aus einen Platz in der kleinen Sitzecke seines Büros an. Noch verwunderter schaute Paula, als sich Brandt zu ihr setzte, anstelle wie sonst üblich dozierend vor ihr auf und ab zu gehen.

»Wie geht es dir?«, fragte er, was Paula vollends aus der Fassung brachte.

»Bis gerade ging es mir gut«, antwortete sie und meinte das durchaus ehrlich. Brandts Höflichkeit verwirrte sie und weckte ihr Misstrauen. »Warum fragst du?«

»Fragt man das nicht unter Freunden?«

»Man fragt das. Du fragst das nicht. Also: Was ist los mit dir?«

»Nichts!« Nun stand Brandt doch auf und ging in dem kleinen Raum auf und ab. Das war beruhigender, als ihn neben sich sitzen zu haben.

»Reden wir über den Fall, Volker. Was hast du rausfinden können?« Besser, den Rechtsmediziner auf sein vertrautes Terrain zu lotsen.

»Oh«, antwortete er, »einiges. So ein verwester Ledermann kann einem erstaunlich viel erzählen, wenn man ihm richtig zuhört. Unser Freund war ein ziemlicher Raufbold.«

»Wie kommst du da drauf?«

»Einige Rippenbrüche, irgendwann war das Handgelenk verstaucht, der ein oder andere Finger und vor allem die Nase waren mehrfach gebrochen gewesen. Entweder war der Mann – und es handelt sich um ein männliches Skelett – ein riesiger Tollpatsch oder ein übler Schläger. Möchtest du etwas trinken?« Brandt griff zu einer Flasche Wasser und einem Glas auf seinem Schreibtisch und hielt Paula beides hin. Die Hauptkommissarin konnte sich nicht erinnern, dass Brandt ihr in all den Jahren ihrer Zusammenarbeit jemals ein Glas Wasser angeboten hätte. Noch bevor sie ablehnen konnte, stellte es ihr der Rechtsmediziner auf den Tisch.

»Weißt du inzwischen mehr über die Identität des Toten?« Verlegen trank sie tatsächlich einen Schluck. Brandt nickte ihr aufmunternd zu.

»Ja«, antwortete er gedehnt, bevor er eine Pause machte. So allmählich schien Brandt sich zu normalisieren.

»Lass mich raten: Osteuropäer, Bandenkriminalität und irgendwann in den 90ern mit einem Kopfschuss hingerichtet.«

Der Mediziner schüttelte den Kopf. »Zu deiner ersten Annahme kann ich nichts sagen. Allerdings wurde er definitiv nicht in den 90ern mit einem Kopfschuss hingerichtet.« Brandt wartete auf Paulas ungeduldiges Nachfragen. Sie tat ihm den Gefallen – endlich Normalität! Außerdem wollte sie nicht den ganzen Tag hier verbringen. Am allerwenigsten, wenn Brandt diese unberechenbare Freundlichkeit an den Tag legte.

»Sondern?«

»Bauchschuss und Herztreffer – etwa Mitte der 80er-Jahre. Wir haben zwei Patronenhülsen sichergestellt. Genaueres in ein paar Tagen.«

»Bauchschuss?« Paula dachte nach. Meist fand man in Wäldern entweder Selbstmörder oder Opfer von Bandenrivalitäten. Allerdings hätte sich ein Selbstmörder kaum selbst vergraben. Ein Bauchschuss jedoch war immer eher ein Hinweis auf einen unerfahrenen Schützen. Ein gut platzierter Herzschuss würde allerdings eher auf einen Profi hindeuten.

»Was wissen wir über die Waffe?«

»Die Ballistiker arbeiten daran. Du kannst dir bestimmt denken, welche Priorität eine 30 Jahre alte Leiche hat.«

Das konnte sie. »Also noch nichts Konkretes. Bist du wenigstens mit der DNA weitergekommen?« Spätestens jetzt hätte Paulas abwertendes ›wenigstens‹ Brandt zu einem Wutausbruch verleiten müssen. Der Rechtsmediziner ging darüber hinweg.

»Noch nichts Handfestes. Ihr Polizisten ...«

»Ich weiß, Volker«, Paula stand auf, »wir erwarten immer Wunderdinge von dir.« Sie lächelte ihn an und hoffte, dass es aufrichtig aussah. »Wenn wir das von irgendjemandem erwarten können, dann von dir!« Sie tätschelte leicht seinen Arm.

Brandt schaute sie aufrichtig erleichtert an. »Ich habe dir also nichts Schlimmes angetan?«

»Wie meinst du das?« Paula verstand kein Wort.

Brandt druckste ein wenig herum. »Ich dachte, weil du lesbisch geworden bist. War ich so schlimm?«

9

Es kostete den Privatdetektiv einige Überzeugungsarbeit, Rui Barque dazu zu bewegen, mit ihm gemeinsam in das Parkhaus zu fahren, in dem Gabriela entführt worden war.

»Ich will da nicht hin«, nölte der frühere Fußballspieler. Marius wusste nicht, ob er nicht mit dem Geschehen oder mit möglichen Ermittlungsfortschritten konfrontiert werden wollte. Aber er brauchte Rui. Es war halb elf, als sie die Auffahrt zum Parkhaus betraten. Hinter der Glasscheibe des Aufenthaltsraums für die Wachleute saß ein älterer, kräftiger Mann. Einen kurzen Moment schaute er Rui irritiert an, ehe ein Ausdruck freudigen Erkennens über sein Gesicht huschte. Sandmann wusste, dass sie den Richtigen vor sich hatten. Sein Namensschild ›Strunz‹ bestätigte es dem Detektiv.

»Hallo«, sagte er zur Begrüßung, »wir stören Sie nur ungern. Mein Freund hier hat eine riesengroße Bitte an Sie.«

Strunz schien Marius gar nicht wahrzunehmen. »Du bist Rui Barque, oder? Ich hab' dich früher ein paar Mal spielen sehen. In der Jugend schon! Du warst großartig. Tut mir leid mit dem Knie. Wie läuft es jetzt?«

Rui antwortete nur kurz, als hätte er diese Sätze in den letzten Monaten zu oft gehört. »Es ist okay, danke.« Er lächelte wenig überzeugend.

»Was kann ich für euch Jungs denn tun?«

Marius antwortete. »Rui ist vor zwei Tagen jemand in den Wagen gefahren.«

»Hier bei uns?«

»Leider. Natürlich ist der Kerl abgehauen und Rui stand zu sehr unter Schock, um sich die Nummer merken zu können. Ich hab gesehen, dass Sie eine Videoüberwachung hier haben. Sie speichern die Aufnahmen doch bestimmt?«

»Das tun wir. Schon allein für die Versicherung. Wenn mal was ist, müssen wir ja im Zweifel nachweisen können, dass uns keine Schuld trifft.«

»Das ist klar. Es geht uns nicht darum, Sie oder den Parkhausbetreiber zu beschuldigen. Wir würden nur gerne wissen, wer das war. Vielleicht entdecken wir ihn auf den Bändern. Dann hätten wir zumindest ein Nummernschild.«

»Das heißt, ihr wollt die Bänder sehen?«

Marius wünschte sich, Rui würde sich am Gespräch beteiligen. Er könnte Strunz deutlich schneller überzeugen. »Wenn das möglich wäre?«

Strunz starrte eine Weile vor sich hin. »Ich darf das nicht. Fremden die Bänder zeigen, meine ich«, antwortete er schließlich.

»Ist Rui Barque denn ein Fremder?«

Wenige Minuten später saßen die beiden im hinteren Raum der Parkhausaufsicht. Strunz hatte ihnen die Aufnahmen des Tages herausgesucht, die die Kamera zwischen dem 2. und dem 3. Parkdeck aufgezeichnet hatte. Marius hielt die Taste für den schnellen Vorlauf gedrückt. Er hoffte, dass Rui den Lieferwagen erkennen würde. Oder dass er feststellen konnte, dass Rui ihn angelogen hatte.

Das erste Mal konnte Marius den Film nach ein paar Minuten stoppen. Ein weißer Ford Transit fuhr die Auffahrt hinauf.

»War es der?« Rui verneinte. Marius überprüfte die Uhrzeit, die das Video anzeigte. Der Wagen war tatsächlich zu früh. »Gegen vierzehn Uhr?«, fragte der Detektiv.

Rui nickte erneut. »So ungefähr.«

Marius drückte die Taste für den schnellen Vorlauf. Als die Uhr zehn vor zwei anzeigte, hielt er das Band ein weiteres Mal an. Ein weißer Mercedes Vito fuhr die Auffahrt hinauf. Marius spulte ein kleines Stück zurück, in der Hoffnung die beiden Männer, die darin saßen, besser erkennen zu können. Doch das Bild war zu dunkel.

»Das ist der Wagen, oder?«

Rui beugte sich nach vorne. Seine Finger zitterten. »Ich glaube ja.« Marius ließ die Aufzeichnung langsam vorwärts laufen. Bild für Bild sprang der Wagen die Ausfahrt hinauf. Kurz stoppte Marius die Vorführung, um sich das Nummernschild zu notieren. Zur Sicherheit fotografierte er mit dem Smartphone den Bildschirm.

»Wenn sie halbwegs professionell waren, haben sie Wagen und Nummernschild geklaut. Wahrscheinlich bringt uns das also nicht viel.«

»Scheiße, dass wir die Männer nicht besser erkennen können.« Rui starrte gebannt auf den Monitor. Seine Augen flackerten leicht.

Marius ließ das Band weiterlaufen. Wenige Sekunden, nachdem der Vito verschwunden war, bog der Audi um die Kurve. Kein Auto dazwischen, sie hatten die Entführer gefunden. Trotzdem hatte Rui recht. Falls ihnen das Nummernschild nicht weiterhalf, wäre es gut, die Gesichter der beiden Männer sehen zu können. Wer aus einem Parkhaus rausfuhr, musste irgendwann hineingefahren sein.

»Wann seid ihr in die Stadt gefahren?«

»Oh, wir waren früh unterwegs. Gegen halb elf.«

Marius drückte die Taste für den schnellen Rückwärtslauf und hielt erst an, als die eingestempelte Uhr zehn Uhr dreißig anzeigte. Hier startete er das Band erneut. Wenige Minuten nach halb elf fuhr der Q5 die Abfahrt ins Parkhaus hinunter, kurz danach der weiße Vito. Marius drückte die Stopptaste auf der Fernbedienung. Gemeinsam starrten sie den Männern ins Gesicht, die Gabriela entführt hatten. Beide trugen dunkle Jacken, der Fahrer hatte die Haare kurzgeschoren und war unrasiert. Sein Beifahrer trug die hellen Haare halb lang. Viel mehr konnten sie nicht erkennen. Marius machte mehrere Fotos.

»Sicher ist sicher«, erklärte er.

Als sie das Büro verließen, bestand Strunz auf Autogrammen für sich und seinen Sohn. Rui erfüllte ihm den

Wunsch. Für einen kurzen Augenblick konnte Marius nicht entscheiden, wer von beiden glücklicher strahlte.

Sie brauchte eine Weile, um sich durch die Menge durchzukämpfen. Mit den Ellbogenspitzen schob Arina die überwiegend jungen Gäste der Kunstbar am Hauptbahnhof beiseite, um sich zu dem Stehtisch am Fenster vorzuarbeiten, an dem der Detektiv saß. Zwischen all den Teenagern, die neuerdings die Bar bevölkerten, wirkte sie in ihrem eleganten, tief ausgeschnittenen Top, dem kurzen schwarzen Mini und dem kostspieligen Schmuck auf angenehme Art erwachsen, fand Marius.

»Du sitzt lieber an der Wand?«, begrüßte sie ihn und stellte ihre Tasche auf den Barhocker, der Marius gegenüber stand.

»Ich habe die Dinge gerne im Blick«, bestätigte Marius.

»Ich auch!«, stimmte Arina zu, nahm den Hocker und zwängte ihn neben Marius' Platz. Unwillkürlich rückte der Detektiv ein Stück beiseite. Eine Geste der Höflichkeit. Arina rückte nach. Sie schaute in den vollen Raum, in dem sich die in farbig-weißen Streifen gestaltete Bar kaum erahnen ließ.

»Was ist hier passiert? Früher war das eine nette, gut eingerichtete Künstler-Bar mit exzellenten Drinks.«

»Sie drehen hier eine Fernsehserie. Am Wochenende kommen jetzt alle gucken, wie das so ist und ob man vielleicht einen seiner Helden trifft.«

»Oh! Ich hatte immer befürchtet, dass die Medienstadt Köln irgendwann die Kunststadt Köln auffrisst. Aber dass es so endet …«

Ein Kellner baute sich neben ihnen auf. Arina nahm die Karte und bestellte einen Cocktail mit Wodka und Erdbeersirup. »Ich bin Russin, ich muss ein Klischee erfüllen«, begründete sie ihre Wahl und zwinkerte Marius zu. Der bestellte einen der wenigen alkoholfreien Cocktails. »Die Wand im Rücken, kein Alkohol? Du hast die Dinge nicht nur gern im Blick, du hast gern alles unter Kontrolle, nicht wahr?«

Sein Smartphone klingelte. Für einen kurze Moment fühlte Marius sich erleichtert, der Analyse und dem neugierigen Blick der gesprenkelten Augen entkommen zu können. »Entschuldige, ich muss …«, wandte er sich an die Russin, als er auf das Display blickte. Dann nahm er das Gespräch an.

Rui Barque sagte nur einen Satz: »Die Entführer haben sich gemeldet.«

Rui Barque trug eine kunstvoll aufgeschnibbelte Jeans, dazu ein tief ausgeschnittenes T-Shirt, das den Blick auf eine akkurat rasierte Brust freigab. Er reichte dem Detektiv flüchtig die Hand. Der Fernseher war ausgeschaltet, ansonsten hatte sich das Chaos verschlimmert. Die Einkaufstüten, die er bei seinem letzten Besuch gesehen hatte, standen noch immer unberührt in der Ecke vor dem Fenster. Pizzakartons, die typischen Styroporboxen vom Lieferservice und ungespülte Gläser sammelten sich in der Küche und auf der Bar. Rui tigerte durch sein Wohnzimmer, während er erzählte. Das linke Knie knickte bei jedem Schritt leicht ein.

»Vor einer Stunde haben sie sich gemeldet, kurz bevor ich Sie angerufen habe.«

»Was haben sie gesagt? Versuchen Sie sich so genau wie möglich zu erinnern.«

Rui blieb eine Sekunde stehen, dachte nach und setzte

seine Wanderung fort. Das leichte Hinken ließ seinen Gang heute noch gequälter wirken.

»Sie sagten: ›Wir haben Gabriela.‹ Dann forderten sie 500.000 Euro! ›Sonst ist sie tot.‹«

Wenn sie das nicht längst war, dachte Marius. »Haben die Entführer sonst etwas gesagt? Bis wann sie das Geld wollen? Einen Treffpunkt?« Rui schüttelte im Gehen den Kopf. Er wirkte aufgekratzt, gleichzeitig entrückt, als versuche er, der Situation zu entfliehen. »Konnten Sie mit Gabriela sprechen?«

Überrascht blieb der Ex-Fußballer stehen. »Ich?«, fragte er. »Nein, das ging nicht.«

»Haben Sie danach gefragt?«

»Ich hatte überhaupt keine Zeit dafür. Die haben viel zu schnell aufgelegt.« Er hielt inne. »Scheiße!« Rui rieb sich mit der Hand über das Gesicht. »Scheiße!« Er schlug mit der Hand auf die Fensterbank.

»Durchatmen!«, versuchte Marius, Rui zu beruhigen. »Wenn die Entführer sich ein weiteres Mal melden, sagen Sie mir sofort Bescheid! Und zeichnen Sie das Gespräch auf!« Marius nahm Ruis Smartphone und erklärte ihm, wie die automatische Telefonaufzeichnung funktioniert. Rui nickte verständig. Marius vertraute jedoch weniger ihm, sondern mehr dem Umstand, dass er selbst die Funktion aktivierte. »Vor allem bestehen Sie darauf, mit Gabriela zu reden. Das ist wichtig.«

»Und die Geldübergabe?«

»Die werden Ihnen schon sagen, wie das ablaufen soll.«

»Das meinte ich nicht. Ich weiß nicht, wo ich das Geld hernehmen soll.«

Marius Sandmann hatte sich das ebenfalls gefragt. Er

hatte keine Ahnung. Wichtig war zunächst, mit den Entführern ins Gespräch zu kommen.

*

Kriminalkommissar Wolfgang Scharenberg saß bereits früh an seinem Schreibtisch in dem kaum zehn Quadratmeter großen, schmalen Büroraum, den er sich als drittes Mitglied der Task Force Science der Kölner Kripo mit Paula Wagner und Franka Schilling teilte. In seinem Rücken zog es leicht. Das Fenster schloss nicht mehr richtig, seitdem Paula es einmal mit einem Schraubenzieher gewaltsam geöffnet hatte. Da sein Stuhl direkt vor der Heizung unter dem Fenster stand, fror er im Rücken, während seine Beine wohlige Wärme genossen. Wollte er aufstehen, musste er das rechte Bein über den Stuhl heben und Franka bitten aufzustehen, damit sie ihn durchlassen konnte. Sie hätten die zwei Schreibtische, an denen sie zu dritt saßen, auch anders anordnen können, aber sowohl Paula als auch er bestanden darauf, mit dem Rücken zum Fenster beziehungsweise zur Wand zu sitzen. Franka beanspruchte für sich und ihr Laptop nur eine Ecke seines Tisches. Sein Monitor bildete die Grenze zwischen ihren Bereichen. Je früher er da war, umso besser.

Gleich am Morgen hatte er die Informationen online entdeckt, die die Ballistiker zu der Waffe liefern konnten, mit denen ihre Waldleiche erschossen worden war. Das Projektil gehörte zu einer FN Browning HP, einer Pistole des belgischen Waffenherstellers Fabrique Nationale d'Armes de Guerre. Eine extrem zuverlässige Waffe und extrem weit verbreitet. Dieses Exemplar jedoch, das hatten die Ballistiker bereits herausgefunden, war in Deutschland nie aktenkundig geworden. Weder in den Jahren, bevor der Unbekannte im Wald erschossen worden war, noch in den sicherlich fast dreißig Jahren danach war sie jemals in ein Verbrechen verwickelt gewesen. Entweder hatten sie es mit einem privaten Drama zu tun und einer Waffe, die schwarz gekauft und nie in Gebrauch gewesen war. Oder der Mord war eine Angelegenheit ausländischer Krimineller. In diesem Fall war es sinnvoll, die Daten der Waffe in die internationalen Datenbanken einzugeben. Nicht selten waren anonyme Tote Ausländer, die hier niemand vermisste und von denen in der Heimat niemand ahnte, dass sie in Deutschland gestorben waren. Auf die Ergebnisse würde er ein wenig warten müssen. Außerdem machte er sich daran, die passenden Vermisstenfälle der Jahre 1983-1985 aufzuarbeiten, musste jedoch rasch feststellen, dass das ein aussichtsloses Unterfangen war.

Gegen acht Uhr öffnete sich die Tür. Paula betrat das Büro zuerst. Scharenberg wusste, dass Franka in wenigen Augenblicken folgen würde. So war es immer. Er sagte nichts dazu. Es ging ihn schließlich nichts an. Ein kleiner Glockenton meldete ihm den Eingang einer neuen E-Mail.

»Volltreffer«, murmelte er mehr zu sich selbst. Paula Wagners feinen Ohren war das natürlich nicht entgangen. Sie kam um Scharenbergs Schreibtisch herum und stützte sich auf der Tischplatte ab, als sie sich über ihn beugte. Dabei kam sie ihm entschieden zu nah.

»Gute Arbeit«, lobte ihn die Chefin. Scharenberg grinste zufrieden. Die Waffe war bereits zuvor abgefeuert worden.

10

Polizeidirektor Sebastian Jansen wippte nervös mit den Füßen. Zum Glück saßen sie nicht mehr an normalen Tischen, die der Journalistenmeute vor ihnen die Hibbeligkeit des Direktors unmittelbar vor Augen geführt hätte, dachte Carsten Bluth, der neben ihm saß. Eine der ersten Maßnahmen, die Bluth ergriffen hatte, als er die Leitung der Presseabteilung übernommen hatte, war ein Sichtschutz gewesen, auf dem Logo und Schriftzug der Kölner Polizei jedwede hektische Fußarbeit ebenso verdeckten wie die abgesprochenen Signale, die sich die Beamten nun über leichte Berührungen unter dem Tisch geben konnten.

Wäre es nach Jansen gegangen, das hatte er deutlich gesagt, würde diese Pressekonferenz gar nicht stattfinden. Dem Direktor wäre es am liebsten gewesen, die ganze Problematik totzuschweigen, die sie dank der Journalistin Verena Talbot am Hals hatten. Bluth jedoch teilte Schuverts Einschätzung. Die Talbot würde nicht locker lassen. Besser in die Offensive gehen, die eigene Version der Geschehnisse erzählen und versuchen, diese mit aller Macht in die Medien zu drücken. Sollte die Talbot doch gegen alle anderen anschreiben.

Er schaute kurz zu ihr hinunter. Natürlich saß sie in der ersten Reihe. Entgegen ihren sonstigen Gepflogenheiten allerdings nicht am Rand neben der Tür, durch die er und Jansen in ein paar Minuten verschwinden wollten, sondern in der Mitte direkt vor ihm. Sie schaute ihm geradewegs in die Augen. Er sah weg, räusperte sich und schaltete sein Mikrofon ein. Zu Bluths Verärgerung war der Saal nur halb gefüllt. Dies hier war seine erste große ›Medienkrise‹ und er wollte sie gewinnen. Ein Zeichen setzen. »Guten Morgen, liebe Kolleginnen und Kollegen!« Erst einmal den gemeinsamen beruflichen Background mit den Journalisten in den Vordergrund stellen, eine Verbindung schaffen. Immerhin hatte er sein Handwerk auf ihrer Seite gelernt. An Verena schaute er bei seiner Begrüßung vorbei. Kurz redete er über die Vorwürfe gegen Schuvert. Verena erwähnte er mit keinem Wort. Auch Frank Schaffraths Namen nannte er nicht. Stattdessen betonte er, dass es nur eine einzelne Anschuldigung gewesen sei, die durch Zeugen nicht untermauert werden konnte. »Ganz im Gegenteil, wie Ihnen Polizeidirektor Jansen nun erläutern wird.« Bluth blickte Jansen an. Der schien in Gedanken gewesen zu sein, streckte sich bei der Nennung seines Namens, nahm einen Schluck Wasser. Ein Tropfen landete auf seiner Krawatte. Hoffentlich baute er keinen Scheiß, dachte der Mediensprecher. Am liebsten hätte er die PK allein gemacht. Leider war es wichtig, dass der Leitende Polizeidirektor mit der Macht seines Amtes hier war und sich auf die Seite des jungen Beamten schlug. Bluth hatte ihm vor der Konferenz ein Manuskript hingelegt, über das er die ganze Nacht zuvor gebrütet hatte. Er hoffte, dass Jansen sich daran hielt. Wenigstens hatte er es mitgebracht und vor sich liegen.

»Bevor ich auf das eingehe, was der Kollege Bluth gesagt hat, lassen Sie mich zunächst ein paar Worte über Robert Schuvert sagen, den Polizisten, der sich zuletzt so massiven Vorverurteilungen ausgesetzt sah. Der junge Familienvater der beiden Zwillinge Bianca und Björn ist ein hoch geschätzter Kollege, der sich durch besonderen Fleiß und Einsatz hervorgetan hat. Manche von Ihnen erinnern sich vielleicht an einen Vorfall aus dem letzten Jahr, als nur das beherzte Eingreifen eines unserer Beamten verhindern konnte, dass eine alte, fast neunzigjährige Dame Opfer einer üblen Schlägerbande wurde. Der Beamte, der sich bei diesem Einsatz selbst verletzte und mehrere Wochen in Behandlung war, war niemand anders als Robert Schuvert. Ich habe ihn für diese Tat belobigt und ich sehe bis heute keinen Grund, davon abzurücken.«

Hier machte Jansen eine Pause, so wie es Bluth im Manuskript notiert hatte. Zufrieden schaute der Leiter der Medienabteilung in die Runde. Wenn es so weiterlief, würde diese Konferenz ein Triumph werden, und die Talbot konnte ihre Geschichte beerdigen. Er schaute kurz zu ihr hinab, unterdrückte ein Grinsen.

Jansen fuhr fort. »In einem einzelnen Presseorgan wurden nun Vorwürfe gegen diesen verdienten Beamten erhoben, die durch nichts zu rechtfertigen sind. Selbstverständlich gehen wir derartigen Unterstellungen nach. Aber«, Jansen hob die rechte Hand.

Das stand so nicht im Manuskript. Bluth bemerkte, dass die Hand arg zitterte. Hoffentlich sah das niemand außer ihm. Zur Sicherheit schüttete er sich ein Glas Wasser ein. Die Bewegung und das Geräusch lenkten die meisten Blicke auf ihn. Nur ein Augenpaar war starr auf den Direktor gerichtet. Es sah aus, als wolle Verena Talbot aus Sebastian Jansen die Wahrheit heraushypnotisieren. Jansen schaute sie kurz an, die Hand zitterte stärker. Bluth überlegte, ob er eingreifen sollte. Das Beste würde sein, wenn Jansen einfach weiterredete. Doch der schwieg. Blackout! Bluth griff nach einer Kopie des Untersuchungsberichtes.

»Aber«, übernahm er nun das Reden und lenkte Verenas Blick auf sich, »unsere Untersuchungen haben nicht nur keinerlei Anhaltspunkte für ein Fehlverhalten des

Beamten Schuvert ergeben, sondern ganz im Gegenteil aufgezeigt, dass sich der Beamte absolut korrekt verhalten hat. Sie können eine Zusammenfassung des Berichts selbstverständlich im Anschluss an die PK einsehen.«

»Gibt es noch Fragen?« Jansen preschte vor.

Verdammt! Bluth überlegte ernsthaft, seinen Chef unter dem Tisch feste zu treten. Fragen hatte er vermeiden wollen. Er hatte einen Fehler gemacht, war davon ausgegangen, dass er das Schlusswort sprechen würde. ›Damit, denke ich, sind alle Unklarheiten beseitigt und ein guter Familienvater und vorbildlicher Polizist kann wieder seiner wichtigen Arbeit nachgehen.‹ So hatte er sich das zurechtgelegt. Und jetzt das. Natürlich hob die Talbot ihre Hand! Er zögerte einen Moment, keiner der weiteren Journalisten im Saal schien Fragen zu haben. Das hieß, er hatte keine Chance, sie zu übergehen.

»Ja, Frau Talbot«, sagte er schließlich.

Verena senkte den Arm wieder. »Meines Wissens gab es nach diesem ›beherzten Eingreifen‹, wie Sie es nennen, Direktor Jansen, ebenfalls massive Vorwürfe gegen den Beamten. Er soll damals zwei der jugendlichen Angreifer krankenhausreif geprügelt, seine Nothilfebefugnis also bei Weitem überschritten haben. Was wurde aus diesen Beschuldigungen?«

Scheiße! Scheiße! Scheiße! Der Direktor sah Bluth verwirrt an. Der war genauso ratlos. Woher wusste das Miststück davon? Die Anschuldigungen waren nie öffentlich gemacht worden. Sowieso hatte es sich um notorische Kriminelle gehandelt, die bereits mehrfach polizeilich aufgefallen waren. Niemand hätte ihnen geglaubt und so hatte die Untersuchung intern abgewickelt werden können. Bluth überlegte noch, als Jansen bereits sprach.

»Ich weiß nicht, wovon Sie reden, Frau Talbot. Von solchen Anschuldigungen höre ich das erste Mal.«

Das dürfte sogar der Wahrheit entsprechen, dachte Bluth. Selbst wenn der Leitende Direktor irgendwann über die Untersuchung informiert worden wäre, hätte er sie rasch verdrängt. Trotzdem war es besser, das Gespräch in die eigene Hand zu nehmen. »Es tut mir leid, Frau Talbot. Ich weiß nicht, wie Sie darauf kommen. Gegen den Beamten Robert Schuvert wurde in der Vergangenheit nicht ermittelt. Dieser Mann hat sich wirklich noch nie etwas zuschulden kommen lassen. Das kann ich Ihnen allen hier versichern.«

»Ich habe anderes gehört.« Sie klappte ihren Block auf, als wolle sie darin nachschauen. Das fehlte ihm gerade noch, wenn die verdammte Tippse ihm hier mit Beweisen käme.

»Dann sind Sie einfach falsch informiert. Ich weiß nicht, warum Sie versuchen, den Polizisten Schuvert so mit Dreck zu bewerfen.« Instinktiv spürte er, dass er einen Fehler gemacht hatte. Eine Journalistin so offen anzugreifen, verleitete die Meute nur dazu, sich mit der Angegriffenen zu solidarisieren. »Es mag durchaus sein, dass der Beteiligte, Ihr Lebensgefährte …«, er hoffte, das war ein Tiefschlag für ihre Glaubwürdigkeit. Man konnte förmlich spüren, wie die anderen im Saal von ihr abrückten. »… die Geschehnisse anders wahrgenommen hat, als sie sich in Wirklichkeit abgespielt haben, ohne ihm das vorwerfen zu wollen. Das bedauern wir ausdrücklich. Nur kann man daraus dem Beamten Schuvert keinen Strick drehen und seine Karriere, sein Leben zerstören. Vielen Dank für Ihr Erscheinen!« Er stand auf und eilte gemeinsam mit Jansen aus dem Raum. Die Vertreter der Presse erhoben sich ebenfalls von ihren Stühlen, gelangweilt klingendes Murmeln erfüllte den Raum, wie Bluth erfreut feststellte. Im Türrahmen sah er noch einmal zurück. Verena Talbot blickte ihm nach.

Noch nie hatte ihn jemand so hasserfüllt angesehen.

Carsten Bluth hatte dafür gesorgt, dass die Pressemitteilung, in der Jansen alle Vorwürfe gegenüber Schuvert bestritt und den Beamten stattdessen für seine Leistungen lobte, intern verbreitet wurde. Es war in solchen Situationen wichtig, Geschlossenheit herzustellen, und klarzumachen, dass sich die Beamten auf die Leitungsebene, zu der er sich ebenfalls zählte, verlassen konnten.

Franka Schilling druckte Bluths E-Mail aus, schrieb mit rotem Filzstift ›Siehste! Rob ist ein Guter!‹ darauf, setzte einen Smiley drunter und reichte sie Paula.

Die Hauptkommissarin schaute nicht drauf. Sie hing am Telefon und versuchte sich in einem Gemisch aus Deutsch, Französisch und Englisch verständlich zu machen. Scharenbergs Erfolg war ihr erster richtiger Fortschritt. Sie alle waren begierig, der Spur weiter zu folgen.

»Sie sprechen Deutsch? Ah, danke!«, rief Paula in den Hörer und atmete erleichtert aus. Scharenberg und Schilling saßen an ihren Schreibtischen und lauschten dem Gespräch. »Mein Französisch ist leider eine totale Katastrophe. Ich glaube, ich habe seit der Schulzeit kein Wort mehr gesprochen, und Flämisch erst recht nicht … Ja … Es geht um eine Sache, die einige Jahre zurückliegt. 1982, um genau zu sein. … Ihr Kollege hat Sie informiert? Wunderbar! Ich wünschte, bei uns würde alles so gut funktionieren … Deutsche Effizienz? Hah! Wenn Sie wüssten! … Okay, Sie schauen gerade nach? Kein Problem, ich warte.« Die

Hauptkommissarin nahm das Blatt, das Franka ihr gereicht hatte, las es, warf ihr einen unergründlichen Blick zu, zerknüllte es und ließ es in den Papierkorb fallen. »Sie haben Unterlagen? Großartig! Ja, genau, Antwerpen 1982. Ein Galeriemitarbeiter wurde bei einem Überfall erschossen. Zwei Kugeln aus der gleichen Waffe haben wir hier in einem Toten gefunden, der 30 Jahre im Wald vergraben lag.« Während Paula noch redete, kramte Franka die E-Mail aus dem Papierkorb, glättete sie und heftete sie demonstrativ an die Pinnwand. »Natürlich schicken wir Ihnen unsere Ergebnisse zu … Vielleicht eine Abrechnung unter Kriminellen. Sie haben die Namen der Täter von damals? … Nicht alle … Okay. Kein Überfall? Der Wächter hatte drei Einbrecher auf frischer Tat ertappt? Ein Kunstdiebstahl? In einer Galerie?« Wenige Minuten später ratterte ihr Faxgerät.

Paula Wagner stand im Flur vor dem Büro. Am Ende des Ganges war ein Fenster, aus dem heraus man über Klettenberg hinweg in Richtung Grüngürtel schauen konnte. Sie war vermutlich die einzige Abteilungsleiterin bei der Kölner Kripo, die auf den Flur gehen musste, wenn sie in Ruhe telefonieren wollte. Den Antrag auf größere Büroräume, den sie vor zwölf Monaten gestellt hatte, hatte die Verwaltung ›gerade erst wiederentdeckt‹, wie man ihr offen – und unverschämt mitteilte. Eine andere Art, ›Verpiss dich doch einfach!‹ zu sagen. In der einen Hand hielt sie das Handy und suchte im Adressbuch nach der richtigen Nummer, in der anderen Hand hielt sie das Fax der belgischen Polizei, eine Liste der Gemälde, die bei dem Antwerpener Einbruch gestohlen worden waren. Das Freizeichen ertönte. Nach dem dritten Klingeln hob Marius Sandmann ab. »Paula!«, begrüßte er sie, »was gibt's?«

Sie hörte seine leisen, regelmäßigen Atemzüge. Erwischte man diesen Mann immer bei irgendeinem Work-out, wenn man ihn anrief?

»Wir haben hier eine Liste mit Gemälden, die 1982 in einer belgischen Galerie geraubt wurden. Ich dachte, du könntest sie dir vielleicht einmal anschauen?« Sie hoffte, dass er ›Ja‹ sagen würde. Es täte gut, mit jemandem zusammenarbeiten zu können, den sie mochte. Jemanden, der keine alten Freunde wie Schuvert und Konsorten hatte, die ihr Stress bereiteten. Wahrscheinlich hatte Marius Sandmann überhaupt keine Freunde. Umso besser. Dass sie gleichzeitig Franka, die Marius nicht sonderlich mochte, eins auswischen wollte, würde sie natürlich nie zugeben.

»Ich bin gerade ziemlich beschäftigt.«

Scheiße. »Die Geschäfte laufen gut? Vielleicht sollte ich den Dienst quittieren und mich dir anschließen?«

»Das würde einen Haufen Kollegen von dir freuen, vermute ich.«

»Ich wusste nicht, dass es sich so weit herumgesprochen hat. Mir würde es genügen, wenn du mir sagst, ob dir zu einem der Bilder etwas einfällt. Eine Ausstellung, auf der du es gesehen hast? Irgendeine private Sammlung, von der du weißt? Vielleicht ein paar Namen von Leuten, die viel Geld für eines der Bilder bezahlen würden, ohne genau zu fragen, wo das Bild herkommt.«

»Mhm.« Leises, regelmäßiges Atmen. »Ich könnte deine Hilfe ebenfalls gebrauchen.«

»Quid pro quo, Marius!«

»Einverstanden!« Paula hörte das Geräusch von nackten Füßen, die auf einem Holzboden landeten. »Ich bräuchte eine Einschätzung von dir. Gesetzt den Fall, ein Angehöriger eines Klienten würde entführt, die Entführer fordern ein Lösegeld, das mein Klient nicht zahlen kann. Was würdest du ihm raten?«

»Sich das Geld zu leihen!«, antwortete Paula wie aus der Pistole geschossen.

»Du würdest ihm nicht empfehlen, zur Polizei zu gehen?«

Paula schnaubte. »Ich würde es mir an seiner Stelle zumindest sehr genau überlegen.«

»Du bist selber Polizistin«, stellte der Privatdetektiv fest.

»Ich muss es wissen.«

»Du musst es wissen.«

Eine Stunde später beugte sich der Detektiv an Paula Wagners Schulter vorbei hinab zu ihrem Computermonitor, auf dem sie nacheinander eine Reihe von Fotos anklickte. Jedes dieser Fotos zeigte ein Gemälde, daneben standen Titel des Bildes und der Name des Künstlers. Prominente Namen waren darunter, zahlreiche Bilder hatte der Detektiv bereits einmal gesehen. Meist im Rahmen seines Studiums, selten im Original. Je öfter Marius den Kopf schüttelte, um zu signalisieren, dass er nichts Wichtiges zu sagen hatte, desto ungeduldiger drückte Paula die Maustaste, um das nächste Foto aufzurufen. So war sie bereits ein Bild weiter, ehe Marius »Halt! Stopp!« sagen konnte. Sie klickte zurück.

»Du kennst es?«

»Ich habe es einmal gesehen.«

»Wo?«

»Ich weiß es nicht genau.«

»Na, toll!«, warf Franka ein.

»Darf ich auch einmal sehen«, schaltete Scharenberg

sich ein und blickte ebenfalls auf den Bildschirm. »Ich habe vor zwei Jahren ein paar Monate bei einer Arbeitsgruppe gesessen, die sich mit Kunstraub beschäftigte. Wir kamen bei einer Ermittlung auf das Thema.«

»Das sagst du uns jetzt erst«, blaffte Franke ihn fassungslos an.

»Sie haben sich vor zwei Jahren mit Kunstdiebstählen beschäftigt?« Scharenberg nickte nur, doch Marius ließ nicht locker. »Zu der Zeit wurde aus der Galerie Juist ein Bild von Max Ernst gestohlen.«

»Ich weiß.«

»Können wir uns vielleicht weiter mit dem Klee beschäftigen? Oder hat dieser Max Ernst irgendeine Relevanz für unseren Fall?«, unterbrach Franka.

Marius hob nur die Hand. »Was können Sie mir über den Einbruch bei Juist erzählen?«

Scharenberg schaute kurz zu Paula, die nickte. »Schwierige Kiste. Das Rollgitter war aufgebrochen, die Alarmanlage ausgeschaltet, die Scheibe eingeschlagen. Außer dem Ernst fehlte kein anderes Bild.«

»Also wussten die Täter, wonach sie suchten?«

»Nicht nur das … Sie wussten sogar, wie sie die Alarmanlage ausschalten konnten.«

»Sie wussten überhaupt ziemlich gut Bescheid.«

»Ein Insider-Job?«

Scharenberg nickte zur Bestätigung.

»Warum haben sie sich die Mühe gemacht, das Rollgitter aufzubrechen? Das kostet Zeit und macht Lärm. War das Risiko, entdeckt zu werden, nicht viel zu groß?«, fragte Paula.

»Sie wollten die Polizei überzeugen, dass sie nichts mit der Galerie zu tun haben«, vermutete Marius.

»Hätten sie die Alarmanlage nicht so schnell lahmlegen können, wäre ihnen das sogar gelungen.«

»Also hatten sie jemanden in ihren Reihen, der sich mit der Sicherungstechnik der Galerie auskannte«, stellte der Detektiv fest. Er fragte sich, wer außer Juist und Arina noch dort arbeitete oder gearbeitet hatte. »Gab es einen konkreten Verdacht?«, fragte er.

»Nein«, erwiderte der Kommissar, dessen Haltung sich langsam entspannte. »Wir haben alle Mitarbeiter überprüft. Jeder hatte ein Alibi oder kam aus anderen Gründen nicht als Täter infrage.«

»Und dann?«

»Dann kamen andere Fälle.«

»So wie unserer!« Franka warf Marius einen neuerlichen missbilligenden Blick zu. Während er weiter über die Informationen, die ihm Scharenberg gegeben hatte, nachdachte, sah er mit den beiden Polizistinnen die restlichen fünf Bilder durch, die die Diebe 1982 in Antwerpen geraubt hatten. Nur an den Paul Klee konnte er sich erinnern, ohne zu wissen, woher.

»Wenn es dir einfällt, meld' dich!«, entließ Paula Marius.

»Normalerweise lässt du die Leute nicht so einfach vom Haken«, warf Franka ihr vor, nachdem Marius sich verabschiedet hatte.

11

Es steckte viel Verzweiflung in Marius' Entscheidung und der Privatdetektiv wusste das. Mit zwei Ausdrucken der Bilder, die er von den Entführern aus der Videoüberwachung isoliert hatte, saß er in seinem Wagen gegenüber des Tippco-Wettbüros auf der Neusser Straße. Seit drei Stunden beobachtete er die Leute, die dort ein uns aus gingen. Keiner ähnelte den Bildern auf dem Beifahrersitz. Die beiden Männer, die Rui zusammengeschlagen hatten, hatte er ebenfalls noch nicht gesehen.

Er überlegte bereits, die Überwachung abzubrechen, als er einen der beiden die Neusser Straße heruntergehen sah. Er lief sehr schnell, die Arme in der für Bodybuilder typischen Art vom Körper abgewinkelt. Der Detektiv sah, wie er im Eingang von Tippco verschwand.

Kurze Zeit später verließ er das Wettbüro. Marius stieg aus dem Wagen und ging ihm nach. Er wusste, dass er nur einer vagen Vermutung folgte. Natürlich war es möglich, dass irgendwer im Umfeld des Wettbüros Rui mit Gabrielas Entführung unter Druck setzen wollte, um seine Schulden einzutreiben. Nur: Wie sollte er das herausfinden? Zehn Minuten folgte er dem Mann, bis der in einer Kneipe verschwand. Marius betrat einen kleinen Laden gegenüber und beobachtete durch das offene Kneipenfenster, wie der Mann an der Theke mit ein paar Männern quatschte, dabei ein Kölsch nach dem anderen trank. Eine halbe Stunde später kaufte er ein rot-weißes Zierkissen und gab die Überwachung des Schlägers auf.

Er betrat das Wettbüro auf der Neusser Straße und blickte sich um. An der hinteren Wand erwartete ihn ein junger

Mann am Tresen, rechts und links hingen Fernseher an der Wand. Auf allen lief Sport. Meistens Fußball. Ein paar Männer saßen an den Tischen unter den Fernsehern und starrten mit ähnlich leeren Blicken auf sie, wie Rui zuvor die Wand angestarrt hatte. Gelegentlich fluchte jemand.

Marius ging weiter bis an den Tresen. Er hatte geplant, sich als Spieler auszugeben, musste nun einsehen, dass das aussichtslos war. Er verstand viel zu wenig davon. Stattdessen zog er eine Visitenkarte hervor und schob sie über den Tresen. Der noch sehr junge Angestellte nahm sie und las. Links neben dem Tresen führte eine offene Tür in eine Art Flur, der mit Bergen von Aktenordnern vollgestellt war.

»Was will die Presse hier?«, sagte er und bemühte sich nicht einmal, freundlich dabei zu klingen.

»Ich arbeite an einem Porträt über einen Kunden von Ihnen. Rui Barque, ein ehemaliger Fußballprofi.« Aus dem Augenwinkel meinte er eine Bewegung in dem Flur zu erkennen. »Schreckliches Schicksal. Mit 22 das Knie kaputt und die Karriere im Arsch. Ich möchte gerne ein wenig erfahren, wie er damit umgeht. Er ist öfter hier, oder?«

»Da müssten Sie mit meinem Chef sprechen«, antwortete er, wobei er sich unsicher umsah.

Marius lächelte. »Kein Problem, holen Sie ihn her!«

»Der ist grad nicht hier.«

»Können Sie mir sagen, wie er heißt?« Mehr wollte Marius gar nicht wissen. Den ein oder anderen Namen, um irgendwo weiterbohren zu können. Das war für den Moment alles, was er sich versprach. Der Junge kritzelte ihm Namen und Telefonnummer seines Chefs auf einen Zettel. Marius bedankte sich und ging.

*

Rui Barque saß in seinem Audi vor einem kleinen grau getünchten Reihenhaus in Höhenberg. Blut lief in einem kleinen Rinnsal von seiner Stirn hinunter in die Augenhöhle und an der schmalen Nase hinab in das sorgfältig gestutzte Bärtchen. Ein zweites Rinnsal bahnte sich seinen Weg über die Wange in den Bart, wo es sich teilte. Ein Teil klebte an der Lippe und hinterließ einen metallischen Geschmack, ein Teil lief leicht kitzelnd den Hals hinunter und wurde vom Kragen seines T-Shirts aufgesogen. Als Thorben Glock in der Tür seines kleinen Reihenhauses erschien, hupte Rui kurz.

Sein alter Freund winkte und stieg auf der Beifahrerseite ein. Erschüttert schaute er dem Brasilianer ins Gesicht. »Scheiße! Was ist mit dir passiert?«

»Ein paar Typen, die haben mir aufgelauert«, sagte er und versuchte geschockter zu klingen, als er tatsächlich war.

Thorben schüttelte den Kopf. »Wo bist du reingeraten, Rui? Was ist mit Riela?«

»Das kann ich dir nicht sagen. Gib mir einfach die Waffe, um die ich dich gebeten habe.«

»Scheiße, Rui, echt! Ich weiß nicht, ob das eine gute Idee ist.«

»Verdammt, Thorben, die hätten mich fast kaltgemacht!«

»Geh zur Polizei!«

»Ich kann nicht!«

»Warum nicht? Du musst dir von denen helfen lassen. Von denen oder von mir!« Er packte ihn am Arm. »Du weißt, ich bin dein Freund. Wenn du Ärger hast, helfe ich dir.«

»Also gib mir die Pistole! Die hilft mir am besten.«

Thorben schwieg einen Moment. »Das kann ich nicht machen, Rui.«

Rui beugte sich über Thorben hinweg und öffnete die Beifahrertür. »Hau ab! Wenn du mich jetzt hängen lässt, habe ich mich echt in dir getäuscht!«

»Rui! Hör auf! Das ist albern!«

»Nichts ist albern. Unser Leben steht auf dem Spiel, verdammt noch mal!« Wütend schlug der Brasilianer aufs Lenkrad.

Thorben sagte nichts mehr.

Zwei Stunden später stand Rui Barque in einem Waldstück nördlich des Güterbahnhofs Köln-Eifeltor. An einem kalten Tag wie diesem musste er nicht damit rechnen, dass sich Studenten aus den nahen Wohnheimen in Efferen hierher verirren würden, um in dem Wasser einer aufgefüllten, früheren Kiesgrube zu schwimmen, die das Dorf vom Güterbahnhof trennte. Die Waffe lag schwer in seiner Hand. Es hatte sich am Ende doch gelohnt, die Wunde an der Augenbraue noch einmal aufzukratzen. Er hatte sich Pistolen nicht so schwer vorgestellt. Der Abzug ließ sich bei Weitem nicht so leicht durchziehen, wie Filme einen glauben machten. Thorben hatte ihm grob erklärt, wie er die Waffe entsichern und greifen musste, um zu schießen. Er hielt die Pistole mit einer Hand vom Körper weg und betätigte den Abzug. Der Rückstoß riss ihm den Arm bis über den Kopf. Der Schuss musste irgendwo in den Baumwipfeln gelandet sein. Beim zweiten Versuch umfasste er die Waffe mit beiden Händen. Ein neuerlicher greller Knall! Obwohl er den Rückstoß spürte, gelang es ihm dieses Mal, die Pistole in Schusslinie zu halten. Er hatte sie buchstäblich im Griff. Ein gutes Gefühl. Ein sehr gutes Gefühl. Beim dritten Versuch zielte er genauer. Er visierte über Kimme und Korn ein Astloch an, bis die drei Punkte, Kimme, Korn und Astloch, eine Linie bildeten. Sein Atem beruhigte sich. Seine Gedanken wanderten nicht mehr herum, sondern sammelten sich auf der Linie zwischen Waffe und Baum. Er schoss. Die Kugel schlug ein kleines Stück neben dem Astloch ein. Holz splitterte, unter der dunkelgrauen Rinde leuchtete helles Holz. Er hatte geschossen, er hatte getroffen. Damit war er zufrieden. Mehr als zufrieden. Wer immer ihm nun Schwierigkeiten bereiten wollte, musste sich auf Ärger gefasst machen. Hätte er diese Waffe nur besessen, als Gabriela entführt worden war!

TEIL II

GRAS FRESSEN

1

Die alte Metalltür kratzte über das Holz. Ein schwarzer Viertelkreis zeigte sich auf dem Boden. Tristan Juist hob den Kopf. Er sprang auf, zog sich den Hemdärmel unter dem Sakko zurecht, als er auf Marius Sandmann zuging. Ein älteres Ehepaar saß mit dem Rücken zum Eingang an dem kleinen Schreibtisch und drehte sich neugierig um. Der Mann trug ein senfgelb und grau kariertes Sakko zu einer Freizeithose, die Frau ein Kostüm, das sie vermutlich seit vierzig Jahren hegte und pflegte.

»Sie schon wieder!«, flüsterte Juist, »Sie kommen wirklich sehr ungelegen.«

»Ich kann warten«, erwiderte der Detektiv und reichte Juist das Schreiben der Versicherung. Verwirrt nahm Juist das Blatt, schaute kurz darauf und seufzte, bevor er es Marius zurückgab.

»Wollen Sie nicht später wiederkommen?« Verstohlen drehte er sich zu den beiden Alten um. Der Mann hatte sich erhoben. »Das sind wichtige Kunden«, zischte Juist Marius ins Ohr.

In diesem Augenblick erschien Arina im Durchgang zum hinteren Raum. »Soll ich mich um Herrn Sandmann kümmern?«, fragte sie.

Juist blickte verstört von einem zum anderen, dann zu den Alten am Tisch. Hektisch nickte er. »Ja, ja, machen Sie das, Frau Kasakowa. Vielen Dank.« Er eilte zurück zu seinen ›wichtigen‹ Kunden. Das Ehepaar schaute Marius neugierig hinterher, als er Arina in den zweiten Raum folgte.

Dort drehte sie sich zu ihm um und küsste ihn auf den Mund. Perplex ließ Marius sie gewähren. Nach kurzem

Zögern erwiderte er den Kuss. Nebenan hörte er die leisen Stimmen Juists und seiner Kunden. »Weißt du eigentlich, wie leicht du aus der Fassung zu bringen bist?«

»Wirkte das, als wäre ich aus der Fassung gebracht?«

»Ja.« Sie ging zu dem immer noch mit Drucken, Papieren und Akten überhäuften Schreibtisch. Nachdem sie sich gesetzt hatte, schlug sie die Beine übereinander. »Du tust so, als wäre immer alles normal für dich. In Wirklichkeit hast du dich gerade zu Tode erschrocken.«

»Es scheint, als hättest du keine gute Meinung von deinen Küssen.«

Arina lächelte. »Darum geht es nicht.«

Marius grinste. »Sicher?«

»Ach, lassen wir das. Vermutlich bist du eh nicht zum Knutschen gekommen. Warum hast du dich nicht mehr gemeldet?«

Gute Frage, dachte Marius. Er hatte sich melden wollen, es über seinen Ermittlungen schlicht vergessen. »Viel zu tun«, antwortete er vage.

»Klar. Der viel beschäftigte Detektiv.« Sie trank einen Schluck aus einer Kaffeetasse. Marius bot sie nichts an. »Das Versicherungsschreiben?«, fragte sie und deutete auf den Briefumschlag in seiner Hand. Von spontanen Zungenküssen zu geschäftsmäßigem Tonfall in weniger als dreißig Sekunden. Die Frau war ein Rätsel. Zumindest für ihn. Er reichte ihr den Brief.

»Erzähl mir von dem Tag nach dem Einbruch. Wer hat den Diebstahl entdeckt?«

Arina überlegte. »Das war Ellen, unsere Praktikantin damals. Sie kam als Erste und hatte das aufgebrochene Rollgitter gesehen.«

»Was hat sie gemacht?«

»Sie hat erst Juist, anschließend mich angerufen. Tristan hat die Polizei verständigt und wir sind so schnell wie möglich hierher gekommen.« Wir, dachte Marius. Waren sie morgens gemeinsam hierher gefahren? Hatte Arina ein Verhältnis mit ihrem Chef? »Bis auf die Polizei«, sprach Arina weiter. »Die war alles andere als schnell. Drei Stunden haben die gebraucht! Wir haben vor der Galerie gewartet und sind erst mit den Polizisten hineingegangen.«

»Und habt gemerkt, dass der Ernst fehlt?«

Sie nickte. Ihre Haltung wirkte entspannt, dennoch sehr wachsam. Kleine Gesten mit der Hand, der konzentrierte Blick – sie mochte sich unbeteiligt geben, innen drin war sie es nicht.

»Das muss ein ziemlicher Schock gewesen sein. Ausgerechnet das prominenteste Bild wird geklaut.«

Wie unbeteiligt zuckte sie mit den Achseln. »Na ja, welches sonst?«

»Was war sonst auffällig?«

Sie schaute kurz auf ihre Schuhe. Eine Haarsträhne blieb ihr im Gesicht hängen. Sie schob sie beiseite »Nichts. Es sah aus, als hätten die Diebe das Gitter aufgebrochen, die Scheibe eingeschlagen und anschließend das Bild von der Wand genommen. Mehr nicht.«

»Hätte die Alarmanlage nicht reagieren müssen, wenn das Fenster eingeschlagen wird?« Eine Fangfrage. Schließlich wusste Marius bereits von Scharenberg, dass die Alarmanlage nicht reagiert hatte. Arina bemerkte es nicht.

»Ja, die hatten sie vorher ausgeschaltet.«

»Dafür muss man wissen, wie das geht.«

»Man kann sie von der Tür aus deaktivieren. Sonst würde sie jedes Mal Alarm schlagen, wenn wir hier aufschließen.« Es dauerte einen Moment, ehe Arina Marius'

Schweigen richtig interpretierte. »Ah! Du meinst, einer von uns beiden hätte das Bild geklaut?« Angriffslustig beugte sie sich nach vorn. »Juist sicher nicht. Da bleibt nur eine übrig, eh?« Sie streckte Marius beide Arme entgegen. Eine zierliche silberne Kette umschloss das linke Handgelenk. »Legst du mir jetzt Handschellen an und lieferst mich der Polizei aus?«

»Möglicherweise vergesse ich das mit der Polizei.«

»Huch!« Sie zog die Hände zurück und grinste. »Das würdest du nicht tun.« Ihre Augen blitzten Marius an. Ihr Zeigefinger strich über den Rand der Kaffeetasse.

»Diese Ellen? Wusste die über die Alarmanlage Bescheid?«

»Klar. Sie war oft als Erste da.«

»Wo kann ich sie finden?«

»Sie kommt gegen elf.«

»Sie macht immer noch ein Praktikum hier?«

»Nein, Juist hat sie übernommen, als sie mit ihrem Studium fertig war.« Der Detektiv fragte sich, ob das eine Spitze gegen ihn war. Aber woher sollte Arina wissen, dass er sein Studium nie abgeschlossen hatte?

»Wer arbeitet sonst noch hier?«, fragte er.

»Nur wir drei.«

»Wer putzt?«

»Ach so, zweimal die Woche kommt eine alte Griechin und macht sauber.«

»Hat die einen Schlüssel?«

»Nein, Juist lässt sie rein und schließt hinter ihr ab. Er verbringt öfters mal einen Abend in der Galerie.« Sie dachte kurz nach. »Irgendwie komisch. Es heißt immer, Männer würden häuslich, wenn sie Familie haben. Das stimmt gar nicht. Sie verbringen ihre Abende einfach im

Büro statt in der Kneipe. Hauptsache, sie müssen nicht zu Hause mit Frau und Kindern zu Abend essen.«

»Manche Leute brauchen ein wenig Freiraum.«

»Du weißt, wovon du sprichst, nicht wahr?«

Marius sagte nichts dazu. »Eine letzte Frage noch: Ich brauche die Adresse der Sicherheitsfirma, die die Galerie überwacht.«

»Kein Problem.« Ohne in ihren Karteikasten mit den Visitenkarten zu schauen, riss sie einen Zettel von einem Block mit dem Aufdruck der Art Cologne und schrieb ihm die Adresse fein säuberlich auf.

Marius nahm den Zettel und las laut vor. »›Schütz Security, Boris Galjenko‹. Eine russische Firma?«

»Ja. Gute Arbeit, guter Preis.« Sie erhob sich und blickte ihm direkt in die Augen. »Bestimmt, weil sie nachts ihre eigenen Auftraggeber überfallen und ausrauben. Anders könnten sie sich ihre Preise gar nicht leisten. Außerdem machen wir Russen das doch so.«

»Das meinte ich nicht. Ich wollte nur wissen, ob das ein Bekannter von dir ist.«

Marius hing kopfüber an der Reckstange. Wie immer, wenn er unzufrieden war, trainierte er härter als sonst. Ellens Befragung hatte keine wirklichen Erkenntnisse gebracht. Juist, so hatte sie geschildert, hatte an dem Morgen nach dem Einbruch aufgeregt telefoniert, war hektisch hin und her gelaufen, hatte die Hände nervös gerieben und heftig gestottert. Als später am Tag sein Vater in der Galerie erschienen war, musste er ausgesehen haben wie ein geprügelter Schuljunge. Das sprach nicht unbedingt dafür, dass er an dem Raub beteiligt war, oder er war ein brillanter Schauspieler. War es ein Insider-Job, blieben immer noch genug Verdächtige. Ellen, deren Auftreten einer harmlosen Tochter aus gutem Hause nicht unbedingt für einen Kunstdiebstahl sprach, ein Mitarbeiter der Security Firma oder Arina.

Es schellte. Unwillig hakte er die Gravity Boots aus, zog sich ein T-Shirt über und ging zur Tür. Dort nahm er den Hörer des Türöffners ab.

»Arina«, sagte sie nur. Marius öffnete die Wohnungstür. Sie trug das gleiche Kostüm wie am Vormittag und blieb an der Türschwelle stehen.

»Elegantes Outfit.« Sie blickte auf das schwarze T-Shirt und die graue Jogginghose, die der Detektiv trug.

»Ich habe trainiert«, antwortete er und ließ sie herein.

»Von nichts kommt nichts«, sagte sie und streifte kurz Marius Arm. Sie ließ ihren Blick durch das vordere Zimmer schweifen, das er zu seinem Büro umgebaut hatte. Vor die Küchenanschlüsse hatte er ein Regal mit Aktenordnern geschoben. In der Mitte des Raumes stand ein einfacher Schreibtisch, zwei Stühle davor, ein Drehstuhl dahinter. Den Laptop klappte er zu, als sie um den Schreibtisch herumging.

»Geheimniskrämer!«

»Diskretion ist in meinem Beruf nicht ganz unwichtig«, erwiderte er. Dennoch fühlte er sich ertappt.

»Wo geht es da weiter?« Sie zeigte mit dem Finger auf die Tür an der hinteren Wand.

»Ins Wohnzimmer.«

»Darf ich?«, fragte sie und verschwand bereits durch die Tür. Marius folgte ihr eilig.

»Hübsch« sagte sie spöttisch.

»Ich bin nicht unbedingt auf Besuch eingestellt«, meinte er entschuldigend. Tatsächlich wirkte der Raum trotz des Sofas wie ein Fitnessstudio im Kleinformat. Die Hantelbank mitten im Raum rundete das Gesamtbild mit der fest verdübelten Reckstange und den Kugelhanteln in den Ecken nur ab.

»Für einen Kunsthistoriker hast du wenig Bilder an der Wand hängen. Beziehungsweise: Gar keins ist wohl für jeden Menschen wenig«, schob sie nach.

»Mir fehlte die Zeit.«

»Wie lange wohnst du hier?«

»Drei Jahre.«

Sie hob die Augenbrauen und näherte sich der Treppe nach oben. »Was möchtest du trinken?«, fragte er, in erster Linie, um sie von der Treppe fernzuhalten. Nicht, dass er dort oben Geheimnisse verbarg. Ihre Neugier störte ihn.

Sie wandte ihre Aufmerksamkeit wieder ihm zu. »Was hast du da?«

Der Detektiv grinste schief. »Saft oder Wasser?«

»Beides!«

Marius verließ das Wohnzimmer, um ihr aus dem Büro eine Schorle zu holen. Als er zurückkam, saß sie auf der Hantelbank. Er reichte ihr das Getränk.

»Zeigst du mir den Rest?«, fragte sie und deutete nach oben.

»Du bist ganz schön neugierig.«

»Ich bin eine Frau.« Sie stand auf. Ihre Absätze klapperten leise auf dem Holzboden. »Außerdem habe ich selten eine Wohnung gesehen, die so viel über ihren Besitzer aussagt.« Sie setzte den Fuß auf die erste Stufe der schwarzen Holztreppe. »Da du sonst nicht viel redest, ist das eine gute Gelegenheit, dich kennenzulernen.« Mit diesen Worten stieg sie die Stufen hoch in den ersten Stock seiner Maisonette. Ihm blieb nichts anderes übrig, als ihr zu folgen.

Das erste Zimmer, das sie im oberen Stockwerk betraten,

war sein Schlafzimmer. Ein Kleiderschrank stand so, dass er das Bett verbarg und eine Art Flur entstand, der weiter zur Küche führte. Dahinter lagen das Bad, der ursprüngliche Flur und die Wohnungstür der ehemaligen Wohnung im ersten Stock, die nun Marius' privater Bereich war. Arina blieb neben dem Schrank stehen.

»Du machst dein Bett?«

»Ich bin ein ordentlicher Junge.«

Sie schaute sich kurz um. »Das stimmt. Aufgeräumt ist es. Und es hängen keine nackten Frauen an den Schlafzimmerwänden. Gut.« Einen Moment blieb sie dort stehen, strich sich eine Strähne zurück.

Am liebsten hätte Marius sie in diesem Augenblick auf das Bett geworfen. Stattdessen gingen sie in die Küche, vielleicht der gemütlichste Raum der ganzen Wohnung. Die Küchenzeile im Landhausstil hatte sein Vermieter eingebaut, ein alter viereckiger Tisch und zwei Stühle standen in der Mitte des Raumes. Auf einer Anrichte auf der anderen Seite lagen Obst und Gemüse, sofern er es nicht im Kühlschrank daneben aufbewahrte.

»Du ernährst dich gesund. Du treibst Sport. Du bist ordentlich. Machst dein Bett. Was zum Teufel sind deine Laster, Marius Sandmann?«

Er zuckte mit den Achseln. »Ich habe keine.«

»Jeder hat Laster«, sagte sie bestimmt. Sie nahm einen Apfel von der Anrichte und biss hinein. »Und jetzt?« Die braunen Punkte in der grünen Iris schienen zu tanzen. Marius atmete schwer, so wie andere nach einer anstrengenden Sporteinheit. Sie ging einen weiteren Schritt auf ihn zu. Schließlich packte er sie und trug sie hinüber hinter den Kleiderschrank.

Der Sex war kurz und heftig gewesen. Einige Male hatte Arina laut aufgeschrien, weil Marius sie zu fest angepackt hatte. Zwei kleine blaue Flecken zeugten noch davon.

Sie lagen nackt in seinem Bett, das jetzt nicht mehr ›gemacht‹ war, und schauten aus dem Fenster.

»Du bist ganz schön rabiat.«

»Das war keine Absicht.« Er strich vorsichtig über die lädierten Stellen, küsste sie. »Ich habe noch nie erlebt, dass eine Frau so schnell blaue Flecken bekommt.«

»Ich bin empfindlich«, erwiderte sie und klang wie ein trotziges, kleines Mädchen dabei. Sie drehte sich zu ihm um. »Und du musst verdammt noch mal aufpassen mit deiner ganzen Kraft.«

»Ich habe wohl ein wenig die Kontrolle verloren«, versuchte er sich zu entschuldigen. »Beim nächsten Mal pass ich auf.«

»Passiert dir das öfter? Dass du die Kontrolle verlierst? Ich dachte, das sei dir so wichtig?«

›Deswegen *ist* es mir so wichtig‹, dachte er. »Nein, eigentlich nicht«, sagte er. Das letzte Mal, als es ihm passiert war, hatte er einen Polizisten krankenhausreif geprügelt. Doch der hatte ihn damals lange provoziert und schließlich angegriffen. Er hatte sich nur verteidigt. Das hier war neu für ihn. Und es machte ihm Angst.

2

Er musste eine Stunde warten, ehe sein Gesprächspartner bei der Bochumer Staatsanwaltschaft Zeit für ihn hatte. Die Gelegenheit nutzte Marius, um sich im Internet auf den neuesten Stand zu bringen, was die Ermittlungen zu Wettmanipulationen im Fußball betraf. Nachdem Rui ihm von seinen Wettschulden erzählt und Marius den Namen des Tippco-Eigentümers herausgefunden hatte, ein gewisser Adrian Terzic, machte er sich schlau. Die Wettmafia war eine neue Spur, die er vorher nicht ins Auge gefasst hatte. Tatsächlich tauchte der Name Terzic in einem Artikel auf, der sich mit dem Problem des Match Fixings beschäftigte, der Manipulation von Fußballspielen. Zu großen Teilen basierte dieser Artikel auf Aussagen des Bochumer Staatsanwaltes Peter Schwarz, mit dem der Detektiv nun verabredet war.

Es gab diverse Möglichkeiten, warum die Wettmafia die Freundin eines Sportinvaliden entführen sollte. Vielleicht hatte Rui geholfen, Spiele zu verschieben, und drohte nun auszupacken? Seine finanziellen Schwierigkeiten wären dazu Motiv genug. Er wäre nicht der erste Fußballer in Deutschland, der in einem Spiel einmal einen Ball verliert, ein kurioses Eigentor schießt oder auf andere Weise für den vorher mit der Wettmafia abgesprochenen Ausgang eines Fußballspiels sorgte. Vielleicht sollte er auch ehemalige Mannschaftskameraden ›anwerben‹. Unter Umständen spielte beides eine Rolle oder es war einfach ein Versuch, Ruis Schulden einzutreiben.

Über einen Link unter einem der neuen Artikel fand er zu einem Artikel seiner früheren Freundin Verena Talbot.

Er fragte sich, ob er sie damals ebenso hart angefasst hatte wie Arina, konnte sich jedoch nicht erinnern. Hatte er sich verändert in den letzten Monaten?

Die Journalistin jedenfalls hatte sich nicht verändert. Gerade erst hatte die Polizei all ihre Beschuldigungen abgeschmettert, da legte sie in diesem neuen Artikel nach. Gleich drei Zeugen nannte sie, die ihre Version der Geschichte bestätigten und die Polizei ziemlich schlecht aussehen ließen. Dieser Bulle musste wirklich die Kontrolle verloren haben.

Die Tür des gegenüberliegenden Büros öffnete sich und ein Mann um die vierzig trat heraus. Sein Gesicht wirkte jungenhaft. Die schwarzen Haare allerdings sahen aus wie gefärbt. »Marius Sandmann?«, fragte er und reichte dem Detektiv flüchtig die Hand. »Kommen Sie herein. Ich habe nicht viel Zeit. Aber Ihre Geschichte interessiert mich. Sie sind Privatdetektiv, haben Sie am Telefon gesagt? Und Sie haben vielleicht Informationen für mich?«

Marius bejahte, auch wenn er Schwarz vermutlich kaum Interessantes zu erzählen haben würde. Es war mehr ein Trick gewesen, um überhaupt so schnell einen Termin bei der Staatsanwaltschaft in Bochum zu bekommen. Schwarz arbeitete in einem nüchtern eingerichteten Büro. Hellgrauer Tisch. Hellgraue Regale. Dunkelgrauer Teppichboden. Die Rückenschilder der Aktenordner in den Regalen waren fast das einzig Bunte in diesem Raum. Marius vermutete, dass die Farben dazu dienten, ein gewisses Maß an Ordnung zu halten. Ein altes blau-weißes Plakat eines Spiels des VfL Bochum im UEFA-Pokal gegen Ajax Amsterdam war der einzige Wandschmuck. Schwarz kam umgehend zur Sache.

»Es geht um das Tippco-Büro, Köln, Neusser Straße? Warum?«

»Ein Klient von mir hat dort Schulden«, wich Marius aus.

Schwarz lehnte sich zurück. Er schien zu erkennen, dass er dem Detektiv auf den Leim gegangen war. »Um eins klarzustellen. Wir reden hier über Themen, die möglicherweise laufende Ermittlungen betreffen und über die ich Ihnen nur sehr eingeschränkt Auskunft geben kann. Sie sind Privatdetektiv, also nicht in irgendeinem öffentlichen Auftrag unterwegs. Streng genommen darf ich gar nicht mit Ihnen reden.« Nun rückte er die Tastatur in die Mitte des Tisches. »Nur wenn Sie ein Zeuge sind, kann ich Ihnen Dinge erzählen, damit Sie mir Informationen geben können. Fangen wir also noch einmal von vorne an: Wer ist Ihr Klient?«

Marius wog das Für und Wider ab. Er brauchte die Informationen der Staatsanwaltschaft. Andererseits musste er seinen Klienten schützen. Ruis Namen in eine Ermittlung zur Wettmafia hineinzuziehen, war in dessen derzeitiger Situation riskant.

»Können wir das hier zunächst als informelles Gespräch betrachten? Mein Klient steckt in Schwierigkeiten und wenn er in Ihre Ermittlungen hineingerät, dürfte das seine Probleme noch vergrößern. Und die sind aktuell wahrlich groß genug.«

Schwarz zog gereizt die Augenbraue hoch und schob die Tastatur vor ihm beiseite. »Tippco ist ein kleiner Fisch. Eine unbedeutende Außenstelle, bei der gelegentlich Wetten auf verschobene Spiele gesetzt werden. Leider können wir nicht beweisen, dass es eine Verbindung zu einem größeren Netzwerk gibt oder dass die Wetten gezielt von Angehörigen einer der Gruppen getätigt werden, die sich mit Match Fixing beschäftigen. Falls Sie Informationen hätten, die uns weiterhelfen, könnte ich Ihnen weiterhelfen.«

Quid pro quo, dachte Marius. Das Geschäft der Information. »Vielleicht hätte ich da etwas«, sagte der Detektiv vage. Er bluffte, hoffte, bei dem Staatsanwalt damit durchzukommen.

»Und was?«, fragte Schwarz kurz angebunden.

»Wurden in Köln Spiele verschoben, auf die in größerem Umfang über das Tippco-Büro Wetten gesetzt wurden?«, antwortete der Detektiv mit einer Gegenfrage. Schwarz lehnte sich in seinem Stuhl weit zurück, faltete die Hände und blickte den Detektiv an. Schließlich zog er eine Augenbraue hoch. »Warum sollte ich Ihnen das sagen?«

»Vielleicht hätte ich jemanden an der Hand, der ihre Vermutungen bestätigen könnte.«

»In so einem Fall müssten Sie mir mindestens einen Spieler, Trainer oder Schiedsrichter liefern können, der manipuliert hat.« Manchmal war Schweigen der beste Bluff. Nach einigen Sekunden Stille beugte sich Schwarz nach vorn. »Wen haben Sie?«

»Das kann ich Ihnen noch nicht sagen.«

Schweigen auf beiden Seiten. Die Männer schauten einander an. »Einen Spieler, so viel kann ich verraten.«

Schwarz nickte. Sie waren zu einem Einverständnis gekommen.

»Wir haben Hinweise, dass im Kölner Raum einige unterklassige Spiele verschoben wurden.«

»Wir reden hier nicht von einem unterklassigen Spieler.«

»Ein Profi?« Marius hatte gewonnen. Mit schnellen Bewegungen tippte Schwarz auf seiner Tastatur herum. »Es gibt nicht viele Spiele im Kölner Raum oder mit Kölner Beteiligung, die wir im Visier haben.« Er drehte den

Monitor so, dass Marius ihn sehen konnte. Eine kurze Liste mit Fußballspielen war darauf zu sehen. Er tippte mit dem Finger auf eine Spielpaarung.

»Auf dieses Spiel wurde gewettet?«

»1. FC Köln gegen Rotor Wolgograd, ein Trainingsspiel in der Saisonvorbereitung. 2:2?«

»Das Spiel ist auf Ihrer Liste?«

»Da wurde wild drauf gewettet, ja.«

Freisprechanlagen waren eine wunderbare Erfindung. Sie halfen allerdings wenig, wenn es darum ging, eine Nummer aus dem Adressbuch herauszusuchen und anzuwählen. So tippte Marius Sandmann im Menü seines Smartphones herum und versuchte gleichzeitig die Spur zu halten und den dichten Verkehr auf der A 3 in Richtung Köln im Blick zu haben. Dennoch dauerte es einige Momente, bis er den russischen Lkw registrierte, der vor ihm auf die mittlere Spur ausscherte, um einen Kollegen zu überholen. Als Marius ihn wahrnahm, hing der Renault fast unter der Stoßstange des Russen. Der Detektiv stieg abrupt auf die Bremse. Kurz dachte er, jemand habe sich an den Bremsen zu schaffen gemacht, bevor die Bremsbacken griffen und er zugeben musste, dass er den Wagen längst hätte in die Werkstatt bringen müssen. Die Hinterräder brachen aus, Marius lenkte gegen, drückte wütend mit dem Zeigefinger auf den Blinkerhebel, wo bei dem Renault die Hupe versteckt war, und brachte den Wagen unter Kontrolle. Als wollte er den Detektiv zusätzlich verhöhnen, stieg eine dunkle Rußwolke aus dem Auspuff des Russen auf.

Marius widmete sich erneut dem Telefon. Er wählte die gesuchte Nummer. Kurze Zeit später hatte er den Versicherungsmann Robert Wolters am Apparat.

»Marius! Hast du ein Bild für uns?«

»Nein, das nicht. Ich habe eine andere Frage. Es geht um ein Gemälde von Paul Klee. Vielleicht erinnerst du dich? Wir saßen in der gleichen Vorlesung.«

»Glaubst du ernsthaft, ich könnte mich an irgendetwas aus einer Vorlesung erinnern?«

»Einen Versuch ist es wert.«

»Optimist! Na schieß los!«

»In irgendeiner Vorlesung wurde uns ein Bild von Paul Klee gezeigt. Außerdem wurde erwähnt, wo es hing und wem es gehörte. Leider kann ich mich nicht mehr genau erinnern. Eventuell war es eine Kölner Sammlung.«

»Hm, Klee? Welches Bild denn?«

»›Rasenschach‹.«

»›Rasenschach‹? Kommt mir bekannt vor. Warte!«

Marius hörte, wie Wolters auf der Tastatur klapperte. Seine Augen konzentrierten sich auf den Verkehr. Spritzwasser beschränkte die Sicht auf wenige Meter. Aus dem Augenwinkel behielt er die lange Reihe Lkw im Blick, die sich auf der rechten Spur nach Süden quälte.

»Paul Klee, ›Rasenschach‹. Das haben wir versichert. Teil einer Privatsammlung.«

»Wahrscheinlich kannst du mir jetzt nicht sagen, in welcher Sammlung das Bild hängt?«

»Ich gehe davon aus, es bleibt unter uns, woher du diese Information hast?«

»Natürlich!« Selbst die Aufzeichnung dieses Gesprächs war nur für seinen eigenen Gebrauch bestimmt, dachte der Detektiv.

»Die Sammlung Friederstadt. August Friederstadt, wenn dir der Name was sagt.«

Der Detektiv schlug sich mit der Hand vor die Stirn.

»Natürlich! Friederstadts Vortrag über seine eigene Sammlung! Was für eine eitle Selbstbeweihräucherung.«

»Wenn du ihn besuchst, sag ihm bloß nicht, dass du seinen Vortrag und seine formidable Sammlung vergessen hast.«

»Den Teufel werde ich tun! Ich werde seine Sammlung und seinen Vortrag loben und ihm erzählen, dass ich mich augenblicklich daran erinnert habe, als ich den Namen des Bildes gehört habe.«

»Guter Mann.«

»Überprüft ihr eigentlich die Herkunft der Bilder, die ihr versichert?«

»Nein, nur wenn die Herkunft zweifelhaft ist oder uns die Papiere komisch vorkommen. Sonst würden wir nichts anderes mehr machen. Ist mit dem Bild was nicht in Ordnung?«

»Nein, nein, das ging mir gerade nur so durch den Kopf.«

Nach Wolters »Aha« beendete Marius das Gespräch. Als Nächstes suchte er Paula Wagners Nummer in seinem Telefon heraus und fand sie, ohne dass ihm ein russischer Lkw in die Quere kam.

Schütz Security war trotz des deutschen Namens, den sie ihrem Gründer verdankte, seit einigen Jahren die hundertprozentige Tochterfirma eines großen russischen Security-Unternehmens, wie Marius mittlerweile herausgefunden hatte. Die Firma saß außerhalb der Stadt in einer Büroetage auf der Europa-Allee in Frechen. Anders, als der Name vermuten ließ, handelte es sich dabei nicht um eine repräsentative Adresse, sondern eine gewöhnliche Straße in einem Gewerbegebiet. Die Firma residierte im zweiten Stock eines funktionalen Bürogebäudes. Zwar hatten die Planer keinen Gedanken an die Ästhetik des Ortes verschwendet, aber immerhin für ausreichend Parkplätze gesorgt.

Marius schellte an einer Tür, die an einen Hintereingang erinnerte. Der Öffner summte und Marius lief die Treppe hoch in den zweiten Stock. Die Tür der Security-Firma machte der Branche alle Ehre. Sie steckte in einer massiven Metallzarge und war selber aus dem gleichen Material. Hier, wie bereits unten am Eingang: Videoüberwachung. Ein Mann in seinem Alter, der es in seiner Statur mit Marius aufnehmen konnte, öffnete ihm und streckte ihm die Hand entgegen.

»Bruno«, stellte er sich vor. »Und du bist?«

»Marius Sandmann!«

»Du kommst wegen der Stelle?«

»Nein, eigentlich nicht.«

»Ah«, antwortete Bruno. Hinter ihm konnte Marius eine Gruppe Männer und Frauen sehen, die in dem schmalen Flur standen und offenbar auf ihr Vorstellungsgespräch warteten. Das erklärte, warum er so leicht reingekommen war. Brunos joviale Freundlichkeit wich leichtem Misstrauen. »Was kann ich für dich tun?«

»Ich würde gerne mit Boris sprechen.«

Bruno deutete auf die Gruppe. »Die da auch!«

»Es geht um einen Einbruch vor zwei Jahren. In die Galerie Juist.«

»Tut mir leid, da kann ich dir nicht weiterhelfen. Dazu müsstest du wirklich mit Boris sprechen.«

Eine Tür am Ende des Flurs wurde aufgerissen und ein kleiner Mann mit aufgedunsenem, gerötetem Gesicht trat heraus, blickte dabei verschreckt die anderen Wartenden an, bevor er den Blick senkte. Ein zweiter Mann, ebenso klein, mit einer Halbglatze und in einem dunklen Anzug drängte sich mit schnellen Schritten an ihm vorbei. Er rollte genervt mit den Augen, als er bei ihnen angekommen war. »Ich überlege, ob ich die alle zum Teufel jagen soll. Was glauben die eigentlich, was wir hier machen? Würfelrunden? Therapie?« Kritisch musterte er Marius. »Du hingegen bist vom Fach«, stellte er fest. »Suchste 'nen Job?« Der russische Akzent war wie bei Arina kaum hörbar.

»Ich suche ein Bild.«

»Bilder haben wir nicht.«

»Max Ernst. Verschwunden aus der Galerie Juist im Juni vor zwei Jahren. Sie waren für die Sicherheit der Galerie verantwortlich.«

»Das sind wir heute noch!« Er drehte sich halb um, bereit, den nächsten Bewerber zu prüfen und wegzuschicken. »Wir reden nicht über Angelegenheiten unserer Kunden.«

Marius zog den Brief der Versicherung aus der Tasche. »Ich bin von der Versicherung ermächtigt, nach dem Bild zu suchen. Außerdem habe ich Ihre Anschrift von der Galerie. Die hätten sie mir wohl kaum gegeben, wenn sie nicht wollten, dass Sie mit mir reden.«

Boris Galjenko drehte sich nur kurz um. »Schmeiß den Kerl raus!«, wies er Bruno an und eilte zurück zu der Schlange der Wartenden. Es war erstaunlich, wie wenig sich die Betroffenen für die Aufklärung des Falles interessierten, dachte Marius, während Bruno ebenso freundlich wie unmissverständlich auf die Tür deutete.

3

Marius Sandmann betrachtete eine weiß getünchte Villa im Kölner Stadtteil Lindenthal, als Paula ihren Honda Civic in die kleine Straße lenkte und am Straßenrand parkte.

»Da hat sich einer den Traum einer Südstaatenvilla erfüllt«, kommentierte sie trocken, als sie neben ihm stand. Der Detektiv grinste nur zur Begrüßung. Gemeinsam wechselten sie die Straßenseite und gingen zu einer weniger auffälligen Villa. Paula drückte den goldenen Klingelknopf unter dem Namensschild ›Friederstadt‹. Im Inneren erklang ein leiser Gong, wenige Augenblicke später öffnete ihnen der Hausherr persönlich.

Sandmann erkannte August Friederstadt sofort. Die schlohweißen Haare ließen ihn älter wirken, als er tatsächlich war. Der Detektiv erinnerte sich, dass er die schon gehabt hatte, als er den Studenten der Uni Köln stolz seine Privatsammlung und das dahinterstehende Konzept erläutert hatte. In den Augen des Detektivs bestand das im Wesentlichen aus den Begriffen ›teuer‹, ›bekannt‹, ›nach 1900‹. Der 54-jährige Friederstadt hatte von seinem Vater eine Handelsfirma geerbt, die FEI Handels-GmbH, die bereits seit den 70er-Jahren Maschinenteile vorwiegend nach Russland exportiert hatte. Entsprechend war er Vorsitzender einer deutsch-russischen Handelsgesellschaft. Paula stellte sich Friederstadt kurz vor, zeigte ihm ihren Ausweis und deutete auf Marius.

»Herr Sandmann ist ein Kunstexperte, den ich als Berater gerne dabei hätte, wenn es Ihnen nichts ausmacht. Ich bin selber nicht so beschlagen auf diesem Gebiet.«

Friederstadt wedelte eilfertig mit den Händen. »Kein

Problem, Frau Hauptkommissarin!«, sagte er rasch. Er führte sie in ein Wohnzimmer, das Marius den Atem verschlug. Er mochte das Konzept der Sammlung kritisieren, aber eine solche Vielzahl hochklassiger Bilder in einem Raum außerhalb eines Museums zu sehen, war etwas völlig anderes. Picasso neben Matisse, Yves Klein neben Braque, Max Ernst neben Jackson Pollock, dazwischen und darüber Richter, Rauschenberg, Towler, Warhol. Er spähte in das durch einen Rundbogen abgetrennte Esszimmer und sah im Halbdunkel hinter schweren Vorhängen Hoerle, Chagall, Trockel. Die Sammlung besaß vielleicht kein durchdachtes Konzept, machte aber Eindruck. Auf einer Staffelei hinter dem schwarzen Ledersofa stand ›Rasenschach‹ von Paul Klee. Marius betrachtete das Bild, die schwarz-weißen Quadrate auf grünem Grund, die vielen roten und blauen Linien, die sie durchzogen, die abstrakten Formen, die sich anders als Schachfiguren nicht an die Begrenzungen des Spielfelds halten wollten. Es erinnerte ihn an zahlreiche andere Bilder, die Klee in den 1910er- und 20er-Jahren des vorigen Jahrhunderts gemalt hatte.

»Um dieses Bild geht es, nicht wahr?«, fragte Friederstadt. Er lief aufgeregt um Paula und Marius herum. Paula erkannte das Gemälde anhand der Fotos, die die belgischen Kollegen ihr geschickt hatten.

Marius ging wichtigtuerisch um die Staffelei herum und begutachtete das Bild von allen Seiten. Im Anschluss nickte er Paula zu. »Ja, das ist es.«

Friederstadt zog ein weißes Stofftaschentuch aus der Tasche seines dunkelblauen Sakkos und rieb sich mit ihm über die Stirn. Marius las die Initialen ›F. F.‹. Es dauerte einen Moment, bis ihm klar wurde, dass August Friederstadt die alten Tücher seines Vaters Frieder benutzte.

Wertbeständigkeit schien in dieser Familie nicht nur bei Kunstwerken ein wichtiger Maßstab zu sein. Er betrachtete August mit mehr Respekt. So falsch war die Sammlung vielleicht doch nicht zusammengekauft. Zumindest nicht, wenn man wie ein Investor dachte.

»Haben Sie den Herkunftsnachweis für das Bild?«, fragte er nach einem kurzen Blickwechsel mit Paula. Friederstadt griff nach einer Ledermappe auf dem Couchtisch und klappte sie auf. Er reichte Paula einige Dokumente, die diese kurz studierte und an den Detektiv weiterreichte. Es handelte sich um ein Echtheitszertifikat, ausgestellt durch einen Sachverständigen in Brüssel mitsamt der in Köln beglaubigten Übersetzung ins Deutsche. So weit war alles in Ordnung, wie er der Hauptkommissarin erklärte.

»Können Sie sich an den Kauf noch erinnern?«, wandte sich Paula an Friederstadt.

»Ich habe das Bild auf einer Kunstmesse erstanden – der *Art Basel.*«

»Sind Sie sich da sicher?«

»Auf jeden Fall.«

»Warum?«

»Man merkt sich, wo man einen Klee kauft. Zumindest in dieser Preisklasse.«

»Die Galerie besaß vermutlich einen Stand auf der ArtCologne, nehme ich an?«, schaltete sich der Detektiv ein.

»Nein, ich habe das Bild in Basel gekauft.« Friederstadt rieb sich mit dem Tuch seines Vaters die Stirn. Wehmütig schaute er das Gemälde auf der Staffelei an. »Ich dachte … Nein, bitte verzeihen Sie! Ich weiß nicht, was ich dachte. Das alles ist so …«

»Machen Sie sich keine Gedanken. Den meisten Leuten ist es unangenehm, wenn die Kriminalpolizei im Wohnzimmer steht.« Sie lächelte, ein wenig wölfisch, wie Marius fand. »Wir wollen wirklich nur wissen, von wem Sie das Bild erworben haben.«

»Also kann ich es behalten?«

Paula schüttelte den Kopf. »Das leider nicht. Wir müssen es der Galerie zurückgeben, aus der es gestohlen wurde.«

Zum ersten Mal bemerkte der Detektiv Widerstand bei ihrem Gastgeber. »Ich habe eine stolze Summe dafür bezahlt!«

»Sie können auf Schadenersatz klagen. Allerdings nicht gegen die Kölner Polizei. Ein paar Kollegen werden das Bild und die Zertifikate abholen. Könnten Sie mir davon«, sie hielt Friederstadt die Dokumente hin, »vielleicht direkt Kopien machen?«

Überrumpelt verließ der das Wohnzimmer. Kurze Zeit später hörten sie das Geräusch eines Kopiergerätes.

Wenige Minuten später beobachteten sie draußen vor der Villa, wie zwei Streifenbeamte ihren Wagen in der noblen Straße parkten und nach wenigen Minuten mit dem verhüllten Bild die Villa Friederstadt wieder verließen.

»Was denkst du?«, fragte Paula.

»Ich denke, er hat einen guten Preis für einen Klee bezahlt und vermutlich ist er davon ausgegangen, ein Schnäppchen gemacht zu haben. Selbst für damalige Verhältnisse erscheinen mir 15.000 D-Mark für ein Gemälde von Klee verdammt günstig.«

»Also hätte er wissen müssen, dass mit dem Bild etwas nicht in Ordnung ist?«

»Ja«, antwortete der Privatdetektiv, »selbst wenn die Dokumente die Echtheit bestätigen und eine legale Herkunft belegen, hätte er nachfragen müssen.«

»Welcher Kaufmann fragt nach, wenn er ein gutes Geschäft wittert?«

»Dieser jedenfalls nicht.«

»Gut zu wissen, falls ich ihm noch einmal auf den Zahn fühlen muss.«

Sie winkte Friederstadt freundlich zu, der hinter einem Fenster seiner Villa stand und sie beobachtete.

Der Privatdetektiv blickte auf das Whiteboard, in dessen Mitte er den Namen des Wettbüros Tippco mit einem schwarzen Edding umrandet hatte. Unter das Wettbüro hatte er den Namen seines Klienten Rui Barque gesetzt. Die beiden Männer, die Rui verprügelt hatten, waren vermutlich nur Strohmänner oder Handlanger. Er ordnete sie Adrian Terzic zu, dessen Namen er über den Schriftzug Tippco setzte. Seine weiteren Recherchen hatten ergeben, dass Terzic nur als Geschäftsführer auftrat, Tippco in Wahrheit einer Firma gehörte, deren Anschrift in Gibraltar Marius' Misstrauen weckte. Warum zum Teufel brauchte der Eigentümer eines Wettbüros in Nippes einen Firmensitz in Gibraltar?

Er klappte den Laptop auf. Es dauerte einige Zeit, bis er fand, wonach er suchte: eine weitere Anschrift. Die Firma in Gibraltar gehörte einer anderen Firma auf den Kanalinseln. Kurz dachte er an die russischen Matroschkas, bei der sich in jeder Puppe ein kleineres Duplikat versteckte. Genauso war es hier. Hinter Tippco steckte eine Firma in Gibraltar, hinter der wiederum ein Unternehmen auf Guernsey, die wiederum einer gewissen ALJA-Holding mit Sitz im russischen Wolgograd gehörte. Wolgograd! Arina!

Das Telefon klingelte und riss ihn aus seinen Gedanken. »Arina, ich denke gerade an deine Heimatstadt! Hast du noch Kontakte in Wolgograd?«

»Danke! Mir geht es auch gut. Du meinst verflossene Liebschaften?«

»Nein, ich meine Leute, die mir weiterhelfen können, wenn ich ein paar Informationen über dort ansässige Firmen und ihre Geschäfte brauche.«

»Meine Schwester lebt dort. Sie könntest du fragen. Sofern du jemandem vertraust, den ich dir nenne.«

»Hätte ich dich sonst gefragt?«

»Ja«, sagte sie, »hättest du.«

Sie gab Marius einen Skype-Nickname und versprach, ihrer Schwester Bescheid zu geben, dass sich ein Privatdetektiv aus Deutschland bei ihr melden würde. Kurz bevor sie auflegte, fiel Marius noch eine Frage ein. »Warum hast du angerufen?«

»Ich wollte dich sehen.«

»Gute Idee.«

Sie verabredeten sich. Anschließend betrachtete Marius noch einmal das Strukturbild auf dem Whiteboard. Die Wolgograder Adresse stand rechts an der Seite. Mit einem Mal wusste er, woher er diese Anschrift kannte. Es kostete ihn nur einen Blick in sein gut geführtes Dateisystem, um sie zu überprüfen und zu erkennen, dass er recht hatte. Er würde sich genauer mit der Schütz Security beschäftigen müssen, deren Eigentümer unter der gleichen Wolgograder Anschrift zu finden waren.

Ein kurzer Anruf, um sich zu vergewissern, dass Rui Barque zu Hause war, und eine halbe Stunde später stand Marius Sandmann in dem weiß gekachelten Wohnraum des früheren Fußballers. Das Standbild auf dem Flatscreen zeigte den Playstation-Rui in Jubelpose. Marius schaute nur kurz darauf. Ruis Double spielte immer noch bei den Königlichen.

»Wolgograd?«, sagte Rui, »Ja, Emilio spielt dort. Bei Rotor.«

»Wer ist Emilio?«

»Emilio ist ein alter Freund. Wir waren auf der gleichen Fußballschule in Rio. Jetzt spielt er in Russland.«

»Sonst kennst du niemanden dort?«

Rui schüttelte den Kopf. Marius nannte ihm verschiedene Namen von Firmen, auf die er bei seinen Ermittlungen gestoßen war. Sie sagten dem Brasilianer nichts.

»Wie kommt ein junger Spieler aus Brasilien nach Russland?«

»Genauso wie ich nach Deutschland gekommen bin. Unsere Berater organisieren das. Zahlreiche Brasilianer spielen in Russland. Die Russen zahlen gutes Geld.« Er lachte kurz. »Schmerzensgeld! Die Winter dort sind mörderisch für uns Brasilianer.«

»Warst du mal da?«

»Nein, aber Emilio hat mir davon erzählt.«

Ruis Telefon klingelte. Marius wollte etwas sagen, Rui hielt ihn mit einer Handbewegung davon ab. Anschließend stellte er das Gespräch laut. Eine knarzende Stimme – ganz offenbar verstellt und verzerrt – sprach: »… 500.000 Euro in nicht gekennzeichneten Scheinen. Bis morgen Abend.« Marius suchte nach Stift und Papier. »Genaueres teilen wir dir mit. Halte dich bereit.« Der Detektiv fand endlich einen Kugelschreiber in seiner Jackentasche. Kein Papier. Schließlich kramte er sein Smartphone hervor und tippte. Seine Nachricht an Rui bestand nur aus einem Wort: ›Lebenszeichen‹. Rui winkte ab. Marius packte ihn an der Schulter und hielt ihm das Telefon zwei Zentimeter vor die Augen.

Unterdessen gaben die Entführer weitere Anweisungen: »Halt die Polizei aus der Sache heraus! Oder Riela stirbt.«

Marius fürchtete, dass der Entführer das Gespräch im nächsten Augenblick beenden könnte. Er schüttelte Rui.

»Lebt sie denn überhaupt noch?«, sagte der schließlich.

Kurz schwieg der Entführer. Marius tippte erneut. »Es geht ihr gut«, sagte die knarzende Stimme. Der Detektiv hielt Rui erneut das Display vors Gesicht: ›Mit ihr sprechen‹ stand darauf. Rui zögerte. Marius war klar, dass Rui den Entführer nicht verärgern wollte. Er stieß ihn an.

»Ich möchte mit ihr sprechen.«

»Das ist nicht möglich.«

»Ich muss wissen, ob Riela lebt! Ob es ihr gut geht! Lassen Sie mich mit ihr sprechen! Bitte!«, brüllte er nun.

»Beeil dich mit dem Geld«, war die einzige Antwort der Stimme. Dann herrschte Stille. Das Gespräch war beendet. Rui brach weinend zusammen. Unsicher legte ihm der Detektiv die Hand auf den Rücken. Der Entführer hatte Riela gesagt. Wer außer Rui und Gabriela selbst kannte ihren Kosenamen? Er würde sich Ruis Freunde noch einmal genauer anschauen müssen.

4

Polizeidirektor Jansens Hände zitterten leicht, als er die Zeitung sinken ließ. In seinen Augen war die schlimmstmögliche Wendung eingetreten. Verena Talbot hatte ihre Vorwürfe nicht nur wiederholt. Sie hatte obendrein Zeugen aufgetrieben, die ihre Darstellung bestätigten.

Bevor er eine Entscheidung treffen konnte, was als Nächstes zu tun sei, klopfte es an der Tür und Mediensprecher Carsten Bluth betrat das Büro. Unter seinem Arm klemmte die gleiche Zeitung, die ihm gerade den Tag vermiest hatte. Bluths Erscheinen hätte ihn beruhigen sollen. Stattdessen fühlte er sich unwohl im Beisein des jungen ehrgeizigen Medienprofis.

»Sie lässt nicht locker«, eröffnete Bluth ungefragt das Gespräch und deutete auf den Text, den Verena Talbot geschrieben hatte. »Wir versuchen gerade, diese angeblichen Zeugen zu identifizieren. Ich denke nicht, dass ihre Aussagen einer genaueren Überprüfung standhalten werden.«

»Es stimmt mit dem überein, was Talbot und dieser Rechtsanwalt sagen. Dass Schuvert ihn ohne Grund angegriffen hat.«

»Wir dürfen den Kollegen jetzt nicht der Pressemeute überlassen. Das wäre fatal und ein schreckliches Signal an unsere Beamten. Ich denke, diese Zeugen kriegen wir mit einer Gegenanzeige schnell in den Griff.«

»Wenn Schuv…«

Bluth hob abwehrend die Hand. »Schuvert soll gar nichts tun. Der geht normal zum Dienst und hilft alten Leuten über die Straße. Überlassen Sie die Talbot und ihre Berichterstattung mir. Ich kriege das in den Griff.«

Zweifelnd sah Jansen Bluth an. »Machen Sie, was notwendig ist«, sagte er leise. ›Und halten Sie mich da raus‹, dachte er nur.

*

Die beiden Polizistinnen sprachen kein Wort miteinander. Paula Wagner jagte den Civic stumm über die nachmittäglich vollen Kölner Straßen, fluchte und hupte noch mehr als sonst. Auf der Apostelnstraße parkte sie den Wagen halb auf dem Bürgersteig, halb auf der schmalen Fahrbahn direkt vor ihrem Ziel – einem geschlossenen Antiquitätengeschäft.

Franka stieg aus und drückte ihr Gesicht gegen die schmutzige Scheibe des Geschäfts. Hinter sich hörte sie Paula reden. Die Hauptkommissarin versuchte, eine weitere Adresse des Geschäftsinhabers zu ermitteln, der bis vor einigen Jahren neben diesem Geschäft eine Galerie in Antwerpen betrieben hatte.

Die Kommissarin hielt sich die Hand vor die Stirn, um besser in den Laden hineinschauen zu können. »Gut, wir warten«, hörte sie Paula sagen. Sie kannte diesen Tonfall, genervt, kurz angebunden, keinen Widerspruch duldend und jede Diskussion im Keim erstickend. Sie mochte ihn nicht.

»Kann ich Ihnen weiterhelfen?«, hörte sie eine männliche Stimme. Ein älterer, kräftiger Mann in einem dunklen, leicht glänzenden Anzug stand hinter ihnen, die Locken über dem breiten Gesicht mit viel Gel aus der Stirn gekämmt.

Paula zückte ihren Ausweis. »Paula Wagner, Kriminalpolizei, wir suchen Justus de Berg.«

»De Berg? Der hat hier früher ein Antiquitätengeschäft betrieben.« Ach, im Ernst?, dachte Franka zynisch. Was glaubte der Kerl wohl, warum sie hier waren.

»Deswegen sind wir hier.« Wenn Paula wollte, konnte sie sich hervorragend beherrschen, dachte Franka. Leider wollte sie das selten. »Können Sie uns vielleicht sagen, wo wir Herrn de Berg heute finden?«

Der Mann rieb sich das Kinn. »Ich betreibe ein kleines Schmuckgeschäft die Straße hinunter.«

»Finden wir Herrn de Berg dort?«, schaltete sich Franka in das Gespräch ein. Überrascht schaute der Mann sie an.

»Nein, natürlich nicht. Der Laden hier ist bereits ein paar Monate geschlossen.«

Die Leute glaubten immer, Zeugenvernehmungen seien schwierig, weil die Leute einem Dinge verheimlichen wollten. Das stimmte nicht. Die meisten Leute waren einfach nur zu dumm, auf eine konkrete Frage eine konkrete Antwort zu geben. »Haben Sie vielleicht eine Adresse, unter der wir de Berg antreffen können?«

»Bei sich zu Hause bestimmt«, antwortete der Mann überzeugt. Paula musste all ihre Geduld aufbringen, um nicht zu platzen. Das sah Franka ihr an. Es brauchte eine weitere Frage, ehe er mit einer Anschrift herausrückte. Vermutlich hätte sie das Paket im Laden schneller mit ihrer Handykamera fotografiert und die Adresse herangezoomt.

Also weiter mit der Villentour, dachte Paula Wagner, als sie nach einer Fahrt am Rheinufer entlang vor einer Villa im südlichen Vorort Marienburg parkten.

Auf ihr erstes Schellen reagierte niemand, obwohl sie im Haus Geräusche hörten. Nach dem Klingeln schlurften Schritte hinter der Haustür, die dennoch verschlossen blieb. Paula drückte den Klingelknopf aus matt gewordenem Messing ein zweites Mal. Keine Reaktion. Schließlich schellte sie Sturm und hörte erst auf, als ein älterer Mann in einer abgewetzten hellbraunen Strickjacke ihnen öffnete. Der Alte schielte dermaßen, dass er Ihnen beiden gleichzeitig in die Augen schauen konnte. Allerdings schien er kein großes Interesse an ihren Augen zu haben, denn sein Blick wanderte runter und verharrte auf ihren Brüsten.

»Ich kaufe nichts, ich abonniere nichts und ich lasse

mich nicht bekehren.« Ohne den Blick zu heben, wollte er die Tür schließen. Paula hatte in weiser Voraussicht ihren Fuß dazwischengeschoben. Sie hielt dem Alten ihren Ausweis hin.

»Falls Sie kurz den Blick heben könnten: Kriminalpolizei. Hauptkommissarin Wagner. Das ist meine Kollegin Kommissarin Schilling.«

Ein verärgertes Auge starrte Paula an dem Ausweis vorbei an. Das andere blieb auf Frankas Brüste gerichtet. »Ja, und?«

»Sie haben vor einigen Jahren ein Bild von Paul Klee verkauft, das zuvor in einem belgischen Museum gestohlen wurde. Uns würde interessieren, wo sie das Bild herhatten.«

Der Mann schnaubte, kleine Tropfen Spucke landeten auf Paulas Lederjacke und ihrem Schal. »Woher soll ich das wissen? Haben Sie eine Ahnung, wie viele Bilder ich in meinem Leben verkauft habe?« Er streckte sich ein wenig. »Es braucht eine Menge verkaufter Kunst, bis man sich ein Haus wie dieses leisten kann, junge Frau.« Mit einer knochigen Hand, auf der dichte weiße Haare zu allen Seiten abstanden, zeigte er die Hauswand hinauf.

Paula verkniff sich einen Kommentar zum heruntergekommenen Zustand des Gebäudes. Stattdessen zog sie eine Fotografie des Bildes aus der Tasche. »Es handelt sich um dieses Bild. Paul Klees ›Rasenschach‹. Es muss Ihnen irgendwann nach 1982 angeboten worden sein. Verkauft haben Sie es auf der Art Basel Anfang der 90er-Jahre. An August Friederstadt. Soll ich Ihnen den Preis nennen? 15.000 D-Mark. Ein Witz für einen echten Klee. Selbst damals!«

»Ich brauchte Geld. Und zwar schnell!«

»Sie erinnern sich also wieder«, beteiligte sich Franka am Gespräch. »Das freut uns. Wo haben Sie das Bild erworben?«

Als er sich ihr zuwandte, brachte der alte Händler das Kunststück fertig, gleichzeitig Franka und ihre Brüste anzustarren. Wie Paula wurde sie von einem Schwall Spucke getroffen. »Wenn Sie so genau Bescheid wissen, haben Sie ja alle Unterlagen über die Herkunft des Bildes. Warum stellen Sie also so dumme Fragen, Frau Kommissarin?«

»Das ist ganz einfach: Weil die Unterlagen, die Sie dem Käufer vorgelegt haben, nicht stimmen«, antwortete Paula.

»Unmöglich«, erwiderte der Alte und traf mit seiner Spucke beide Polizistinnen. Entnervt trat Franka einen Schritt zurück. Paula hielt die Stellung.

»Sie haben die Unterlagen also so bekommen und ergänzt?«

»Wie es sich gehört!« Er grinste und entblößte zwei Reihen erstaunlich kräftiger Zähne. »Sie können mir gar nichts.«

Paula lächelte den Alten freundlich an. »Entschuldigen Sie kurz?«, fuhr sie fort, zog ein Tuch aus der Hemdtasche des Mannes und rieb sich damit die Spucke von Jacke und Schal. Danach steckte sie das Tuch zurück, bedankte sich und ließ den Alten stehen.

*

In der Rolle des stillen Beobachters hätte Sandmann sich wohler gefühlt. Stattdessen stand er umringt von vier jungen Männern in einer Eckkneipe auf der Königswinter Straße in Köln-Klettenberg und zielte mit einem Pfeil auf eine Dartscheibe. Als er erklärt hatte, dass er sich kaum noch daran erinnern konnte, wann er zuletzt Dart gespielt hatte, war die Bereitschaft, um Geld zu spielen, deutlich in die Höhe gegangen. Rui hatte versucht, die Beträge kleiner zu halten, aber die anderen hatten ihn und Marius einfach überstimmt. Doch Marius war der Einzige, der keinen Alkohol getrunken hatte.

Er mochte nicht mehr wissen, wann er zuletzt gespielt hatte, wie man warf, wusste er noch ziemlich gut. Ruhig und konzentriert fixierte er Scheibe und Pfeil. Den Lärm der Jungs, die Musik, den Geräuschpegel der anderen Gäste in der voll besetzten Kneipe blendete er aus. Langsam zog er den Unterarm ein Stück zurück, wartete auf das Ausatmen. Kurz bevor er den Pfeil aus seiner Hand schleuderte, fühlte er einen leichten Stoß von der linken Seite. Die Metallspitze des Wurfgeräts bohrte sich in den äußeren Kreis, der keine Punkte brachte.

»Versager«, hörte er links von sich Ruis Freund Sammy sagen, einem stämmigen Kerl Mitte zwanzig mit rasiertem blonden Schädel unter roter Truckerkappe. »Aber immerhin nicht Letzter!«, schob Sammy tröstend hinterher.

Rui saß auf einem Hocker an der Bar, neben ihm saß Marco, den er bereits vor einigen Tagen bei dem Brasilianer am Mediapark kennengelernt hatte. Der Mann, der die Tänzerin instruiert hatte. Außerdem war da Ruis ältester Freund in Deutschland. So zumindest hatte der Brasilianer ihm Thorben Glock vorgestellt, einen sportlichen Mittzwanziger in Jeans, modischen Sneakers und Polo-Shirt. »Ich habe bei seiner Familie gewohnt, als ich nach Köln gekommen bin«, erklärte Rui.

Thorben war das Thema augenscheinlich unangenehm. Er musterte Marius misstrauisch, wohingegen Sammy und Marco sich als unkompliziert erwiesen.

»Zahlen muss unser Rui!«, lachte Sammy. Marius beobachtete seinen Auftraggeber aus dem Augenwinkel. Schweißperlen standen auf der Stirn. Gönnerhaft klopften die Jungs dem Detektiv auf die Schulter. Rui hatte ihn als einen neuen Nachbarn vorgestellt, der Anschluss suchte. Marius hatte Marco kurz dabei zugezwinkert, der hatte verstehend genickt und nichts gesagt.

Der Detektiv hatte Fragen gestellt, wie es so sei, mit einem Fußballprofi befreundet zu sein. Ob einen nicht viele Menschen auf Rui ansprechen würden, Fans, Journalisten, Neugierige, brasilianische Landsleute, und ob das, jetzt wo er nicht mehr spielte, weniger geworden sei? Keine der Antworten hatte den Detektiv weitergebracht. Jetzt hielt er die Augen geschlossen und konzentrierte sich auf die Stimmen der drei Männer, versuchte herauszufinden, ob eine davon die verzerrte Stimme des Entführers sein konnte. Da war Thorbens feste Stimme, die immer in die Höhe schnellte und deren Tonlage von großer Nervosität zeugte. Marcos leichter brasilianischer Akzent, der vielleicht in einer Verzerrung untergehen mochte. Schließlich Sammys tiefer Bass, leicht zu erkennen, ebenso leicht zu tarnen, wenn er eine andere Stimmlage wählen würde. Der Detektiv war ratlos. Laut Rui waren diese drei Männer die Einzigen, die eng genug mit dem Paar befreundet waren, um auf die Idee zu kommen, Gabriela dos Santos Riela zu nennen. Keine ihrer Freundinnen nannte sie so, hatte der Brasilianer beteuert. Dennoch würde er sich mit Gabrielas Kontakten beschäftigen müssen, wenn er hier nicht weiterkam.

Der Fall würde wahrscheinlich in einem Fiasko und für Gabriela tödlich enden, dachte er bitter. Denn bisher hatte Marius nicht die kleinste Spur. Rui blickte sich

Hilfe suchend um, als er sein Portemonnaie zückte, um seine Spielschulden zu begleichen. Verlegen schaute er von einem zum anderen.

»Och, Rui, nicht schon wieder«, brüllte Marco entsetzt. »Jedes Mal vergisst du zum Bankautomaten zu gehen.« Er klopfte Rui gönnerhaft auf die Schulter, als er selber sein Portemonnaie aus der Jeanstasche zog. »Dabei weißt du doch, dass du immer verlierst.« Marius beobachte Sammy, wie er scheinbar unbeteiligt die Szene beobachtete. Sah er da ein leichtes Stirnrunzeln? Er blickte Thorben Glock an, der ihn beobachtet hatte und nun rasch den Blick abwandte.

Die Frau vor der Kamera ähnelte trotz langer blonder Haare ihrer Schwester. Zu Marius Sandmanns Bedauern war die Bildqualität zu schlecht, um zu sehen, ob sie die gleichen verwirrenden Augen besaß. Das kleine Bild, das links oben auf seinem Laptopscreen hing, zeigte sie undefinierbar braungrün. Ihr Gesicht wirkte müder als Arinas perfekte Gesichtszüge. Abgekämpfter. Nach einer kurzen Begrüßung einigten sie sich darauf, das Gespräch auf Deutsch zu führen. Marius hatte sich wie seine Gesprächspartnerin ein Headset angelegt und mit dem Rechner verbunden. Das eingebaute Mikro des Laptops taugte seiner Erfahrung nur dazu, Rauschen zu übertragen.

»Ich hoffe, die Verbindung bleibt halbwegs stabil«, sagte Jana Kasakowa. Marius musste die Lautstärke des Laptops ganz hochfahren, um sie zu verstehen. »Sie wollten mit mir über eine Adresse sprechen und über Firmen, die dort gemeldet sind?«, kam sie ohne weitere Umschweife zur Sache.

»Es geht um eine Anschrift in Wolgograd, ja. Zwei Firmen aus zwei unterschiedlichen Fällen, an denen ich arbeite, sitzen dort. Mich würde interessieren, ob das Zufall ist.« Marius gab Jana die beiden Firmennamen per Chat durch. »Ich habe versucht, mehr herauszufinden, leider kenne ich die kyrillische Schreibweise der Straßennamen nicht.«

Am Nachmittag hatte Marius die Adresse über Google Maps ausfindig gemacht und sich per Street View einen Eindruck von der Stadt verschafft. Er hatte sich Wolgograd immer winterlich grau und kalt vorgestellt. Die Bilder, die der amerikanische Konzern ins Netz gestellt hatte, zeigten jedoch sandfarbene Plattenbauten an weitläufigen Straßenzügen unter einem wolkenlosen, tiefblauen Himmel. Jetzt sah und hörte er die russische Journalistin tippen.

»Du bist Privatdetektiv?«, fragte sie währenddessen. »Interessanter Beruf.« Sie schaute nicht einmal auf, sondern blickte auf irgendetwas anderes, das auf ihrem Bildschirm erschien.

»Schau an! Beide Firmen teilen sich denselben Briefkasten.«

»Sie gehören zusammen? Woher weißt du das?«

»Jede Etage hat ihren eigenen Briefkasten und jeder dieser Briefkästen ist nummeriert.«

»Sie könnten eine Bürogemeinschaft bilden«, dachte Marius laut.

Jana schaute ihn kurz an. Ein ›Ja, nee, is' klar‹-Blick. Dann tippte sie weiter.

Marius beobachtete sie, sah den dunklen Ansatz am Mittelscheitel, die gerade Nase, die die Ähnlichkeit mit Arina betonte. Gleichzeitig dachte er darüber nach, was es bedeutete, dass eine Holding, die eine ganze Reihe von Wettbüros ihr Eigen nannte, und die Inhaber der Schütz Security zusammengehörten. »Eine der beiden Firmen steht im Verdacht, Fußballspiele zu manipulieren: Wettbetrug.«

»Wettbetrug ist nur ein Nebengeschäft«, sagte sie, »es geht um mehr.«

»Woher weißt du das?«

»Hat dir Arina erzählt, was ich mache?« Bevor Marius etwas erwidern konnte, beantwortete Jana ihre Frage selbst. »Nein, hat sie nicht. Geheimniskrämerin. Ich bin Journalistin und nebenbei – also eigentlich hauptsächlich – das, was ihr im Westen eine Aktivistin nennt. Ich versuche, mein Land ein bisschen besser zu machen.« Sie schaute ihn an. »Was grinst du?«

»Nichts«, antwortete der Detektiv. »Ich fürchte nur, dass wir da sehr unterschiedlich sind. Das war eher ein verlegenes Grinsen. Ich bin kein sehr engagierter Mensch.«

»Da irrst du.«

»Wie bitte?«

»Arina hat mir ein wenig von den Fällen erzählt, mit denen du dich beschäftigt hast. Und von der Hartnäckigkeit, mit der du diese Fälle verfolgst. Du bist engagiert«, stellte die Frau fest, die in ihrer kleinen Einzimmerwohnung saß, dreitausend Kilometer entfernt von ihm. Doch Marius stellte sich eine andere Frage: Woher wusste Arina von seinen Fällen? Er hatte ihr nichts darüber erzählt.

»Wenn es nicht um Fußballwetten geht, worum geht es dann?«

»Um Geldwäsche.«

»Geldwäsche? Was für Geld?«

»Alles Mögliche, Steuerhinterziehung, Schwarzgeld, Bestechung, Drogengeschäfte, Waffenhandel, such dir was aus.«

»Und wie werden diese Gelder über manipulierte Fußballwetten gewaschen?«

»Wettgewinne sind legal, solange niemand nachweisen kann, dass hinter dem Gewinn ein Betrug steckt. Nur spielt das gar keine so große Rolle. Die Wetten sind nur ein zusätzlicher Geschäftszweig. Ich schicke dir eine Liste mit den Firmen, die zu diesem Konglomerat gehören. Dann verstehst du es besser. Einfach gesagt geht es darum, legale Geschäfte vorzutäuschen, um illegale Gelder reinzuwaschen.«

»Wie passt eine Security-Firma in dieses Geschäftsmodell?«

»Keine Ahnung, vielleicht war das ihr ursprünglicher Geschäftszweig.« Sie drückte auf die Maustaste. »So, die Liste ist unterwegs. Schau, ob du andere Verbindungen findest. Ich bin an deinen Ergebnissen interessiert. Wir sollten uns austauschen. Hast du sonst noch Fragen?«

»Wenn ich einmal davon ausgehe, dass diese Security-Firma in den Diebstahl eines Bildes verwickelt ist, wie passt das da rein? Sammelt einer der Geschäftsführer oder Inhaber dieser Firmen Kunst?«

Erneut dieser tadelnde Blick. »Ich bezweifle, dass sich einer dieser Herren für Kunst interessiert. Das Einzige, was in Russland wert hat, ist Geld.«

»Also bin ich auf einer falschen Spur.«

»Nicht unbedingt.« Wieder tippte sie, bevor sie weitersprach. »Die Drogenmafia sichert ihre Geschäfte gerne mit Kunst ab.«

»Die Drogenmafia?« Was hatte eine Kunstgalerie in Köln mit der Drogenmafia zu tun? Oder ein Wettbüro auf der Neusser Straße in Köln-Nippes? »Wie läuft das?«, fragte er weiter.

»Nun. Gesetzt den Fall, du wolltest mir Drogen abkaufen. Es ist unser erstes Geschäft. Ich kenne dich nicht. Deshalb will ich eine Sicherheit. Du hinterlegst also irgendetwas von Wert an einem Ort, den ich dir nenne, zum Beispiel ein Gepäckfach in einem Bahnhof oder einen Banksafe in einer Bank meines Vertrauens …«

»Einer Bank, die im Idealfall dir gehört …«

Jana lächelte. »Du lernst schnell. Das ist gut. Zurück zu unserem kleinen Drogengeschäft: Geht der Verkauf reibungslos über die Bühne, bekommst du dein Bild zurück. Wenn nicht, behalte ich es und verkaufe es auf dem Schwarzmarkt.«

Marius verstand. »Kennst du dich mit solchen Geschäften aus?«

»Sie begegnen mir öfter, ja.«

»Weißt du, ob zuletzt jemand ein Bild von Max Ernst als Sicherheit bei so einem Deal hinterlegt hat?«

Sie schüttelte den Kopf. »Nein, aber ich kann mich umhören.«

»Ist das nicht riskant? Immerhin haben wir es hier mit der Drogenmafia zu tun.«

Jana zuckte mit den Achseln. »Wenn du in Russland zu viele Fragen stellst, musst du immer damit rechnen, erschossen zu werden.«

Das Handyklingeln riss ihn aus seiner Lektüre. Er unterbrach die Liegestütze kurz, um sich das Headset umzuschnallen und das Gespräch anzunehmen. Während er Ruis aufgeregter Stimme lauschte, setzte er sie fort.

»Die Entführer! Sie wollen Geld! Heute Abend. Einundzwanzig Uhr. Am Decksteiner Weiher. Was soll ich tun?«

»Kannst du das Geld irgendwie auftreiben?« Einer der Folgen des gemeinsamen Kneipenbesuchs: Sie duzten sich seitdem. Marius war das unangenehm. Er bevorzugte eine gewisse Distanz zu seinen Klienten.

»Ich hab nichts mehr! Du musst die Entführer hinhalten.«

»Wie soll das gehen?«

»Sprich du mit ihnen!«

»Wir haben keine Möglichkeit, mit denen Kontakt aufzunehmen. Außer bei der Übergabe.« Marius hatte über das Problem lange nachgedacht. Nachdem er keine Chance mehr sah, mit Sicherheit herauszufinden, ob die Entführer mit jemandem aus Ruis Umfeld kooperierten, gab es nur eine Möglichkeit, um an sie heranzukommen. »Du musst da heute Abend erscheinen. Versuch, zumindest ein bisschen Geld aufzutreiben.«

»Woher?« Ruis Stimme überschlug sich vor Panik.

»Kann dein Berater oder einer deiner Freunde dir nicht zumindest einen Teil der Summe leihen? Es ist wichtig, dass wir nicht mit leeren Händen dastehen.«

Rui schwieg. »Wie soll das laufen?« Marius erklärte es ihm. Seine Muskeln brannten leicht. Ein kontrollierbarer Schmerz.

5

Die Gefängnistüren schlossen sich hinter Paula Wagner. Sie hörte, wie die kleine Tür zufiel, die für Einzelpersonen in den linken Flügel des schweren, graugrün getünchten Eisentores eingelassen war. Zweimal wurde ein Schlüssel herumgedreht. Der Beamte in seiner blauen Uniform führte Paula von der hohen roten Ziegelmauer weg zu dem großen Gebäude, das nur wenige Meter entfernt stand und durch einen Maschendrahtzaun gesichert war. Das Auge einer Kamera folgte ihnen. Vor ihnen öffnete sich wie von Geisterhand eine Tür im Drahtzaun, die Hauptkommissarin und ihr Bewacher gingen hindurch. Auch diese Tür fiel hinter Paula ins Schloss. Sie fühlte sich weiterhin beobachtet, nicht nur von den Kameras. Sie hatte das Gefühl, als lauere hinter jedem der vergitterten Fenster jemand und spannte.

In das Gebäude einzutreten bot keinerlei Erleichterung. In einer Schleuse musste sie zum dritten Mal ihren Ausweis und das Schreiben vorzeigen, mit dem die belgischen Behörden ihr erlaubten, im Gefängnis von Lüttich eine Befragung durchzuführen. Nachdem sie alle ihre Habseligkeiten vorgezeigt hatte, führte sie ihr stummer Begleiter in ein schäbiges Büro, dessen Einrichtung jedes Museum für schlechtes Möbeldesign der 50er-Jahre des vorigen Jahrhunderts glücklich gemacht hätte.

Gefängnisdirektor Denis Gilbert erhob sich hinter seinem Schreibtisch. Er nickte dem stummen Wächter kurz zu, der sich so schweigsam trollte, wie er Paula begleitet hatte. Gilberts Händedruck war angenehm fest und unangenehm feucht. Der Direktor trug zivile Kleidung, einen sündhaft teuren dunkelgrauen Anzug, eine bunte Krawatte, das blonde Haar sorgfältig gescheitelt. Er erinnerte Paula eher an den Vorstandsvorsitzenden einer Bank als an den Direktor eines alten, heruntergekommenen Gefängnisses.

»Sie wollen mit Enzo reden, Frau Hauptkommissarin?«, eröffnete Gilbert das Gespräch in recht flüssigem Deutsch mit einem leichten französischen Akzent. Er zog sich die Jackettärmel zurecht, als er sich auf einen kleinen, gepolsterten Holzstuhl neben einem Couchtisch setzte und Paula mit einer Handbewegung einlud, ebenfalls Platz zu nehmen. »Mit Enzo Fabrizio ... wegen eines unbekannten Toten, den sie in Köln gefunden haben«, dachte er mehr laut, als dass er mit ihr sprach. »Erzählen Sie mir von dem Zusammenhang zwischen Ihrem Toten und meinem Gefangenen!«

»Wie Sie richtig erkannt haben, wissen wir noch immer nicht, um wen es sich bei dem Toten handelt, den wir im Kölner Stadtwald gefunden haben. Dort liegt er bereits seit fast dreißig Jahren. Die Waffe, mit der er erschossen wurde, ist die Verbindung zu Enzo Fabrizio. Aus ihr wurde 1982 bei einem Raubüberfall auf eine Galerie in Antwerpen geschossen.«

»Jetzt hoffen Sie, dass Fabrizio Ihnen mehr über Ihren Toten sagen kann?«

»So ist es.«

»Sie hätten diese Fragen genauso gut uns überlassen können. Warum sind Sie selbst gekommen?«

Daher wehte also der Wind. Gilbert fühlte sich übergangen. Natürlich hätte Paula den belgischen Kollegen die Befragung Fabrizios überlassen können. Aber sie war froh, aus Köln rauszukommen, mit anderen Polizisten arbeiten zu dürfen. Zudem wollte sie sich selbst ein Bild machen, mit was für Leuten ihr Opfer verkehrt hatte. Den zweiten Punkt erklärte sie Gilbert, die übrigen behielt sie für sich.

»Wir haben bisher keine Anhaltspunkte, um wen es sich bei diesem Toten handeln könnte. Geschweige denn Hinweise auf den Täter. Enzo Fabrizio ist die einzige Verbindung, die wir zum früheren Leben unseres Opfers besitzen. Deshalb wollte ich mir einen persönlichen Eindruck verschaffen.«

Gilbert nickte und erhob sich. »Also kommen Sie mal mit!« Paula folgte ihm hinaus in den Flur und durch eine weitere Sicherheitsschleuse. Dort übergab der Direktor sie in die Obhut eines weiteren schweigsamen Lütticher Gefängniswärters, der sich von seinem Vorgänger zwar durch seine Leibesfülle und eine ungesunde rote Gesichtsfarbe unterschied, ansonsten jedoch das gleiche stoische Verhalten an den Tag legte. Sie folgte dem watschelnden Gang des Mannes in den Besucherraum, in dem eine Reihe einfacher Holztische mit jeweils zwei Stühlen standen. Zwei weitere stumme Diener befanden sich neben der Tür, die mit einem inzwischen fast vertrauten metallischen Klang hinter ihr zufiel.

Enzo Fabrizio saß an einem der Holztische nah am vergitterten Fenster. Er hielt die Augen geschlossen, den Kopf halb in die Sonne gedreht, die durch das Fenster fiel. Er wirkte kräftig, aber blass, das schwarze Haar war kurz geschoren und ging nahtlos in einen akkurat gestutzten Bart über. Der Stuhl kratzte über den Boden, als Paula sich setzte. Fabrizio schaute sie aus großen, braunen Augen kurz an und drehte das Gesicht zurück in die Sonne.

»Verzeihen Sie mir, dass ich Sie nicht anschaue. Mein Zellenfenster geht nach Norden raus, der Hof ebenfalls. Ich bekomme nur selten die Sonne ins Gesicht.« Noch einmal öffnete er die Augen und schaute zu ihr hinüber. Er grinste dabei freundlich. »Schöne Frauen sehen wir ebenfalls selten, aber Sie sind streng genommen sowieso nicht mein Typ.«

»Schön, dass wir das geklärt haben. Ich bin sicher, dass wir in der Beziehung keinerlei Interessenskonflikt haben werden.«

Enzo grinste breit. »Das war uncharmant.«

»Ich passe mich Ihnen an.«

Der Gefangene lachte laut.

»Sie sprechen gut Deutsch«, wechselte Paula das Thema.

»Ich habe einige Zeit in Deutschland gearbeitet«, antwortete Enzo, ohne Augen und Gesicht aus der Sonne wegzubewegen.

»Was haben Sie gemacht?«

»Ich bin Maurer.«

»Wann waren Sie zuletzt in Deutschland?«

»Uff, das muss um 1989 gewesen sein.« Er wirkte wie ein Junge, ein zu groß und kräftig geratener 54-jähriger Junge.

»Waren Sie 1984 in Deutschland?«

»1984?« Enzo überlegte, ehe er verneinte.

»Sind Sie sicher?«

Mit einer Bewegung seines Kinns deutete Enzo in Richtung eines der Wächter an der Tür. »Fragen Sie ihn. '84 war ich hier.« Verschmitzt lächelte er Paula an. »Was immer Sie mir vorwerfen wollen, ich habe ein perfektes Alibi. Stimmt es nicht, Francois?« Den letzten Satz rief er dem Wärter zu, der bestätigend nickte.

»Sie sitzen seit 1984 hier ein?«

»Nein, das nicht. Ich bin eine Art Stammgast in diesem Haus. Das ist mein sechster Besuch hier. 1984 war mein zweiter.«

»Weswegen saßen Sie damals?«

»Wegen nichts! Ich war unschuldig!« Enzo versuchte nicht einmal, glaubwürdig zu klingen. Vielmehr grinste er von einer Backe zur nächsten. Paula musste sich eingestehen, dass sie den Verbrecher mochte.

»Zwischen 1989 und 1995 waren Sie wegen eines bewaffneten Raubüberfalls aus dem Jahr 1982 ebenfalls zu Gast hier, wie Sie es wohl ausdrücken würden. Waren Sie damals ebenfalls unschuldig?«

»Selbstverständlich.« Grinsen.

»Bei dem Raubüberfall wurde ein Mitarbeiter der Galerie erschossen.«

»Ich war's nicht.« Kein Grinsen. Ein ernster, unsicherer Blick.

»Mit der gleichen Waffe wurde zwei Jahre später in Köln ein Mann erschossen.« Enzo hielt weiter die Arme gemütlich hinter dem Kopf verschränkt. Paula entging nicht, dass seine Schultern sich verspannten. Das erste Mal, seitdem sie hier saßen, schien sich der Sohn italienischer Einwanderer nicht mehr ganz so wohlzufühlen. »Haben Sie eine Idee, wer dieser Mann sein könnte oder wer sein Mörder ist?«

Der ehemalige Maurer und mehrfach Vorbestrafte schwieg. Paula wartete ebenso stumm, bis er schließlich anfing zu reden. Es war erstaunlich, wie schwer sich die Leute taten, Stille auszuhalten. »Ich verpfeife niemanden.«

Fabrizio wurde seinerzeit bei dem Versuch verhaftet, ein Bild aus der Beute des Überfalls von 1982 an die bestohlene Galerie zurück zu verkaufen. Gestohlene Ware war nicht immer so einfach weiterzuverkaufen. Artnapping, also Lösegeldforderungen für Bilder, gestellt an den eigentlichen Besitzer, waren da ein einträglicher Geschäftszweig. Das Bild, das bei Fabrizios Verhaftung sichergestellt wurde, war zudem das Prunkstück der Sammlung gewesen – ein Gemälde Tizians.

»Sie haben bei Ihrer Verhaftung nichts über Ihre Mittäter gesagt.«

»Genau das meine ich.«

»Jetzt geht es um Mord.«

Urplötzlich erhob sich Enzo und drehte sich zu Paula um. Sein Stuhl polterte auf dem Steinzeugboden. Er stützte beide muskulösen Arme auf den Tisch und beugte sich weit zu ihr hinüber. Aus den Augenwinkeln nahm Paula Bewegungen der beiden Wächter war, die jeder einen Schritt nach vorn gingen, aber nicht eingriffen. Paula hatte nicht mit der Wimper gezuckt.

»Ich habe nie jemanden getötet. Ich habe nicht einmal in meinem Leben eine Waffe abgefeuert.«

»Wer hat dann geschossen?«

»Das kann ich Ihnen nicht sagen!« Enzo setzte sich wieder. »Wir waren zu dritt damals. Ein Jugendfreund von mir und ein weiterer Kerl, den Giovanni mitgeschleppt hatte.«

»Dieser Giovanni, wie hieß der weiter?«

»Das tut nichts zur Sache. Giovanni ist nicht Ihr Mann.«

»Also hat der andere Kerl geschossen?«

»Ja.«

Paula war sich nicht sicher, ob sie Enzo glauben konnte. Dummerweise war er momentan ihre beste Spur. »Kannten Sie ihn nicht?«

»Wie gesagt: Giovanni hat ihn mitgebracht.«

»Wissen Sie, wie der Mann hieß?«

»Jean.«

»Jean? Nur Jean?«

»Mehr weiß ich nicht. Wir haben uns nur mit Vornamen angeredet. Um ganz ehrlich zu sein: Ich bin ganz froh, dass ich über den nicht mehr weiß.«

»Unangenehmer Typ?«

»Die Sorte Mensch, von der man froh ist, wenn sie sich nicht in deiner Nähe aufhält.«

*

Noch ein Viertelstündchen, ehe seine Frau wiederkommen würde. Nach über vierzig Jahren freute sich Willi Kommern immer noch darauf, als wären sie noch Anfang zwanzig und nicht schon längst Mitte sechzig. Selbst die langweilige Arbeit, die sie hier hatten, machte ihm Spaß, wenn Elli dabei war. Fast genauso lange, wie er Elli kannte, arbeitete er in der kleinen Spielhalle an der Frankfurter Straße in Urbach. Seitdem im Ladenlokal nebenan ein Imbiss aufgemacht hatte, gingen die Geschäfte wieder ein wenig besser. Doch er wusste, dass sein Geschäft einer aussterbenden Art angehörte. Heutzutage spielten die Leute zu Hause auf ihren Computern oder im Internet. Kaum jemand ging noch in Spielhallen. Das Publikum hatte sich ebenfalls verändert. Sie hatten oft überlegt, den Pachtvertrag zu kündigen. Nur hätten sie nicht gewusst, was sie sonst machen sollten. Elli hatte immer von einer urigen Kneipe geträumt, aber mit Anfang sechzig erschien ihnen das Risiko eines Neuanfangs zu groß. Also machten sie weiter und warteten auf ihre kleine Rente.

Der neue Gast, der gegen elf Uhr die Halle betrat, kam ihm irgendwoher bekannt vor. Er sah zu, wie der junge Mann in Jeans und weißer Lederjacke ein paar Münzen in einen der Glücksspielautomaten vorn an der Tür steckte. Das vertraute Glockenspiel erklang, gefolgt vom Sirren des Geräts. Willi ging in das kleine Kabuff hinter der Theke, das als Büro herhalten musste. Als er einige Augenblicke später herausschaute, stand der junge Mann – hinter der Theke.

Mit einem freundlichen Lächeln ging Willi zu ihm. Erst jetzt sah er die Waffe.

»Das Geld«, sagte der junge Mann nur. Willis Herz klopfte. Gleich musste Elli da sein. Hoffentlich kam sie nicht zu früh. Er wollte nicht, dass der junge Mann ihr etwas antat. In der Kasse lagen die Einnahmen der letzten Woche. Nicht viel. Trotzdem brauchten sie das Geld. Scheinbar kooperativ drehte er sich von dem jungen Mann weg, öffnete mit der linken Hand die Kasse und griff mit der rechten zu dem schweren Hammer, den er vor Jahren für solche Fälle unter der Theke abgelegt hatte.

»Verschwind, Jung'!«, brüllte er so laut er konnte, als er sich umdrehte, hoffend, dass sein Geschrei den Jungen erschrecken und verjagen würde. Der Schuss war lauter.

Ein dumpfer Schlag wie von einem Fausthieb traf ihn. Er spürte, wie sich das Projektil in seinen Körper bohrte. Dann unterdrückte der Schock jedes Schmerzempfinden, bis er bewusstlos zu Boden sank. Der war doch mal beim FC …, dachte er, bevor es dunkel um ihn wurde. Wie Rui Barque ihm die Geldscheine aus der linken Hand zog, bemerkte er nicht mehr.

6

»Talbot!«, dröhnte es den Flur hinunter. Verena war an den rauen Tonfall, der in Redaktionen herrschte, mittlerweile gewöhnt. Sie hatte gelernt, dass es verschiedene Abstufungen dieser Rohheit gab. Das hier war die härteste. Das war die Stufe ›Echter Ärger‹. Auf dem Absatz machte sie kehrt und eilte in das Büro ihres Chefredakteurs Uwe Kampmann. Als sie es betrat, streckte sie sich und zog die Schultern nach hinten. Was immer anlag, sie würde sich zu wehren wissen.

»Das ist die totale Scheiße!«, brüllte Kampmann. Er stand neben seinem Ledersessel, eine Hand zur Faust geballt auf dem dunkel gebeizten Nussbaumholz seines Schreibtischs. Die linke Hand flog nur so durch die Luft und donnerte schließlich auf die ausgebreitete Zeitung vor ihm. Verena konnte über der Faust die Überschrift ihres letzten Artikels lesen.

»Was daran ist scheiße?«, fragte sie nur, während sie den Raum betrat und in dessen Mitte stehen blieb. Die Füße fest auf dem Boden, den tobenden Chefredakteur fest im Blick.

»Ja, alles!«, schrie der zur Antwort und fegte die Zeitung mit einer Handbewegung beiseite. Es hätte dramatischer ausgesehen, wenn sie nicht so bedächtig vom Schreibtisch gesegelt wäre. »Das ist der totale Murks!«

»Das sehe ich anders.«

»Das … sehen … Sie … anders?«, echote Kampmann. »Sie veranstalten eine Hetzjagd auf einen unbescholtenen Polizisten …«

»Schuvert ist nicht unbescholten«, warf sie unbeirrt ein.

»… und geben Hooligans eine Plattform, um die Polizei unserer Stadt zu verunglimpfen!«

»Das sind keine Hooligans. Es sind Ultras.«

»Mir doch scheißegal, wie die sich nennen!« Seine Halsschlagader trat hervor und pochte wild. »Sie missbrauchen meine Zeitung für Ihren persönlichen Rachefeldzug, weil Ihr feiner Freund, der Herr Anwalt, seine Schnauze nicht halten konnte. Da passen Sie super zusammen! Sie schreiben über diese Geschichte keine Zeile mehr! Nicht in meiner Zeitung!«

»Es ist nicht Ihre …«

»Raus!«

Sie ging. Zu ihrem Glück machten Verena Talbot tobende Männer keine Angst. Ruhige Männer machten ihr Angst. Deswegen machte sie sich an ihrem Schreibtisch umgehend wieder an die Arbeit. Eine halbe Stunde lang durchforstete sie das Internet nach privaten Videoaufnahmen, die rund um das Spiel aufgenommen worden waren. Die Polizei mochte versuchen, ihre Zeugen zu diskreditieren und ihre Arbeit zu behindern. Gegen die Macht der Bilder würde sie nichts ausrichten können. Nur gab es keine Bilder im Netz, die ihr weiterhalfen. Sie speicherte bei Google eine Suchanfrage, postete eine Bitte um Filmmaterial in mehreren Fanforen des 1. FC Köln und hoffte, damit irgendetwas bewirken zu können.

*

Hauptkommissar Hannes Bergkamp erreichte den Tatort etwa fünfundvierzig Minuten nach dem Anruf einer aufgeregten Frau. Ihr Mann, Pächter einer Spielhalle in Urbach, lag blutend und leblos hinter der Theke.

Als der hagere, großgewachsene Kommissar eintraf, war der Schwerverletzte bereits mit einem Rettungswagen in ein Krankenhaus gebracht worden. Eine Blutlache auf dem dunkelbraunen, abgewetzten Teppichboden erinnerte an das Drama, das sich hier abgespielt hatte. Die Frau saß auf einem schwarzen, klapprig wirkenden Holzstuhl. Der rechte Ärmel ihrer Bluse war bis zur Schulter hochgekrempelt, das Blütenmuster des Stoffes dort zu einer abstrakten Farborgie verzerrt. Zu Bergkamps Überraschung stand der Rechtsmediziner Volker Brandt neben ihr und setzte ihr eine Spritze in den kräftigen Oberarm. Als der Arzt Bergkamp erblickte, beeilte er sich, die Spritze zurück in seinen Koffer zu packen. Den Hauptkommissar erinnerte er dabei an einen ertappten Schuljungen. Brandt schloss die Tasche und ging auf ihn zu. Seine Lederschuhe passten perfekt zum Teppich, dachte Bergkamp spontan.

»Ein Schuss aus nächster Nähe direkt unters Herz. Der Mann lebt, fragen Sie mich nicht, ob er durchkommt. Der Täter stand wahrscheinlich an der Theke. Die Kasse war offen.«

»Ein Raubüberfall also.« Der Hauptkommissar deutete auf die Frau auf dem Stuhl. »Hat sie den Täter gesehen?«

Brandt schüttelte den Kopf. »Als sie ankam, lag ihr Mann bereits hinter der Theke, von dem Schützen keine Spur. Sie hat einen Rettungswagen und die Polizei gerufen.«

»Kann ich mit ihr reden?«

»Sicher. Nur wird sie Ihnen nicht viel sagen können.« Mit diesen Worten ließ Brandt Bergkamp stehen. Ein Streifenbeamter trat neben ihn.

»Die Nachbarn haben gegen elf Uhr fünf einen Schuss gehört. Sie haben dem allerdings keine Bedeutung beigemessen.«

»Sie haben einem Schuss keine Bedeutung beigemessen?«

»Sie dachten, eine Tür wäre zugeknallt.«

Bergkamp schüttelte den Kopf. »Haben Sie sonst irgendwelche Zeugen?« Der Beamte verneinte. Bergkamp ging hinüber zu der Frau, die apathisch ins Leere starrte. Ihr Make-up war vom Weinen verschmiert. Sie brauchte einen Moment, um zu sich zu kommen, als der Hauptkommissar sie ansprach.

»Ich habe nur eine Frage: Haben Sie eine Videoüberwachung installiert?«

Die Frau schaute ihn aus großen, wässerigen Augen lange an, bevor sie den Kopf schüttelte. Dann begann sie erneut zu weinen.

*

Giovanni und Jean.

Mehr als diese beiden Namen hatte ihr das Gespräch mit Enzo Fabrizio nicht gebracht. Paula bezweifelte, dass es eine gute Idee gewesen war, die gut einstündige Fahrt nach Lüttich auf sich zu nehmen. Zu ihrer Überraschung erwartete sie Direktor Gilbert, als sie den Besucherraum des Gefängnisses verließ.

»Haben Sie Lust, mit mir Mittag zu essen?«, fragte sie der Mann in dem maßgeschneiderten Anzug. In dem nüchtern wirkenden Flur wirkte er nicht mehr ganz so deplatziert wie in seinem Büro. Das lag vielleicht daran, dass man vor Besucherräumen in Gefängnissen alle möglichen Leute erwarten konnte.

»Es ist erst halb zwölf«, antwortete Paula. Wenn sie die Einladung ablehnte, konnte sie zur Mittagszeit zurück in Köln sein. »Außerdem bin ich nicht sicher, ob ich in einem Gefängnis essen will.«

»Oh, ich hatte nicht die Absicht, Ihnen unsere Kantine aufzuzwingen. Und bis wir in der Stadt sind, ist es zwölf. Eine gute Zeit zum Essen.« Paula hatte sich angewöhnt, beständig nach Motiven zu suchen. Umso mehr, wenn sie jemand einlud. Das war mehr als eine Marotte der misstrauischen Polizistin. Es war persönlich gemachte, schlechte Erfahrung: Wer ihr ein Angebot unterbreitete, wollte eine Belohnung dafür. Sie fragte sich, was der Direktor von ihr wollte, und folgte einer anderen Eigenschaft:

ihrer Neugier. Vielleicht hatte der Direktor noch etwas zu erzählen, dass ihr weiterhalf.

»Also gut, warum nicht?«, nahm sie das Angebot an.

»Fein! Gehen wir zu meinem Wagen.«

Hätte Paula mit sich selber eine Wette abgeschlossen, welche Art Wagen Gilbert fuhr, hätte sie richtig gelegen. Vielleicht hätte sie nicht unbedingt gewusst, dass er einen alten, jagdgrünen Alfa Spider fuhr. Auf einen alten Sportwagen hätte sie definitiv getippt. Beide zwängten sich in die engen, tiefliegenden Sitze aus hellbraunem Leder. Gilbert lenkte den Wagen vom Parkplatz für die Gefängnismitarbeiter. Auf der Straße in die Stadt gab er Gas. Paula mochte die tiefe Sitzposition, das Gefühl, jeden Hubbel auf der Straße spüren zu können. Sie genoss es, wie der Motor bei leichtem Druck auf das Gaspedal reagierte. Fünfzehn Minuten brauchten sie, um in die Stadt zu kommen, wo Gilbert den Wagen vor einem Bistro parkte. Er begrüßte den Besitzer, einen kahlköpfigen Mann mit schwerer Brille und fleckiger Schürze, herzlich mit einer Umarmung. Sie wurden von ihm an einen kleinen Tisch geführt, von dem sie einen Blick auf das Treiben auf der Straße hatten. Wie selbstverständlich bestellte Gilbert eine Flasche Wein. Mehr aus Höflichkeit nahm Paula ein Glas an. Mochten das schäbige Äußere von Lokal und Wirt auch anderes befürchten lassen: Das Essen war vorzüglich.

»Sie sind öfter hier, oder?«

»Pierre, der Besitzer, ist ein Cousin meiner Frau.«

»Ihr Cousin ist ein guter Koch.«

»Sagen Sie es ihm. Das freut ihn.«

»Sie haben sich gut eingerichtet in Ihrem Leben, oder? Ein guter Posten, ein schönes Auto, hervorragendes Essen …« Seine Gabel kratzte mit einem hässlichen

Geräusch über den fast leeren Teller der Hauptspeise, eines Kaninchenragouts.

»Man arrangiert sich.«

Als steckte in der Antwort die ganze Tragödie seines Lebens. Sie erinnerte sich an ihre eigenen Ideale, mit denen sie zur Polizei gegangen war, an die Liebe, deretwegen sie nach Köln gezogen war. Nichts davon war ihr geblieben. Hatte sie sich ebenfalls ›arrangiert‹? Direkt vor ihnen küssten sich zwei Teenager, der Direktor schien durch die beiden hindurchzublicken. Anschließend schaute er sie an. Und mit einem Mal wusste Paula, was sich der Gilbert von ihr erhoffte: einen kleinen Ausbruch aus der eigenen Langeweile.

»Ein interessanter Gefangener, Ihr Enzo Fabrizio«, wechselte sie das Thema.

»Wenn er gewollt hätte, hätte er durchaus einen anderen Weg einschlagen können. Er ist begabt. Doch er hat den leichten Weg gewählt.« Er trank einen großen Schluck Wein. Eine junge Kellnerin, die dem alten Wirt zu ihrem Nachteil sehr ähnelte, brachte das Dessert, zwei fast völlig schwarze Schokoladentörtchen. »Wie so viele«, setzte Gilbert seinen Gedanken fort.

›Wie du‹, ergänzte Paula wortlos. »Sagen Ihnen die Namen Giovanni und Jean etwas? Enzo erwähnte sie, leider hat er keine Nachnamen genannt.«

»Das sieht ihm ähnlich. Haben Sie ihn gelöchert deswegen?«

»Ein bisschen«, sie nahm ein Stück Törtchen auf die Gabel. Es schmeckte vorzüglich. Allerdings reichte bereits dieser kleine Bissen für ein ordentliches Völlegefühl.

»Wahrscheinlich hat er ein bisschen mehr erwartet. Enzo lässt sich gerne bitten.«

»Und Sie?«

Er lächelte erneut dieses traurige Lächeln. »Giovanni ist vermutlich Giovanni Gambino, ein alter Schulfreund von Enzo. Er starb vor einigen Jahren an Krebs.« Also war er nicht ihr geheimnisvoller Toter, dachte Paula enttäuscht. Vielleicht ihr Mörder? »Jean, hm, das könnten alle möglichen Leute sein. Der Name ist nicht selten.« Er überlegte und zwickte sich dabei ins Ohr. »Haben Sie einen Moment Zeit?« Paula nickte. Jeans Identität ließ sich in Lüttich leichter feststellen als von Köln aus. Gilbert zückte sein Handy und wählte aus dem Gedächtnis eine Nummer. Schnell sprach er in diesem schweren, für Paulas Schulfranzösisch viel zu fremd klingendem belgischen Französisch in das Gerät. Als er auflegte, nahm er zufrieden einen weiteren Bissen. »Wir müssen uns gedulden. Aber ich glaube, dass ich Ihnen weiterhelfen kann. Essen Sie doch noch! Die Törtchen backt Elise, Pierres Tochter. Sie sind vorzüglich.«

»Ich würde gerne«, Paula rieb sich mit der Hand über den Bauch, »ich platze! Wie um alles in der Welt schaffen Sie es, diese Mengen zu verputzen?«

»Zu was?« Irritiert hielt er inne. Auf der Gabel balancierte ein weiteres Stück dunkler, schwerer Torte.

»Zu essen. Ich kann das nicht. Wenn ich es täte, wäre ich in drei Wochen kugelrund.«

Gilbert winkte ab. »Ah, gutes Essen setzt nicht an«, erwiderte er und stopfte sich das nächste Stück in den Mund. Essen schien seine Stimmung zu heben. »Verputzen«, sagte er, »das klingt hübsch.«

Eine Viertelstunde später betrat ein älterer Herr das Bistro. Er war einen Kopf kleiner als Paula und zwei als Pierre, der ihn herzlich begrüßte. Seinen schwarzen Mantel und den altmodischen Bowler hing er sorgfältig an die Garderobe neben der Tür, bevor er zu ihnen an den Tisch kam. Er nahm Paulas Hand, führte sie fast bis an die Lippen. Gilbert gab er seltsam distanziert die Hand, als der sich halb erhob, um ihren neuen Gast zu begrüßen.

»Paula Wagner, eine Polizistin aus Deutschland, Luc van Loo, ein … alter Freund von mir«, stellte Gilbert die beiden vor. »Frau Wagner ist hier, weil sie einen interessanten Fall zu bearbeiten hat.« Paula gab van Loo einen kurzen Überblick über ihre Ermittlungen, bevor Gilbert weitersprach. »Mit der Waffe, die den Mann getötet hat, wurde 1982 beim Überfall auf die Galerie De Klerk ein Wärter angeschossen. Unser alter Freund Enzo war an diesem Überfall beteiligt. Außerdem dessen Kumpel Giovanni Gambino und ein dritter Mann namens Jean.«

Paula schaltete sich ein. »Ich weiß nicht, in welcher Beziehung Sie zu diesen Männern stehen, Monsieur van Loo, mich interessiert die Identität dieses Jean. Was wissen Sie über ihn?«

Van Loo schaute von Gilbert zu Paula und zurück. Dann sprach er mit einem deutlich flämischen Akzent. »Nun, Frau Kommissarin Wagner, ich weiß nicht, was unser Freund Gilbert hier Ihnen über mich erzählt hat.«

»Eigentlich gar nichts.«

»Das dachte ich mir. Ich bin Rechtsanwalt. Genauer: Ich war Rechtsanwalt. Ich habe Fabrizio mehrmals verteidigt.«

»Bei dem Prozess wegen des Überfalls 1982?«

»Ja.« Er nickte, senkte dabei leicht den Oberkörper, was aussah wie eine Verbeugung. »Enzo hat im Prozess geschwiegen.«

»Auf dein Anraten hin«, warf Gilbert ein.

Ein schnelles Lächeln umspielte die schmalen Lippen

des Anwalts. »Natürlich«, antwortete er. »Sie wissen es gut genug, Frau Wagner: Wenn ein Täter schweigt, kann es verdammt schwer werden, ihn zu überführen.«

Paula nickte. Selbst wenn die Wissenschaft heute Beweise erbringen konnte, von denen man vor einigen Jahren nur träumen konnte, fiel es oft genug immer noch schwer, einen Fall aufzuklären. »Hat er mit Ihnen geredet?«

»Sie wissen, dass ich darüber eigentlich nicht sprechen darf?«

»Sie wären nicht hier, wenn Sie nicht bereit wären, darüber zu reden.«

»Da haben Sie recht«, sagte er, nachdem er Pierres Frage nach einem Getränkewunsch mit einer kurzen Handbewegung abgewiesen hatte. »Wissen Sie, Frau Kommissarin, ich habe in meinem Leben als Anwalt viele Menschen vertreten. Manche davon waren unschuldig. Viele schuldig. Trotzdem: Jeder von ihnen verdient die bestmögliche Vertretung vor Gericht. So sehe ich das zumindest.« Er faltete die Serviette an seinem Platz sorgfältig neu, während er sprach. Die feinen, sorgsam manikürten Hände sahen aus, als gehörten sie nicht einem Mann, sondern einer alten Dame. Der auffällige Siegelring mit den verschlungenen Initialen LvL unterstrich diesen Eindruck. »Manche jedoch will kein Anwalt vertreten …« Zu Paulas Überraschung hob er die Stimme. »Manche gehören einfach weggesperrt! Ich sage das nur ungern. Es ist besser für alle Beteiligten! Sie kennen das sicher: Menschen, die einem begegnen und einem sofort unsympathisch sind. Mehr noch: von denen man weiß, dass sie ihrer Umwelt nur Schmerz und Leid zufügen werden. Schreckliche Menschen!«

»Menschen wie Jean?«

»Menschen wie Jean van Krijk, ja.«

Van Krijk also. »Können Sie mir mehr über van Krijk erzählen?«

»Ich bin ihm nur ein einziges Mal begegnet. Das hat mir gereicht.«

»Hatte das mit dem Überfall zu tun?«

Van Loo schüttelte den Kopf. »Nein. Van Krijk hatte mich aufgesucht, weil er seine Freundin halb tot geprügelt hat. Sie hatte ihm ein hartes statt ein weiches Ei zum Frühstück serviert.« Er schluckte. »Ich habe das Mädchen gesehen.« Alle schwiegen. Alle wussten Bescheid.

»Hat sie van Krijk angezeigt?«, unterbrach Gilbert die Stille schließlich.

»Rate mal!«, antwortete van Loo. Der zynische Tonfall war Antwort genug.

»Was geschah dann?«

»Das, was van Krijk wohl öfter getan hat. Er ist abgehauen. Hat dem Mädchen eingebläut, alles zu vergessen, und sich verpisst.«

»Das Beste, was ihr passieren konnte.«

»So traurig es ist.«

»Danach haben Sie nie wieder von Jean van Krijk gehört?«

»Zum Glück nicht, nein.«

Auch wenn die Gedanken an das Mädchen Paula mehr mitnahmen, als sie zugab: Auf der Rückfahrt ins Gefängnis war sie deutlich zufriedener als vor ihrem Mittagessen mit dem Direktor. Sie hatte einen Namen. Und sie durfte den Alfa lenken. Die Strecke zurück schaffte sie fünf Minuten schneller als Gilbert.

7

Rui Barque stellte seinen Audi Q5 auf dem Parkplatz am Geißbockheim ab. Früher hatte er hier täglich geparkt und war mit den Jungs im Kabinentrakt verschwunden. Gelegentlich hatten ihn Schüler um Autogramme gebeten. Vor allem in den Ferien mussten sich die Spieler regelrecht durch die wartenden Kinder durchkämpfen. Rui hatte das immer geliebt. Es gab Spieler, deren Autogramme waren begehrter als seins, manche der Teamkollegen hatte das gestört, ihn nie. Er war froh gewesen, dazuzugehören.

Auf dem Beifahrersitz lag die Pistole, die er mit immer noch zitternden Händen in eine Seitentasche seiner Jacke steckte, außerdem das Geld aus der Kasse. Er packte es in eine Plastiktüte, anschließend stieg er aus. Er konnte ohnehin nicht still sitzen. Schweiß stand auf seiner Stirn, obwohl es nicht warm war. Draußen roch es nach feuchtem Gras. Seitdem er das erste Mal auf einem europäischen Fußballplatz gestanden hatte, liebte er diesen Geruch. Er würde ihn noch in tausend Jahren erkennen. Es war der Geruch, der einem in die Nase stieg, wenn man dazugehörte, zu den Auserwählten, die es in eine europäische Profiliga geschafft hatten.

Warum hatte der alte Idiot den Hammer geschwungen? Er wollte doch nicht schießen! Er wollte nur das Geld. Für Riela! In seiner Hosentasche steckte immer ein Bild von ihr. Sie trug ebenfalls ein Bild von ihm bei sich. Manchmal, wenn er mit einer neuen Frisur nach Hause gekommen war, hatte sie ihn um ein neues Bild gebeten. »Damit ich dich wiedererkenne, wenn ich nach Hause komme«, hatte sie gesagt und gelacht. Er vermisste sie. Er hatte panische Angst um sie.

Ohne darüber nachzudenken, lief er um den Trainingsplatz herum, der dem Decksteiner Weiher am nächsten lag. Niemand störte ihn. Niemand erkannte ihn. Er zog ihr Bild aus der Tasche. Ihre dunklen Haare fielen ihr um die Schultern, sie lachte in die Kamera. Auf dem Handy hatte er ein weiteres Bild von ihnen beiden. Man sah darauf nur ihre Haare, weil sie ihr Gesicht in seiner Schulter vergrub. Doch wenn er das Bild nur ansah, konnte er sie riechen. Das war der zweite Geruch seines Lebens. Neben dem Gras. Gabrielas Geruch. Ein Hund lief ihm fast vor die Füße, er stolperte, der Hund kläffte ihn an. Als er hochsah, bog der Privatdetektiv mit seinem Renault auf den Parkplatz.

*

Marius Sandmann fuhr die – hochtrabend Allee genannt – kleine Waldstraße zum Geißbockheim mit einem flauen Gefühl im Magen hoch.

Er spielte ein riskantes Spiel. Aber sie mussten Kontakt mit den Entführern aufnehmen. Andernfalls sah der Detektiv schwarz für Gabrielas Überlebenschancen. Der Parkplatz lag zwischen den Gebäuden und einem Trainingsplatz und war nur spärlich besetzt. Die Zaungäste des Trainings hatten ihn bereits vor Stunden geräumt und bei dem kalten, regnerischen Wetter verirrten sich in der anbrechenden Dunkelheit des Abends auch nur wenige Ausflügler hierher. Noch im Auto klemmte sich Marius eine kleine Freisprechanlage ans Revers und steckte einen Kopfhörer ins Ohr. Mit einem kurzen Klick startete er das Programm, das er sich im Internet heruntergeladen und ebenfalls auf Ruis Handy installiert hatte.

Der Detektiv schüttelte leicht den Kopf, als er Rui auf

sich zukommen sah. Er tippte eine Nachricht aufs Handy und ging, als würde er seinen Klienten nicht kennen, an dessen Audi vorbei in Richtung Weiher. Die linke Vorderseite zierte eine Beule, die Marius bisher entgangen war. Wann hatte der Brasilianer einen Unfall gehabt?

Am Wasser blieb der Detektiv stehen und schaute sich kurz Klaus Bönninghausens Skulptur ›TOR‹ an. Er mochte diese zwei Meter hohe Stahlkonstruktion, bei der niemand wusste, ob sie sich als Tor zum Weiher oder als Tor des 1. FC Köln verstand. Vermutlich wusste eh niemand, der hier vorbeiging, wie das Werk hieß. Rui schlenderte mit den Händen in der Hosentasche in die gleiche Richtung wie Marius. Den Griff einer Plastiktüte hatte er sich übers Handgelenk geschoben. So sah es zumindest aus, als habe er Lösegeld bei sich. Der Detektiv hoffte, dass das genügte, um die Erpresser zu täuschen. Trotz der scheinbar lässigen Haltung wirkte der frühere Fußballspieler extrem nervös, er hinkte stärker. Wie ein kleiner Vogel blickte er dabei unablässig von einer Seite zur anderen. Das einzig Ruhige an Rui Barque war sein Handy, und das gefiel Marius Sandmann überhaupt nicht. Er ließ Barque einen Vorsprung und folgte ihm dann auf einem Parallelweg.

Endlich hörte er das leise Knacken, das ihm anzeigte, dass sich seine Software aktivierte, weil auf Ruis Handy eine Aktivität verzeichnet wurde. Er sah, wie der Brasilianer das Telefon ans Ohr hielt.

»Ja, ich bin da«, hörte er ihn durch den Knopf in seinem Ohr und ging langsam weiter, als wäre nichts. Die Schieberkappe zog er sich zur Sicherheit tiefer ins Gesicht.

»Über die Straße, zum Fort, durch den Eingang, dort nach rechts. Wiederholen!«

Rui wiederholte, was der Entführer ihm gesagt hatte.

Marius blieb auf seinem Weg. Ging er ein Stück weiter im Osten, gelangte er von der anderen Seite zum alten Fort, das in preußischer Zeit Teil der Kölner Stadtbefestigung gewesen war. Er wusste nicht genau, wozu es heute diente.

»Da ist ein vergittertes Fenster. Kaputt. Steck das Geld dort rein. Und keine Mätzchen!« Die Hörer in seinem Ohr verzerrten, als der Entführer die Stimme hob. »Sonst ist Riela tot!« Wieder Riela. Ein weiteres Klacken zeigte ihm an, dass das Gespräch auf Ruis Handy beendet war. Der Brasilianer sah sich um. Das sollte er besser lassen. Marius ging stur weiter. Kurz vor der Gleueler Straße bog er nach rechts ab. Hier beschleunigte er sein Tempo möglichst unauffällig. Wenn er gleichzeitig mit Rui in der Nähe des Forts sein wollte, musste er sich beeilen. Zwischen den kahlen Bäumen hindurch sah er ihn, überquerte selber die Gleueler Straße und nahm einen kleinen, nur wenig benutzten Waldweg zum Fort.

Noch vor Rui sah er das Fenster, ließ es links liegen und ging in den Innenhof des Forts. Dort hing eine Informationstafel, vor der er warten wollte, bis Rui ohne die Tüte in der Jackentasche zurückkäme. Er tippte eine SMS. Dann begann das Warten.

*

Überstunden waren nichts Ungewöhnliches in ihrem Job, nur Verenas Grund für die heutigen war ungewöhnlich. Sie saß seit vier Stunden an ihrem Schreibtisch in der Redaktion. Nachdem sie mehrere kleine, belanglose Beiträge geschrieben hatte, wartete sie nun darauf, dass der Chefredakteur endlich Feierabend machte. Gegen halb neun war es so weit.

Einzelne Schreibtische waren noch besetzt. Dennoch stand sie auf, packte ihre Sachen und ging leise den Flur hinunter, wobei sie auf Geräusche aus den Büros horchte, die rechts und links abgingen. Alles lag still da. Vorsichtig drückte sie die Klinke des Chefredakteurszimmers. Die Tür war nicht abgeschlossen. Sie schaute nach rechts und links den Gang hinunter. Niemand war zu sehen. Eilig schlüpfte sie in das Zimmer und schloss die Tür hinter sich.

Drinnen sah sie sich nicht einmal um. Zielstrebig ging sie an den Schreibtisch, drückte die Maustaste. Der Rechner fuhr hoch. Das Passwort war einfach gewählt. Es war der Kosename seiner Frau. Der Gleiche, den er für seine Affären benutze.

Über den Rechner hatte sie Zugriff auf die Daten seiner Telefonanlage. Hastig und konzentriert klickte sie die Nummern der eingegangenen Anrufe durch. Sie zweifelte keine Sekunde daran, dass ihr Artikel jedem journalistischen Standard genügte. Es musste also einen anderen Grund geben, warum der Chef ihr seine kleine Komödie vorgespielt hatte. Sie hatte einen Verdacht.

Schließlich fand sie die Nummer, die sie suchte. Die gleiche fand sich auch in ihrem Diensthandy. Carsten Bluth hatte den Chefredakteur an dem Tag angerufen, als ihr Chef ihren Artikel verrissen hatte und ihr verboten hatte, weiter über das Thema zu schreiben. Sie wusste, dass das öfter vorkam. Die Stadt hatte einen kurzen Draht zum Lokalchef, die Polizei ebenfalls. Und beide nutzten ihn. Der Feigling war vor Bluth eingeknickt

*

Ein dunkler VW Golf hielt auf dem großen Hof der alten Festungsanlage. Hinter den getönten Scheiben konnte Marius den Fahrer nicht erkennen. Erst als er ausstieg, wusste er, mit wem er es zu tun hatte. Er drückte sein Gesicht näher an die Infotafel, um zu verhindern, dass der Erpresser ihn ebenfalls erkannte. Als Ruis Freund Marco, der Mann aus dem brasilianischen Restaurant, in Richtung Fenster lief, folgte ihm der Privatdetektiv mit schnellen Schritten. Bevor er am Ende des Hofes angelangt war, hörte er schon Schreie. Rui brüllte irgendetwas, das Marius nicht verstand. Er rannte los. Als er den Weg erreichte, der an der Festung vorbeiführte, stockte ihm kurz der Atem.

Marco hockte auf allen vieren auf dem Boden, die Plastiktüte neben sich. Ein paar Geldscheine waren herausgefallen und lagen auf dem rötlich-braunen Boden. Über Marco gebeugt stand Rui und hielt seinem ›Freund‹ eine Pistole in den Nacken.

»Wo ist sie?«, brüllte er dreimal hintereinander. Marco bekam keine Gelegenheit zu antworten. Der Detektiv ging näher heran. Er sah die Schweißperlen auf der Stirn seines Klienten, das nervöse Flackern in den Augen, die zitternde Hand, die die Pistole hielt, den Finger am Abzug. Rui Barque war mit den Nerven am Ende.

»Nimm die Waffe runter, Rui«, sagte er so ruhig, wie er konnte. Rui schaute ihn an, die Waffe weiter in Marcos Nacken. »Lass ihn in Ruhe.«

Der Brasilianer schüttelte den Kopf und entsicherte die Waffe.

»Wo ist Gabriela?«

»Er weiß es nicht.«

Es sah aus, als habe Marius einen Knopf gedrückt, der alle Spannung in Rui auf Null setzte. Die Hand mit der Waffe sank zur Seite. Der junge Mann sackte ein kleines Stück zusammen und blickte Marius mit Tränen in den Augen an.

»Wie meinst du das?«

Marco hockte sich schwer atmend auf die Knie, die Hände auf den Oberschenkeln.

»Er versucht nur, aus der Situation Kapital zu schlagen. Oder findest du, dass er einem der Männer aus dem Parkhaus ähnlich sieht?« Rui schaute Marco lange an.

Der deutete mit einer Kopfbewegung auf seinen Freund, den er erpressen wollte. »Er schuldet mir Geld. Seit Monaten! Dann kamst du ins Restaurant und hast diese komischen Fragen gestellt. Ich bin nicht blöd, müsst ihr wissen. Meist geht es um Entführung, wenn Brasilianer bedroht werden. Da Rui noch frei rumlief und Gabriela nicht an ihr Handy ging, war es leicht, eins und eins zusammenzuzählen.« Er grinste. Es war unklar, ob es frech gemeint war oder um Entschuldigung bitten sollte. Ruis Tritt kam für ihn völlig überraschend. Er traf ihn mitten im Gesicht, schleuderte ihn nach hinten.

»Arschloch!«, brüllte Rui mit tränenerstickter Stimme. Den Arm mit der Waffe hielt er lose neben dem Körper. Marius nahm sie ihm rasch ab und steckte sie ein. Rui ließ es geschehen. Der Tritt schien seine letzte Energie verbraucht zu haben. Marius wandte sich an Marco, der sich das Gesicht rieb. Blut floss aus seiner Nase, die seltsam schief stand, die Lippe war aufgeplatzt. Wortlos gab der Detektiv ihm ein Taschentuch, Wortlos gab der Detektiv ihm ein Taschentuch, das der Brasilianer sich auf die Wunde hielt. Schließlich stand er auf, klopfte sich mit einer Hand den Dreck von der Jeans. Mit der anderen hielt er immer noch das Tuch. »Ich sollte euch anzeigen!«

»Du solltest was?«, fragte der Detektiv fassungslos.

»Meine Nase, verdammt noch mal! Schau dir das an!« Rui lehnte an der Ziegelwand der Festung. Es schien, als bekäme er gar nicht mit, was Marco gesagt hatte. Marius hatte allmählich die Schnauze voll.

»Möchtest du, dass ich Rui die Waffe wiedergebe? Hau ab!«

Marco verlor alle Farbe im Gesicht. Er ließ sich nicht lange bitten.

*

Sie beachtete den Polizeiwagen zuerst gar nicht, der vor dem Verlagsgebäude in zweiter Reihe parkte. Erst als er ihr langsam im Schritttempo folgte, drehte sie sich nach ihm um. Ein Suchscheinwerfer wurde eingeschaltet und blendete sie. Sie ignorierte ihn, kniff die Augen zusammen und schaute halblinks an dem Lichtkegel vorbei. Mit festen Schritten ging sie auf den Wagen zu, versuchte zu ignorieren, dass ihre Knie leicht zitterten. Der Scheinwerfer folgte ihr, stur auf ihrem Gesicht haftend. Kurz bevor sie den Wagen erreichte, gab der Fahrer Gas und brauste davon.

Als sie ihr eigenes Auto endlich erreichte, sah sie den Zettel hinter dem Scheibenwischer. Zunächst hielt sie ihn für Werbung. Sie nahm ihn. Es war ein einfaches liniertes Stück Papier, aus einem Schreibblock herausgerissen. Sie faltete ihn auf und spürte weniger Neugierde, sondern mehr eine leichte Angst. Es gab Momente, in denen man vorher wusste, dass einem Hässliches bevorstand.

Der Text war mit einem schwarzen Marker in Großbuchstaben hingekritzelt worden. Keine Unterschrift. Natürlich nicht.

»Lass deine Finger aus anderer Leute Sachen. Nur dann lassen diese Leute ihre Finger *aus* dir!«, las sie. Ihr Herz klopfte. Sie zerriss den Zettel und warf ihn fort, ehe sie in den Wagen stieg und losfuhr. Ein Vorderrad verselbstständigte sich und rollte über den Bürgersteig. Das Metall des Unterbodens kratzte laut über den Asphalt.

8

Um elf Uhr fünfunddreißig hob Marius Sandmann ab. Die Entscheidung war spontan gefallen. Zunächst hatte er Rui vom Decksteiner Weiher aus nach Hause begleitet, wo er ihm ein starkes Schlafmittel aufgenötigt hatte. Auf seinem Laptop im Büro fand er später eine Nachricht von Arinas Schwester. Der Text war dünn. Das Foto, das die russische Journalistin an die Mail angehangen hatte, war allerdings beredt genug. Die Aufnahme war unscharf. Sie zeigte den Rücken eines Mannes – fotografiert durch ein Fenster –, der ein Bild betrachtete. Marius musste den Ausschnitt vergrößern, um die weiße Kugel zu erkennen und die Figuren, die sich in einer seltsam surrealen Landschaft um sie gruppierten. Es waren ›Die Ballspieler‹ von Max Ernst, die vor zwei Jahren aus der Galerie Juist gestohlen worden waren. ›Bild soll Donnerstag zurückgegeben werden. Danach: Wer weiß? Soll ich was unternehmen?‹ Marius hatte daraufhin vorgeschlagen, die Polizei einzuschalten. Jana hatte wenige Sekunden später geantwortet: ›Dann kannst du es auch gleich verbrennen lassen.‹ Spontan hatte Marius einen Flug gebucht, ohne wirklich zu wissen, wie er in Wolgograd vorgehen sollte. Jetzt saß er in der Maschine, die ihn von Frankfurt nach Moskau bringen würde. Von dort ging ein weiterer Flug in das frühere Stalingrad, wo er von der Reise müde und von der ungewohnten Umgebung aufgekratzt gegen halb neun Uhr abends eintraf. An der Zollkontrolle legte er sein Visum vor, dessen Express-Ausstellung über einen professionellen ›Visumpartner‹ Marius fast dreihundert Euro gekostet hatte. Andernfalls hätte der Detektiv mindestens zehn Tage auf seine Einreisepapiere warten müssen.

Ein Bus brachte ihn in die Stadt. Marius hatte einen alten, schäbigen Bus erwartet, das Fahrzeug jedoch war neu und glänzte, als hätte es sein Fahrer, ein gedrungener Kerl in Hemd und blauer Hose, persönlich poliert. Nach vierzig Minuten stieg er am Hauptbahnhof aus, weitere fünfzehn Minuten später hatte er sein Hotel gefunden. Das Zimmer entsprach eher seinen bescheidenen Erwartungen. Die Matratze bog sich tief ein, als er sich hinlegte, und sie strömte einen ganz eigentümlichen Geruch aus – eine Mischung aus Schweiß und Desinfektionsmittel. Dennoch schlief er nach der langen Reise rasch ein.

Nachdem er am nächsten Morgen früh erwacht war, improvisierte er ein leichtes Training. Liegestütze und Sit-ups konnte er überall trainieren. Auf Klimmzüge am Schrank oder ähnliche Experimente verzichtete er. Anschließend telefonierte er mit Jana Kasakowa, mit der er sich für den Abend verabredete. Sie nannte ihm die Adresse, wo sie das Bild gesehen hatte. Wie sie auf die Spur des Gemäldes gekommen war, wollte sie nicht sagen. »Nicht jetzt. Heute Abend.«

Als er das Hotel verließ, glaubte er, irgendwo außerhalb der Stadt gelandet zu sein. Die Straßen waren breit, die vereinzelten, ausnahmslos sandsteinfarbenen Häuser versteckten sich hinter Bäumen. Er hatte sich die Umgebung vorher auf Google Street View angeschaut, dennoch war es anders, direkt vor Ort zu sein und die Weite zu spüren.

Der Mann an der Hotelrezeption hatte ihm eine Autovermietung um die Ecke empfohlen, die Marius aufgrund ihrer schreiend bunten Reklame auf Russisch und Englisch rasch fand. Er einigte sich auf einen günstigen Preis für einen mindestens fünf Jahre alten, leicht verbeulten Ford Focus, schloss sein Navigationsgerät an, das begierige Blicke vom Straßenrand auslöste, und fuhr zu der Adresse in der Uliza Mira, die ihm Jana genannt hatte. Hier hatte sie das Foto geschossen, das sie ihm per Mail geschickt hatte. Er parkte zwischen einem alten Lada und einem kleinen Transporter und wartete. Auf der anderen Straßenseite befand sich die Wolgograder Kunstakademie Serebrjakow, entzifferte er mit seinen rudimentären Kenntnissen kyrillischer Schrift.

Gegen Mittag verließ ein Mann das Haus und ging zu einem schwarzen BMW. Ein zweiter folgte ihm in kurzem Abstand. Er trug einen schmalen Hartschalenkoffer und der Detektiv ahnte, was sich darin befand. Marius startete den Motor des Fords.

Marius hatte Mühe, ihnen in der fremden Stadt zu folgen, bis sie etwa dreißig Kilometer südlich im Stadtteil Kirovski in die Einfahrt einer Datscha einbogen. Langsam fuhr der Detektiv weiter. Vor dem Haus standen neben dem BMW ein staubiger Fiat und ein silbern glänzender Jaguar. Er parkte den Focus an der nächsten Straßenkreuzung und lief die zweihundert Meter zurück. Von hier aus hatte er bereits einen Blick auf das Gelände und das Haus, eine zweistöckige Datscha aus Holz, die erstaunlich repräsentativ wirkte. Auf dem Gelände, das ein verrosteter Gitterzaun umschloss, standen vereinzelt ein paar alte Bäume.

Das Tor stand offen, doch der Detektiv zog es vor, auf der Rückseite des Grundstücks über den Zaun zu klettern. Hier boten einige Büsche, die sich zwischen den Bäumen ausgebreitet hatten, eine deutlich bessere Deckung.

In einem Wintergarten entdeckte er die beiden Russen, die er hierhin verfolgt hatte. Sie standen mit drei weiteren Männern um das Bild herum. Einer sah aus wie ein Geschäftsmann, ein zweiter, der sich halb hinter ihm hielt und die beiden Männer nicht aus den Augen ließ, war offenbar eine Art Leibwächter des Geschäftsmannes. Der dritte Mann passte am wenigsten in die Runde. Sein graues Haar war zerzaust, sein brauner Pullover wirkte alt und abgetragen. Kein Vergleich zu den Anzügen und den edlen Sportklamotten der vier anderen. Er war es jedoch, der das Bild begutachtete und mit einer Lupe offenbar auf Beschädigungen untersuchte. Dann packte er die Lupe weg und nickte dem Geschäftsmann zu. Die Männer gaben sich die Hand, der Ernst wurde zurück in den Hartschalenkoffer gepackt. Der Detektiv schoss Fotos, konzentrierte sich auf die beiden Geschäftspartner der BMW-Fahrer, den Leibwächter, einen jungen, sehr blonden und kräftigen Kerl und seinen Boss, älter, mit braunem, zurückgekämmtem Haar, der einen sehr teuren, sicherlich maßgeschneiderten Anzug mit einem markanten violetten Einstecktuch trug. Der Leibwächter nahm den Hartschalenkoffer, dann verließen die fünf den Wintergarten. Marius beeilte sich, zu seinem Focus zurückzukehren. Er sah, wie der Jaguar mit dem Leibwächter am Steuer und dem Geschäftsmann auf dem Beifahrersitz bereits das Grundstück verließ, als er seinen Wagen erreichte.

*

Dass Rechtsmediziner Volker Brandt persönlich erschien, um ein Ergebnis mitzuteilen, war außergewöhnlich. Doch jetzt stand er in der Tür des kleinen Büros der Task Force Science im Sülzer Polizeirevier, erstaunt betrachtet von drei Augenpaaren. »Ich war grad in der Nähe«, erklärte er mit einem entschuldigenden Unterton, der so gar nicht zu ihm passen wollte.

Paula glaubte ihm kein Wort. Sie vermutete, dass Brandt ein schlechtes Gewissen hatte und insgeheim immer noch annahm, sie sei lesbisch geworden, weil er sie falsch behandelt hatte.

Egal, dass sie sich nicht sicher war, ob sie nun lesbisch, bisexuell oder abenteuerlustig war und ebenso egal, dass ihre Beziehung zu Franka, die am Tisch gegenüber saß, gerade in einer Krise steckte: Brandts schlechtes Gewissen kam ihr ganz gelegen. Es machte ihn umgänglicher und kooperativer. Wenn man sich einmal daran gewöhnt hatte.

Sie stand auf und wies mit der Hand auf den einzigen Besucherstuhl, der in ihrem Büro noch Platz fand. Brandt setzte sich, behielt den hellen Trenchcoat an und legte die Dokumentenmappe, die er die ganze Zeit in der Hand gehalten hatte, auf seinen Schoß.

»Was haben Sie herausgefunden, Doktor Brandt?«, fragte ihn Paula. Waren sie unter Kollegen, bevorzugte sie das förmliche Sie. Obwohl mittlerweile wohl jeder Polizist in Köln von ihrer kurzen Affäre vor einigen Jahren wusste.

»Das!«, antwortete Brandt und hielt die Mappe hoch. Mehr nicht. So ganz konnte er seine alten Gewohnheiten nicht ablegen. Paula überlegte, ob und wie sie sein schlechtes Gewissen vergrößern konnte.

»Was ist das?« Scharenbergs Stimme klang ungeduldig und genervt.

Brandts Augen funkelten ihn an. »Das ist eine Dokumentenmappe.« Er nahm sie hoch, drehte sie in der Hand, als sähe er sie das erste Mal. »Aus Karton. In Rot.«

Scharenberg presste den Rücken an die Stuhllehne und schwieg. Es hätte Paula gewundert, wenn die beiden miteinander klargekommen wären. Einmal mehr fühlte sie sich wie eine Kindergärtnerin.

»Bestimmt stehen in dieser roten Dokumentenmappe aus Karton interessante Sachen!«

»Interessant ist immer relativ, Frau Hauptkommissarin. Aber ich denke, ich habe wichtige Neuigkeiten für Sie.«

Scharenberg grunzte. Franka hielt sich zurück. »Lassen Sie mich hineinschauen, Herr Doktor?« Paula hielt die Hand auf. Brandt zögerte. Schließlich kam er zu einer Entscheidung und schlug den Deckel der Mappe auf.

»Ich habe mehr über Ihren Toten aus dem Stadtwald herausgefunden, nachdem ich mir die Mühe gemacht habe, seinen Zahnstatus über meine internationalen Kontakte zu überprüfen.«

»Und das wäre?«, schob Franka ungeduldig nach. Paula hoffte, dass sie den Mediziner jetzt nicht verärgert hatten. In dem Fall würde er aller Wahrscheinlichkeit nach aufstehen, gehen und die Mappe in die Hauspost geben. Er blieb, machte nur eine längere Pause, holte tief Luft, wobei er sich ein Stück weit aufrichtete und größer wirkte, als er tatsächlich war.

»Ich habe die Identität des Toten festgestellt.«

»Es ist Jean van Krijk«, tönte es hinter Scharenbergs Bildschirm hervor.

Brandt stand abrupt auf und warf die Mappe achtlos auf Paulas Schreibtisch. »Wenn Sie eh alles wissen, hätte ich mir den Weg sparen können!« Er schleuderte strafende Blicke in die Runde und knallte die Tür hinter sich zu.

Paula nahm die Mappe und las den kurzen Bericht des Arztes. »Gut, wir haben einen Namen. Jetzt würde ich gerne wissen, was van Krijk in Köln gemacht hat?«

»Und wer ihn erschossen hat?«

*

Der Jaguar beschleunigte, nachdem er vom Grundstück gerollt war. Marius wartete nicht auf den Fiat des Gutachters. Er ignorierte die beiden Männer, die er bisher verfolgt hatte und fuhr an ihnen vorbei, bemüht, die Luxuskarosse nicht aus den Augen zu verlieren. An der nächsten Kreuzung bog er rechts ab, der Jaguar befand sich knapp hundert Meter vor ihm im dichten Verkehr in Richtung Wolgograd. Er durfte ihn nicht aus den Augen verlieren. Immerhin war es unwahrscheinlich, dass der Fahrer des Jaguars Verdacht schöpfen würde. Dafür waren zu viele Wagen in die gleiche Richtung unterwegs. Das Problem für Marius bestand eher darin, sich im russischen Straßenverkehr zu behaupten. Alte Laster schwenkten völlig überraschend aus, um andere Autos vor ihnen zu überholen, hinter ihm drängelten die Nachfolgenden.

Er schaffte es, bis fast ins Zentrum Wolgograds mit dem Jaguar Schritt zu halten. Er folgte dem Wagen sogar, als er über eine rote Ampel fuhr und rechts abbog. Alle schienen es so zu machen.

Aber nur ihn hielt wenige Sekunden später ein Polizeifahrzeug. Aus dem Seitenfenster winkte ein uniformierter Arm mit einer Kelle, während der Wagen auf den Seitenstreifen fuhr und bremste. Marius tat es ihm zähneknirschend nach, während der Jaguar verschwand.

Der Fahrer des Polizeiwagens stieg aus und rückte sich

die übergroße Polizeimütze zurecht, als er zu ihm ging. Er beugte sich durch das Fenster und sprach ihn auf Russisch an. Marius vermutete, dass der Polizist seine Papiere sehen wollte und reichte sie ihm. Der blätterte sie langsam durch und schaute den Detektiv dabei demonstrativ gelangweilt an.

»Deutsch?«

Marius nickte.

»Leihwagen?«, fragte der Polizist weiter.

»Da«, sagte der Detektiv und hoffte, dass das wirklich ›Ja‹ hieß. Der Beamte schwieg und ging mit Marius' Papieren zu seinem Streifenwagen zurück. Um den Detektiv herum brauste der Verkehr weiter. Nach einer kleinen Ewigkeit stieg der Polizist wieder aus, die Papiere in der Hand.

Zum zweiten Mal beugte er sich in das Fenster des Focus.

»Zweihundert«, sagte er nur. Irritiert kramte Marius die eilig getauschten Rubel aus dem Portemonnaie. Der Beamte schüttelte den Kopf. »Euro«, sagte er.

9

»Wie zum Teufel haben Sie das rausgefunden?« Es kam selten vor, dass Hauptkommissar Hannes Bergkamp sich beeindrucken ließ. Noch seltener, dass er das sogar zugab. Unter den Wissenschaftlern, die für die Polizei arbeiteten, stand er im Ruf, sich eher die Zunge abbeißen zu wollen, als ihre Arbeit zu loben. Die mit einem bewundernden Unterton gestellte Frage war auf der oben geschlossenen Bergkamp-Skala eine hohe Nummer. Der kleine, drahtige Mann mit der runden Metallbrille platzte fast vor Stolz. Als er zu einer längeren Erklärung ansetzte, winkte Bergkamp ab.

»Mir reicht, dass Sie absolut sicher sind.«

Der Ballistiker nickte eifrig. »Das sind wir. Wir haben beide Patronen gerade erst in die Datei übernommen. Sie stammen aus derselben Waffe. Mit der Waffe, die bei dem Raubüberfall auf der Frankfurter Straße geschossen wurde, wurde der unbekannte Tote der Kollegin Wagner erschossen.«

Als er das Büro hinter dem Schießstand verließ, suchte Bergkamp eilig nach Paulas Nummer in seinem Handy. In der ersten Euphorie seiner Entdeckung wollte er auf ›Anrufen‹ drücken, besann sich eines Besseren und tippte ungewohnt aufgeregt eine SMS: ›Wir müssen reden‹.

Die Antwort kam postwendend: ›Oh mein Gott!‹

Nach dem kurzen SMS-Austausch und Paulas rüder Antwort zog es Bergkamp vor, erst einmal ins Büro zurückzukehren. Von dort schrieb er eine E-Mail und nachdem einige barsche E-Mails hin- und hergeschickt wurden, war Paula Wagner endlich gewillt, ihn zu empfangen. Vor ihrer Bürotür holte er tief Luft. Vorsichtig klopfte er an die Tür der Task Force Science im dritten Stock der Sülzer Wache. Selbst zwölf Monate nach ihrer Gründung kam die Task Force ohne ein Türschild aus. Bergkamp kam nicht auf den Gedanken, dass das eine Gehässigkeit der Verwaltung gegenüber seiner früheren Partnerin sein könnte. Er nahm es nicht einmal zur Kenntnis.

Als er eintrat, sah er nur Paula an ihrem Schreibtisch

sitzen. Die anderen Mitglieder der Task Force hatten sich vermutlich in den Feierabend verabschiedet. Es war ihm nur recht, dass keine Zeugen dabei waren. Seitdem Paula ihm vor fast drei Jahren zu seiner Überraschung erklärt hatte, sie wolle lieber in einem Streifenwagen versauern, als noch einmal mit ihm zu arbeiten, hatten sie nicht mehr miteinander gesprochen. Bei den wenigen unvermeidlichen Begegnungen im Präsidium, Kommissariatsbesprechungen et cetera, waren sie sich aus dem Weg gegangen. Bergkamp wusste nicht einmal, warum Paula gegangen war. Er hatte sie nie danach gefragt. Dass sein Mangel an Interesse irgendetwas mit Paulas Abgang zu tun haben könnte, war ihm in all den Jahren ebenfalls nie in den Sinn gekommen.

»Hallo, Paula«, sagte er.

»Hallo«, antwortete sie. Anschließend schwiegen sie sich erst einmal an. Unschlüssig stand der Hauptkommissar in der Tür, bis Paula nach einer kleinen Ewigkeit auf den Besucherstuhl zwischen den drei Schreibtischen deutete. Er setzte sich und zog sich die Hose zurecht. In diesem Moment fiel ihm ein, dass er den Bericht der Ballistiker in seinem Büro hatte liegen lassen.

»Was willst du?«, unterbrach Paula das Schweigen endlich. Ihre Miene war undurchdringlich, es schien, als bilde der graubraune Pagenkopf eine Art Tarnkappe für ihre Gefühlslage. Zumindest für ihn. Konzentrier dich auf die Fakten, sagte er sich.

»Ich ermittle in einem Raubüberfall auf eine Spielhalle auf der Frankfurter Straße. Ein alter Mann wurde dabei niedergeschossen. Jetzt habe ich den Bericht der Ballistiker zu der Waffe bekommen, die dabei benutzt wurde. Die Wissenschaftler sind sich sicher, dass mit derselben Waffe auch euer Mann erschossen wurde.«

Paula blieb regungslos. Ein brauner, scheinbar unerschütterlicher Berg. Doch Bergkamp sah das leichte Zittern der Augenbraue und Paulas wachsamen Blick. Er kannte das. Sie hatte angebissen. »Warum habe ich diesen Bericht nicht hier vor mir liegen?«

»Ich vermute, er ist auf dem Weg. Die Ballistiker wollten dich in Kenntnis setzen.«

»Und was weißt du über deinen Täter?«

»Nichts. Der Alte, der angeschossen wurde, ist nicht vernehmungsfähig.«

»Gibt es eine Videoüberwachung?«

»Nein.«

»Du hast also gar nichts?«

»Nur diese Kugel.«

»Die Ballistiker sind sich sicher?«

Bergkamp nickte. Seine Brille rutschte leicht den Nasenrücken herunter. Erst daran merkte er, dass er schwitzte. »Absolut.«

»Und jetzt willst du, dass wir deine Arbeit für dich erledigen?«

»Darum geht es doch gar nicht!«, empörte er sich. »Es geht um Zusammenarbeit! Teamwork!«

Am liebsten wäre die Hauptkommissarin explodiert. Ausgerechnet Bergkamp sprach von Teamwork. Sie erinnerte sich zu gut daran, dass Teamwork bei ihm hieß, dass er das Team war und andere ›Work‹ hatten. Doch sie hielt sich zurück. »Hm.« Paula dachte nach. Sie rieb sich mit einem Kugelschreiber die Unterlippe. »Dein Täter muss ziemlich alt sein. Unser Opfer wurde vor dreißig Jahren erschossen.«

»Vielleicht hat die Waffe den Besitzer gewechselt?«

»Möglich. Das hilft uns aber nicht weiter. Zwei Enden

im Dunkeln und dazwischen nichts, was den Fall aufklären könnte.«

»Habt ihr keine Hinweise, wo die Waffe in der Zwischenzeit gewesen sein könnte?«

»Nichts.«

»Sie wurde nicht noch einmal abgefeuert?«

»Nein. Bis heute nicht.«

»Nächste Frage: Warum geschah es gerade jetzt? Vielleicht gibt es einen Zusammenhang zwischen den beiden Fällen? Oder zwischen dem Auftauchen eurer Leiche und meinem Raubüberfall?« Bergkamp erhob sich. »Wir sollten unsere Unterlagen austauschen, vielleicht entdecken wir etwas!«

»Wenn du deinen Täter findest, schick ihn zu uns. Wir hätten ein paar Fragen an ihn.«

Bergkamp stand auf. Unterdrückte Wut in sich. Paula war immer noch so unkooperativ wie eh und je. Er stand bereits an der Tür, als Paula einen Zettel nahm, auf den sie mit dem Kugelschreiber einen Namen und eine Nummer notierte. Den gab sie dem Hauptkommissar. »Das ist die Durchwahl von Scharenberg. Er kann dir alles geben und du kannst ihm deine Sachen schicken.« Sie deutete mit der freien Hand auf den Schreibtisch am Fenster.

*

Paula saß eine Weile am Schreibtisch und dachte nach. Die Begegnung mit ihrem früheren Chef hatte sie seltsam kalt gelassen. Sie hatte sich ein wenig vor diesem Moment gefürchtet, Angst gehabt, Sachen zu sagen, die sie hinterher vielleicht bereuen würde. Immerhin hatte sie Bergkamp einmal gemocht. Im Grunde war sie eine treue Seele.

Nun musste sie feststellen, dass ihre Wut in dem Moment verflogen war, als sich Bergkamp gesetzt und sich auf so seltsame Weise die Hose zurechtgezogen hatte, dass man die grau-rosa gemusterten Socken unter der beigen Hose sehen konnte.

Ihre Gedanken wanderten weiter zu der Waffe und zu dem, was Bergkamp gesagt hatte. Normalerweise war eine solche Information der Durchbruch in einer Mordermittlung. Es gab mit einem Mal eine Fülle neuer Ermittlungsansätze, deren Verknüpfung neue Erkenntnisse brachten, die nicht selten zum Ziel führten. Hier jedoch schien der Umstand, dass die Waffe erneut benutzt worden war, die Dinge nur komplizierter zu machen. Es lag zu viel Zeit zwischen den Fällen. Worin bestand die Verbindung? Ihr Blick fiel auf Frankas Tisch, auf dem eine Tasse der Polizei NRW stand. Als wäre ihr Leben gerade nicht kompliziert genug.

Es rauschte. Die Verbindung brach ab. Paula drückte zum dritten Mal an diesem Morgen auf die Taste ›Anrufen‹ und ihr Telefon baute die Verbindung neu auf. Christian van Krijk meldete sich umgehend. Er sprach mit deutlichem Akzent, seine Stimme klang rau. Der schlechte Empfang verstärkte diesen Eindruck. Im Hintergrund hörte Paula Geräusche, die sie an eine Baustelle denken ließen.

»Wo sind Sie gerade?«, fragte sie.

»Auf der Arbeit. Wir haben ein paar Probleme mit der Presse.«

»Belagern Sie die Medien?«

»Wie bitte? Ich verstehe Sie schlecht. Haben Sie Medien gesagt?« Im Hintergrund krachte Metall auf Metall, van Krijk schrie auf Französisch, jemand antwortete.

»Entschuldigen Sie! Sie meinten Ihre Schrottpresse.«

»Was sonst?«

»Können wir über Ihren Bruder reden?«

»Ich kann Ihnen über meinen Bruder nicht viel sagen. Ich habe ihn seit über dreißig Jahren nicht mehr gesehen, wie Sie wissen.« Die Geräusche im Hintergrund wurden ein wenig leiser, nachdem van Krijk offenbar in ein Büro gegangen war. Dafür nahm die Verbindungsqualität neuerlich ab. »Es wäre eine Lüge zu sagen, ich hätte ihn vermisst. Wir alle waren ganz froh, dass er weg war.«

»Das klingt nicht gerade nach einem guten Verhältnis.«

»Niemand hatte ein gutes Verhältnis zu meinem Bruder.«

»Hatte er Feinde?« Ein krächzendes Lachen am anderen Ende der Leitung. Anschließend Totenstille. Paula hörte einen Zug auf den nahen Gleisen parallel zur Rhöndorfer Straße. Seufzend drückte sie zum vierten Mal den ›Anrufen‹-Button. Van Krijk ging nach dem ersten Klingeln ans Telefon.

»Elende Verbindung«, sagte er nur.

»Wir stehen das durch, oder?«, fragte Paula. Van Krijk lachte zustimmend. Ende der Verbindung. Fünfter Versuch.

»Wann genau haben Sie Ihren Bruder das letzte Mal gesehen?«

»Puh! Gute Frage! Ich bin der Jüngere von uns beiden und Jean war halb aus dem Haus, als ich zwölf war. Er kam unregelmäßig und nur, wenn er Ärger hatte oder Geld brauchte. Ich war immer froh, wenn er weg war. Mit ihm gab es immer nur Stress.«

»Den Schrotthandel, den Sie jetzt leiten, haben Sie von Ihren Eltern übernommen, nicht wahr?«

»Ah, daher weht der Wind! Sie meinen, ich hätte meinen Bruder umgebracht, damit ich Alleinerbe sein kann?«

»Wann haben Sie den Betrieb übernommen?«

»1983, nachdem mein Vater gestorben war. Schwierige Zeit.«

»Heute dürfte das anders sein.«

»Heute ist Schrott Gold wert.«

»Umso ärgerlicher für Ihren Bruder. Gerade, wenn er oft Geldprobleme hatte.«

»Es gibt hier ein Konto auf Jeans Namen, auf das ich jeden Monat einzahle. Meine Mutter hat darauf bestanden.«

»Sie hätten es freiwillig nicht gemacht?«

»Er hat es nicht verdient.«

»Lebt Ihre Mutter noch?«

»Nein, sie starb 1995.«

»Trotzdem zahlen Sie weiter?«

»Jeden Monat. Meine Mutter wollte das so. Es stand in ihrem Testament. Falls Jean kommt, hat er einen Haufen Geld.«

»Ist das nicht ärgerlich? Da hat man einen Bruder, den man seit dreißig Jahren nicht gesehen hat, und wenn der auftaucht, steht ihm ein rundes Sümmchen zur Verfügung.«

»Ein was bitte?«

»Ein Haufen Geld!«

»Ah, verstehe! Ja, da haben Sie sicher recht.«

»Wer erbt das Geld Ihres Bruders jetzt?«

»Na, ich!«

»Schön für Sie!«

»Ich kann's brauchen.«

»Gibt es sonst irgendetwas, womit Sie mir weiterhelfen

könnten? Kennen Sie irgendjemanden, der Jean umbringen würde? Hatte Ihr Bruder damals Kontakte, denen Sie so einen Mord zutrauen würden?«

»Keine Ahnung. Wie gesagt: Ich hatte mit meinem Bruder wenig zu tun. Wenn Sie meine Meinung hören wollen: Es gab sicher ein paar Dutzend Leute, die meinen Bruder lieber tot gesehen hätten. Und sicher ein paar, die das Zeug dazu hatten, es durchzuziehen.«

Paula fragte sich, ob Christian van Krijk zu diesen Leuten gehörte. Er hatte ein überzeugendes Motiv. Allerdings war sein Bruder wohl schon lange tot gewesen, bevor ein Motiv aufgekommen war.

*

Die Europa City Mall unterschied sich nicht großartig von den Einkaufszentren, wie sie in Deutschland auf grüne Wiesen gepflanzt wurden: Viel Glas, viel Beton, ein großzügig angelegter Parkplatz drumherum. Nur die kyrillischen Schriftzeichen zeigten, dass man sich nicht in Frechen-Marsdorf befand, sondern in Wolgograd. Und zwar ziemlich mitten drin. Was bedeutete, dass die nächsten Häuser mehrere hundert Meter entfernt standen. Auch der Lenin Prospekt breitete sich auf vier Spuren aus, dazwischen lagen noch zwei Bahngleise der Metro, rechts und links der Straße gab es Parkplätze und nachlässig gepflegte Grünstreifen. Die Mall selbst lag an einer Stichstraße und damit ein gutes Stück abseits des Prospekts.

Es bereitete keine Mühe, einen Parkplatz zu finden. Als der Detektiv das Gebäude betrat, sah er den dunkelhäutigen Spieler an einem Tisch vor einer Bar sitzen. Emilio, ein Freund Ruis aus der Fußballschule, in der er in Brasilien ausgebildet worden war, hatte sich schnell bereit erklärt, den deutschen Detektiv nach dem Training zu treffen. Wie er so allein an dem kleinen Tisch saß und sich umschaute, wirkte er auf Marius wie ein Mann, der nur wenige Freunde hatte. Allerdings nicht wie jemand, der wie Marius kaum Freunde *brauchte*, sondern wie jemand, dem man sein Lebenselixier geraubt hatte, indem man ihn in die Einsamkeit der russischen Steppe verbannt hatte. Die teure Sportkleidung konnte den Eindruck nicht schmälern. Ganz im Gegenteil. Grüße von Rui brachen rasch das Eis.

»Warum hat es dich nach Wolgograd verschlagen?«

Der Spieler zuckte mit den Achseln. »Man verdient gutes Geld. Wir Spieler sind sehr gut untergebracht und versorgt. Außerdem bin ich ja nicht allein. Chavez, mein Berater, hat ja einige Spieler hier untergebracht. Er sorgt gut für uns.«

»Du bist ebenfalls bei Chavez? Wie Rui es war?«

»Alle aus unserer Schule sind bei Chavez.«

»Aus eurer Schule?«

»Aus unserer Fußballschule in Rio. Sie gehört Chavez.«

Marius überlegte, was diese Information bedeutete. Weder Rui noch Chavez hatten ihm das gesagt. Im Internet hatte er keine Angaben dazu gefunden. »Also sucht Chavez in Brasilien Talente, bezahlt ihnen die Ausbildung und transferiert sie nach Europa?«

»Oh nein«, widersprach Emilio mit Stolz in der Stimme, »die Ausbildung habe ich mir selbst verdient, indem ich umsonst für ihn gearbeitet habe. Andere hatten Eltern, die gezahlt haben. Ich war so talentiert, dass er für mich eine Ausnahme gemacht hat. Wie für Rui.«

»Und schließlich hat er dich nach Wolgograd verkauft?«

»Ja, ich habe den Sprung geschafft! Ich spiele in Europa!«

»Warum bist du nicht zu einem Verein in Brasilien gegangen?«

»Die zahlen weniger. Außerdem spielen die stärksten Spieler der Welt alle in Europa.« Er strahlte jetzt. »Wenn du es hier schaffst, schaffst du es überall!«

»Das muss ein lukratives Geschäft sein für Chavez.«

»Er ist der Beste!«

Marius wechselte das Thema. »Erinnerst du dich an das Testspiel gegen Köln? Ruis letztes Spiel?«

»Oh ja! Da habe ich auf der Bank gesessen.« Es sah fast so aus, als würde die Erinnerung ihn heute noch verletzen. »Dabei hätte ich gerne gegen Rui gespielt. Ich hätte ihn nass gemacht!«

»Gehörtest du nicht zur 1. Mannschaft?«

»Doch. Nur will der Trainer in Testspielen manchmal Neues ausprobieren. Deswegen saß ich nur auf der Bank.«

»Du wärest sein direkter Gegenspieler gewesen, oder?«

»Ja, das wäre ein Spaß geworden!«

»Stattdessen hat dieser Boris Draškovic gespielt?«

»Ja, Boris hat gespielt. Ein Serbe. Er spielt jetzt irgendwo in Deutschland.«

»Ich weiß. Ist er auch einer von Chavez' Spielern?«

»Nein, er gehört zu einer anderen Agentur.«

Plötzlich blickte Emilio auf. Im ersten Moment wirkte er erschrocken, schließlich entspannten sich seine Gesichtszüge. Marius drehte sich um und erschrak ebenfalls. Vor ihm stand der Mann, dessen Jaguar er vor wenigen Stunden verfolgt hatte. Emilio und er redeten ein paar Worte auf Russisch, ehe der ihnen zunickte und ging, begleitet von dem Leibwächter, der ihm in der Villa nicht von der Seite gewichen war.

»Wer war das?«, fragte Marius, als der Mann außer Hörweite war.

Emilio schaute ihn überrascht an. »Das war Alex. Alexander Iljakow, unser Präsident.«

»Euer Präsident?«

»Ihm gehört Rotor Wolgograd.« Er ließ die Hand kreisen. »Und dieses Einkaufszentrum.«

10

Kurz nachdem Paula das Gespräch mit van Krijk beendet hatte, betraten Scharenberg und Franka das Büro. Franka setzte sich nach einem knappen Gruß an ihren Schreibtisch. Scharenberg hingegen blieb unschlüssig im Raum stehen, wippte mit beiden Füßen und rieb die Hände aneinander.

»Was liegt Ihnen auf dem Herzen, Scharenberg?«, erlöste ihn Paula.

»Ich hab' vielleicht eine Idee«, sagte der alte Polizist unsicher. »Wahrscheinlich erscheint die euch abwegig.«

»Schießen Sie los!«

»Dieser Jean stammt doch aus Lüttich. Ermordet wurde er irgendwann im November 1984. Ich habe ein wenig recherchiert …« Er zögerte.

»Und?«

»Im November 1984 hat der 1. FC Köln im UEFA-Pokal gegen Standard Lüttich gespielt. Vielleicht war van Krijk wegen dieses Spiels in Köln?«

»Absurd«, entfuhr es Franka.

»Wieso?« Scharenberg drehte sich zu seiner Kollegin um.

»Weil es keinen Sinn macht!«

»Ah, es macht keinen Sinn, dass jemand aus Lüttich zu einem Fußballspiel nach Köln kommt …«

»… und da erschossen wird. Genau. Bei einem Fußballspiel? Hallo? Wolfgang!«

»Es wäre doch möglich!«

»Wir hätten davon gehört, wenn es damals vor oder nach einem Spiel eine Schießerei gegeben hätte.«

»Vielleicht ist ihm hier jemand begegnet? Irgendwer, der mit ihm noch eine Rechnung offen hatte. Man könnte sich einmal umhören!«

»Unter, ich weiß nicht, wie viel tausend Leuten, die vor dreißig Jahren ein Fußballspiel besucht haben? Wie willst du das machen?«

»Hört auf!«, ging Paula, in ihre Rolle als Kindergärtnerin wechselnd, dazwischen, doch Scharenberg war in Fahrt.

»Am 7. November 1984 war das Spiel. Ein paar Wochen vorher wurde van Krijk das letzte Mal lebend gesehen. Danach nicht mehr. Es wäre eine Möglichkeit. Oder hast du Besseres anzubieten?«, bellte der Kommissar.

»Wie wäre es damit: Van Krijk trifft sich mit irgendeinem seiner zwielichtigen Kumpels. Sie geraten in Streit. Van Krijk wird erschossen. Peng!«

Beide Polizisten blickten zu Paula. Sie erwarteten ihr Urteil. »Ich neige eher zu Schillings Ansicht, Scharenberg. Nach allem was wir wissen, war van Krijk ein ziemliches Raubein mit zahlreichen zwielichtigen Freunden. Und Gewalt im Fußball hin oder her, hätte es damals eine Schießerei bei diesem Spiel gegeben, wüssten wir tatsächlich davon. Außerdem können wir wirklich nicht nach dreißig Jahren anfangen, die Zuschauer von damals zu suchen und zu befragen.«

Scharenberg verließ Türe knallend das Büro.

Die beiden Frauen blickten sich an, die Türe schien noch in der Zarge zu vibrieren. Schließlich fingen sie an zu lachen.

»Was hältst du von seiner Idee?«, fragte Franka über den Schreibtisch.

»Nüchtern betrachtet?« Paula hatte fast vergessen, wie sehr sie Frankas Lachen faszinieren konnte.

»Wir haben keinerlei Anhaltspunkte dafür, dass Jean van Krijk sich für Fußball interessiert hat. Im Gegensatz dazu jede Menge Hinweise, dass er in verschiedene Gewaltdelikte und andere Straftaten verwickelt war.« In einem der Fenster im Haus gegenüber hing eine rot-weiße Fahne mit dem Geißbock-Emblem. »Das Blöde ist: Wir haben keine konkrete Spur in dieser Richtung.«

»Aber wie sollen wir jemanden finden, der irgendeinen belgischen Typen vor dreißig Jahren bei einem Fußballspiel gesehen hat? Und vor allem: Was bringt uns das? Beim Spiel ist er wohl kaum erschossen worden. Diese Idee ist Quatsch!«

»Gute Polizeiarbeit, Frau Kriminalkommissarin«, dozierte Paula ironisch, »lässt alle Fragen zu, solange keine klaren Antworten sie ausschließen.«

Für einen kurzen Augenblick hing die Stille zwischen ihnen.

»Eigentlich bist du die beste Polizistin, mit der ich jemals zusammengearbeitet habe«, nahm Franka das Gespräch wieder auf.

»Weil ich Scharenbergs Fußballidee nicht gänzlich verdamme?«

»Weil du nie irgendeinen Hinweis verdammst!« Sie griff unwillkürlich nach der Tasse mit dem Polizeiaufdruck. »Leider verdammst du deine Kollegen. Nur weil einer davon ein schwarzes Schaf war.«

»Dieser Kollege hätte mich damals fast umgebracht!«, empörte sich Paula. Selbst zwei Jahre nachdem sie auf einem Brachgelände in Köln-Ossendorf von einem Kollegen fast erschossen worden war, spürte sie immer noch die Wut. Und die Angst von damals. Franka suchte nach Worten. »Trotzdem … es ist manchmal schwer, mit dir zu arbeiten.«

»Du könntest dich versetzen lassen.«

Paula sah, wie Franka zusammenzuckte. »Ich habe darüber nachgedacht«, gestand sie, »ich würde es gerne anders lösen. Um woanders hinzugehen, gefällt mir die Arbeit hier mit dir und sogar mit Wolfgang zu gut. Nur: Dauernd von den Kollegen auf dich angesprochen zu werden, mit dir verglichen zu werden – das macht es schwer.«

»Mach es wie ich. Leg keinen Wert auf die Meinung der Kollegen.« Sie spie das letzte Wort fast aus.

»Es sind meine Freunde.«

Scharenberg kehrte ins Büro zurück, hielt eine Tüte von der Bäckerei um die Ecke und eine Flasche Cola in der Hand. Bei anderer Gelegenheit hätte er vermutlich gefragt, ob er ihnen etwas hätte mitbringen sollen. Doch sein Groll war noch nicht verflogen. Ohne ein Wort setzte er sich an seinen Schreibtisch.

*

Wolgograd zog sich insgesamt hundert Kilometer den Fluss entlang, der der Stadt ihren Namen gegeben hatte. Marius hatte den Eindruck, fast die gesamte Entfernung zurückgelegt zu haben, als das kleine schwarz-weiß karierte Fähnchen auf dem Bildschirm des Navigationsgerätes ihm anzeigte, dass er sein Ziel nach der nächsten Abbiegung erreicht hatte.

Dort empfing ihn ein Menschenauflauf. Mehrere Polizeiwagen und ein Krankenwagen parkten auf der Straße vor Janas Haus. Den Detektiv beschlich eine düstere Vorahnung. Er stellte den Ford zwanzig Meter von den Polizeifahrzeugen entfernt ab.

Als der Detektiv das rot-weiße Absperrband erreichte und von einem Polizisten mit einer Hand vor der Brust abgehalten wurde, weiterzugehen, sah er die Frau auf der Straße. Er erkannte Jana Kasakowas lange blonde Haare und den weißen Pulli, den sie bei ihren Skype-Telefonaten schon einmal getragen hatte. Ein roter Fleck hatte sich darauf in der Herzgegend ausgebreitet. Das blutverschmierte Gesicht erkannte er nicht mehr. Zwei Schüsse, dachte er. Einen ins Herz, einen mitten ins Gesicht. Ein Sanitäter brachte eine schwarze Plane, legte sie über die Tote und erlöste ihn so von dem Anblick. Die Nachbarn standen regungslos in den Türen und Fenstern, manche hielten ihre Kinder im Arm.

Ein kräftiger Mann in Zivil sah so aus, als wäre er für die Ermittlungen zuständig. Der Polizist, der gleich neben Marius stand und sicherstellte, dass niemand den Tatort betrat, starrte stur geradeaus. Marius tippte ihm auf die Schulter.

»Do you speak English?«

»Geh weg«, antwortete der Beamte auf Deutsch.

»Ich muss mit dem Kommissar sprechen. Ich kannte die Frau.« Der Polizist schaute stur nach vorn und reagierte nicht. Marius fühlte sich an die Wachmänner vor dem Buckingham-Palast erinnert, die ebenfalls keine Miene verzogen und nie reagierten, wenn man sie ansprach. Der Kräftige ging nun zurück zu der Leiche. Wenn er winkte, konnte Marius ihn vielleicht auf sich aufmerksam machen. Mit einem Stirnrunzeln schaute der Zivilpolizist herüber zu ihm.

»Ich kannte diese Frau«, brüllte Marius ihm zu. Es schien, als würde er ihn verstehen, denn er sprach mit zwei Kollegen, die daraufhin in seine Richtung kamen. Marius wollte unter dem Absperrgitter durchklettern. Der Wachmann hielt ihn am Arm fest und zog ihn zurück.

»Verboten!«, sagte er mit kehligem Akzent. Jetzt gesellten sich die beiden anderen Polizisten zu ihnen. Die russischen Schaulustigen, die bisher um ihn herumgestanden hatten, wichen ein Stück zurück.

»What do you want?«, fragte ihn einer der beiden barsch. Marius wiederholte, was er bereits zweimal gesagt hatte, dieses Mal auf Englisch. Doch der Polizist schien ihn nicht verstanden zu haben.

»Go away«, brüllte er und stieß den Detektiv zurück. Bevor er nachdenken konnte, wischte Marius die Hand des Beamten von seiner Brust. Als hätten sie nur auf dieses Signal gewartet, stürzten sich die drei Uniformierten auf ihn. Wenige Sekunden später hatten sie ihn überwältigt und er lag mit dem Bauch auf dem Boden, die Hände mit Plastikhandschellen auf dem Rücken gefesselt, einen Stiefel im Nacken, Schmerzen in der Nierengegend und im unteren Rücken, wo ihn die Schläge der Polizisten getroffen hatten. Durch die blauuniformierten Beine blickte er auf das schwarze Laken und die blonden Haare. Dahinter stand der kräftige Ermittler ins Gespräch vertieft. Er beachtete Marius und die Szenerie am Rande des Tatorts nicht weiter. Anders als der Mann, mit dem er gerade sprach – Alexander Iljakows Leibwächter.

Wenige Stunden später, die er überwiegend in einem Vernehmungszimmer im Polizeipräsidium verbracht hatte, saß er im internationalen Bereich des Wolgograder Flughafens und wartete auf seinen Abflug nach Frankfurt. Zwei Polizeibeamte hatten ihn zum Hotel und bis zur Sicherheitskontrolle des Flughafens begleitet, kein Wort mit ihm gesprochen und ihn selbst dann nicht aus den Augen gelassen, als er die Kontrolle längst passiert hatte.

Völlig übermüdet, mit immer noch schmerzenden Rippen, wartete Marius Sandmann am Kölner Hauptbahnhof auf eine S-Bahn, die ihn nach Ehrenfeld bringen würde. Es war noch früh am Morgen, nur wenige Berufspendler waren unterwegs und standen ähnlich verschlafen neben ihm auf dem Gleis. Draußen nieselte es und der Wind trieb die kalte Luft über den Bahnsteig. Nur langsam wurde es heller. Allein die Neonreklamen und Infotafeln auf dem Bahnsteig spendeten schwaches Licht.

Das matte Grau entsprach exakt Marius' Gemütszustand. Er dachte an die tote Journalistin, die er nicht mehr persönlich kennengelernt hatte, und fragte sich, ob Arina vom Tod ihrer Schwester wusste. Dann dachte er an Alexander Iljakow, den Präsidenten von Rotor Wolgograd und Beteiligten an einem Kunstdiebstahl und daran, dass sein Leibwächter nicht nur mit dem Leiter der Ermittlungen gesprochen hatte, sondern dabei sehr vertraut mit ihm gewirkt hatte. Und er fragte sich, was Gabriela dos Santos mit all dem zu tun hatte.

Sein Blick fiel auf eine Zeitung, die jemand auf einem der Metallsitze am Bahnsteig liegen gelassen hatte. Das Foto einer Pistole fiel ihm ins Auge. Er hatte eine ähnliche Waffe in die Schublade seines Büroschreibtischs gelegt, bevor er nach Wolgograd geflogen war. Er nahm die Zeitung, wischte sie an der Lederjacke trocken und klappte sie auf. Seine Müdigkeit schwand, als er den Artikel las. Mit der Waffe in seiner Schublade war auf zwei Menschen geschossen worden. Bei einem Raubüberfall auf eine Spielhalle vor zwei Tagen und auf einen Mann aus Belgien, dessen Leiche dreißig Jahre lang unentdeckt im Stadtwald gelegen hatte.

Zurück im Büro versuchte er, Rui zu erreichen. Vergeblich! Im Internet machte er sich auf die Suche nach Videoaufnahmen des Testspiels gegen Rotor Wolgograd. Über hunderttausend Treffer ergab die Anfrage nach ›FC Köln‹. Aufgrund der vielen Links grenzte er die Suche auf ›FC Köln Rotor‹ ein. Drei kurze Filme auf YouTube, aufgenommen von Zuschauern, zeigten Szenen des Spiels aus dem Sommertrainingslager des Vereins 2011. Hinter einem der Tore konnte er einen erstaunlich großen Fanblock ausmachen, der die Kapazitäten des kleinen Stadions im österreichischen Kufstein fast an seine Grenzen brachte. Er konzentrierte sich auf die Spielszenen.

Tatsächlich hatte jemand den Moment festgehalten, in dem Boris Draškovic aus etwa fünf Metern Entfernung mit Anlauf in den die Seitenlinie entlang dribbelnden Barque hineingrätschte. Ruis Schrei war selbst auf dieser Aufnahme mit ihrer miserablen Tonqualität gut zu hören.

Marius sah, wie sein Klient den Kopf hochriss, schrie, zusammensackte. Draškovic stand auf und hob abwehrend beide Hände, gab Rui einen kurzen Klaps und lief davon. Der Schiedsrichter verzichtete auf eine Karte. Ein Umstand, über den sich neben dem Kameramann mehrere Fans lautstark empörten. Auch an der Seitenlinie gab es einige Aufregung. Doch Marius blickte erschrocken auf den Brasilianer, der am Boden lag, das Knie mit beiden Händen krampfhaft umschlossen hielt und am ganzen Körper vor Schmerzen zuckte.

11

Verena Talbot klickte auf den Link, ihr Browserfenster öffnete sich und baute in Windeseile die Seite eines FC-Fanforums auf. Darin eingebettet sah sie das Standbild einer Videodatei. Unscharf konnte sie die Rücken mehrerer junger Männer in schwarzer Kleidung erkennen. Über den dunklen Jacken trugen sie fast alle rot-weiße Fanschals des 1. FC Köln. Zwischen den Männern sah sie vereinzelt die weißen Helme von Bereitschaftspolizisten. Sie startete das Video. Ruckelnd und wackelnd setzte sich das Bild in Bewegung. Der Ton knarzte, irgendwelche Privatgespräche, die für sie keinen Sinn ergaben. Dann sah sie sich selbst, ihren Freund neben sich. Sie gingen vor der Gruppe her, der Filmemacher zoomte auf ihren Hintern, wieder zurück. Jemand lachte. Auf einmal setzten sich die Polizisten in Bewegung. Das Video zeigte nicht, warum sie das taten. Einer stieß ihren Lebensgefährten Frank rüde zur Seite, der stolperte und brüllte dem Beamten etwas zu. Sie selbst, wie sie sich langsam und überrascht nach dem Lärm in ihrem Rücken umdrehte. Frank lag halb auf dem Boden, sprach mit dem Polizisten, der ihn umgestoßen hatte. Jetzt begann der Polizist zuzuschlagen. Dreimal sauste der Schlagstock auf ihren Freund nieder, bevor ein anderer Polizist den Schläger weiterzog. Dann folgte die Kamera der Laufrichtung der Polizisten.

Mit einem Download-Helper und zittrigen Händen sicherte Verena das Video auf ihrer Festplatte. Ihre Suchanfrage hatte sich also doch gelohnt.

*

Chefredakteur Kampmann öffnete die Tür und sah in seinem Besuchersessel nur einen grauen, schlecht gekämmten Haarschopf. Als er die Tür hinter sich schloss, drehte sich der Mann im Stuhl um. »Hallo, Uwe. Lange nicht gesehen«, sagte der Grauhaarige.

Uwe Kampmann brauchte einen Moment, bis er Kriminalkommissar Scharenberg erkannte. Er schüttelte ihm die Hand. »Kein Wunder, wenn du nicht mehr zu den Spielen kommst.«

»Du gehst noch hin?«

»So oft es geht.«

»Bist friedlicher geworden als früher, hoffe ich.«

Kampmann runzelte die Stirn. Sein Misstrauen meldete sich mit einem leisen Ziehen in der Magengegend. »Ich weiß nicht, was du meinst«, antwortete er vorsichtig.

Scharenberg grinste schief. »Echt nicht? Hast du dir

damals das Gedächtnis aus dem Kopf prügeln lassen? Du warst doch immer vorne mit dabei, wenn es nach dem Spiel zur Sache ging. Und war es nicht einer von euch, der der Polizei vorgeschlagen hat, das Problem mit den Ultras auf der Südtribüne für sie zu lösen?«

Kampmann nestelte an seinem Manschettenknopf und schaute auf das Bild eines kleinen FC-Geißbocks auf seinem Schreibtisch. Ein Geschenk seiner Tochter. Wie lange war das jetzt her? Zehn Jahre? »Ist das hier ein offizielles Gespräch?«, fragte er schließlich und streckte sich. Gegen ihn lag nichts vor. Scharenberg musste das wissen. Und selbst wenn: Alles, was er damals angestellt hatte, war lange verjährt. Trotzdem war seine Nähe zu einer Clique von Hooligans, die in die Jahre gekommen war, kein angenehmes Thema für den Chef einer Lokalzeitung in einer Millionenstadt. Darauf hatte ihn Carsten Bluth bei seinem Anruf ebenfalls hingewiesen. Schickte er nun Scharenberg vor? Hatte die Talbot irgendetwas auf eigene Faust gemacht? Zuzutrauen wäre es ihr. Miststück.

»Nein! Um Gottes willen! Ich habe nicht die Absicht, dir irgendwelchen Ärger zu machen. Ich brauche nur ein paar Informationen und du bist in der Szene immer noch besser vernetzt als ich.«

»Es gibt keine Szene.«

»Keine sentimentalen Althauertreffen? Kein gemeinsames Wochenende mit den alten Kumpels und dem Schwelgen in Erinnerungen, wie geil das damals war?«

»Nein. Ich habe damit nichts mehr zu tun.«

»Was hast du dann vor drei Monaten in Olsberg im Sauerland gemacht?«

»Woher …?«

»Ein alter Freund war so nett, mir eine Liste der Teilnehmer zusammenzustellen«, unterbrach ihn Scharenberg. »Es ist ja nicht verboten, sich im Sauerland zu treffen und sich die Birne vollzuknallen. Nicht einmal in unserem Alter.«

»Okay, was willst du?«

»Ich brauche einen Ansprechpartner in der Szene von Standard Lüttich. Mehr nicht.« Kampmann fiel ein Stein vom Herzen.

»Ich muss nach Belgien.«

»Was wollen Sie da?« Scharenbergs Wunsch überraschte Paula, als sie in der Tiefgarage der Wache aus dem Wagen stieg. Er konnte nicht warten, bis sie oben im Büro waren. Franka sollte seine Bitte nicht mitbekommen.

»Ich muss da was klären.«

»Worum geht's?«

»Das kann ich noch nicht sagen«, wich Scharenberg aus. Paula nahm ihre Tasche vom Beifahrersitz ihres Honda Civic und ging an ihm vorbei zu den Aufzügen. Scharenberg unterdrückte seine Verärgerung über ihre Ignoranz und folgte ihr. »Es ist wichtig. Es geht um van Krijk!« Paula drückte den Knopf des Aufzugs. Rumpelnd hörten sie die Kabine ins Untergeschoss fahren. »Es geht um Standard Lüttich. Ich würde gerne mit ein paar Leuten reden.« Jetzt hatte er es doch gesagt. Wahrscheinlich würde sie ihn zurechtweisen und die Spur als Quatsch abtun. Wie Franka.

»Wenden Sie sich an die belgischen Kollegen. Sie wissen ja, wie das funktioniert.«

Die Aufzugtür schloss sich hinter Paula Wagner. Scharenberg stand verblüfft davor. Sie ließ ihn gewähren! Jetzt musste er liefern.

*

Immer noch keine Antwort von Rui Barque! Nachdem der Detektiv ein paar Stunden geschlafen hatte, war er zur Wohnung seines Klienten gefahren und hatte dort Sturm geläutet. Nichts! Jetzt saß er in seinem Renault ein paar Meter von Ruis Hauseingang entfernt und wartete. Auf dem Lenkrad hatte er einen Block platziert, mit dessen Hilfe er versuchte, Ordnung in seine Gedanken zu bringen. Es war eindeutig, dass Iljakow hinter dem Diebstahl des Max Ernst Bildes steckte. Vermutlich war der Präsident von Rotor Wolgograd und Besitzer eines Einkaufszentrums in seiner Heimatstadt in irgendeiner Form Teilhaber der Sicherheitsfirma Schütz Security. Seine Recherchen hatten das noch nicht beweisen können. Nur: Gab es irgendeinen Zusammenhang zwischen Fußball, Drogen und Kunstdiebstahl? Welchen? Oder waren es nur unterschiedliche Geschäftszweige, denen sich ein scheinbar skrupelloser Mann widmete? Steckte Iljakow hinter Gabrielas Entführung? Warum? Hatte er auch Jana ermorden lassen? Viel sprach dafür. Beweisen konnte er auch das nicht und wenn er sich an das vertrauliche Gespräch zwischen Iljakows Leibwächter und dem Polizisten erinnerte, hatte er große Zweifel, dass jemand anders das jemals beweisen würde. Er versuchte Arina Kasakowa zu erreichen. Hatte sie nicht einmal für Iljakow gearbeitet?

In Marius keimte ein Verdacht auf. Auf dem Laptop schaute er das Dossier durch, das er zu der Russin angelegt hatte. Da stand es: Sie hatte Iljakow beim Kauf seiner Kunstsammlung beraten. So allmählich fügte sich alles zu einem Bild. Selbst wenn er noch nicht alle Hintergründe verstand. Abstrakte Kunst halt, dachte er grimmig.

Ein weiteres großes Rätsel blieb, das so gar nicht in dieses Bild passen wollte: Wie kam Rui an eine Waffe, mit der vor dreißig Jahren ein Mann erschossen worden war? Was ihn zu der aktuell drängendsten Frage brachte: Was hatte Rui angestellt und wo steckte er? Genervt klappte er den Laptop zu und warf den Block auf den Beifahrersitz. Vor ihm auf der Straße tat sich nichts, was ihn ablenken konnte. Er musste handeln. Mürrisch kramte er sein Smartphone hervor. Robert Wolters meldete sich nach dem ersten Klingeln. Sandmann kam direkt zur Sache.

»Das Bild, das ihr versichert habt, ist in Russland. Ich vermute, es ist im Auftrag eines gewissen Alexander Iljakow gestohlen worden.«

»Keine schlechte Arbeit, Sandmann«, sprach Wolters nach einer kurzen Pause. »Wenn es stimmt. Das Problem ist: Wie kriegen wir das Bild zurück?«

»Zuerst bräuchte ich weitere Informationen. Iljakow hat das Bild verpfändet und zurückerhalten. Wo er es jetzt versteckt und was er damit vorhat, weiß ich noch nicht.«

»Was weißt du über diesen Iljakow?«

»Bisher nur, dass er russischer Geschäftsmann und Präsident eines Fußballvereins ist. Vermutlich ist er in Drogengeschäfte verwickelt. Und eventuell in Wettbetrug.«

»Das volle Programm!«

»Sieht so aus. Nur komme ich nicht weiter. Ich verstehe die Zusammenhänge zwischen allem nicht.«

»Folge dem Geld, heißt es doch immer.«

»Tolle Idee! Schickst du mir jemanden vorbei, der sich in Iljakows Konten hackt?«

Der Versicherungsmann lachte. »Du hast recht. Wenn du dem Geld nicht folgen kannst, schau dir die Leute um

Iljakow herum an. Wo arbeiten sie? In welchen Verbindungen stehen sie? Mit wem haben sie zu tun?«

»Das ist der erste gute Vorschlag heute.«

Durch die Fensterfront sah er Licht im hinteren Raum. Die Tür allerdings war verschlossen. Er schellte. Nichts geschah. Erst als er den Finger stur auf dem Klingelknopf behielt, erschien sie als Silhouette in dem Lichtviereck der Türöffnung. Vorsichtig. Wie ein scheues Reh. Als sie ihn erkannte, eilte sie zur Tür und schloss auf. Marius sah, dass sie geweint hatte. Das Make-up um die seltsamen Augen war verschmiert. Selbst die braunen Punkte wirkten verwaschen. Der Detektiv hatte erwartet, dass sie ihn reinbitten würde. Stattdessen zwängte sie sich zu ihm in den schmalen Unterstand vor der Tür und zog sie hinter sich zu.

»Es tut mir leid«, sagte er. Mehr wusste er nicht zu sagen. Vielleicht gab es nicht mehr.

»Und ich hab dich noch zu ihr gelassen, dir dein Visum besorgt …«

»Was willst du damit sagen?«

»Ach nichts …« Arina wandte sich um, als wolle sie in die Galerie zurückgehen.

»Ich muss mit dir über Iljakow reden.«

»Was ist mit Iljakow?«

»Du hast für ihn gearbeitet.«

»Spionierst du mir nach?« Sie fuhr herum. Die verschmierte Mascara ließ die rotgeweinten Augen leuchten.

»Ich habe dich überprüft, ja«, antwortete der Detektiv müde mit der halben Wahrheit. »Du bist eine Person in einem Fall, an dem ich arbeite. Das gehört zum Job.«

»Eine Person in einem Fall bin ich also? Ein Teil deines Jobs? So wie meine Schwester? Hast du die ebenfalls überprüft? Jetzt ist sie nämlich tot. Kurz nachdem du in Wolgograd warst!«

»Hör auf!«

»Oh, nein, ich fang gerade erst an. Scheiße, wenn die Personen in deinen Fällen auf einmal nicht mehr tun, was du erwartest, oder, Marius Sandmann? Wenn sie Gefühle haben und nicht nur überprüft werden wollen.«

»Du hast mir doch selbst nachspioniert!«

»Offenbar nicht gründlich genug! Sonst hätte ich meine Schwester vor dem Autor von Studienarbeiten zu so aufschlussreichen Themen wie ›Mittelalterliche Malerei: Gewalt und Erlösung‹ warnen können.« Sie zog sich das Kleid halb von der Schulter und packte mit den Fingern auf die immer noch sichtbaren Blutergüsse auf ihrer Schulter. »Ist das vielleicht deine Vorstellung von Gewalt und Erlösung?«

»Du bist doch komplett wahnsinnig!«

Sie schlug ihm ins Gesicht. Er ließ es geschehen. »Du bringst nur Unglück, Marius! Weißt du das eigentlich?«

Der Detektiv blieb so ruhig, wie er konnte. »Iljakow. Er hat den Ernst und sein Leibwächter hat mit der Polizei geredet. Vor Janas Wohnung. Direkt am Tatort.«

»Iljakow?« Die Fassungslosigkeit in ihrer Stimme klang echt.

»Du hast für ihn gearbeitet.«

»Er hat mir den Job bei Juist besorgt. Er schuldet mir den ein oder anderen Gefallen.« Marius fragte sich, ob die Unterstützung bei einem Einbruch wohl zu Iljakows Schulden gehörte. »Bestimmt wollte er sich nur über den Tod meiner Schwester aus erster Hand informieren. Ich muss jetzt arbeiten«, sagte sie und zog das Kleid wieder über die Schultern, »wir haben bald eine neue Ausstellung.« Sie schloss die Tür hinter sich. Marius sah ihr nach.

Marius parkte den Renault vor dem Bürogebäude in der Frechener Europa-Allee. Es war eine gewagte Idee. Funktionierte sie, wusste er, ob Galjenko oder Arina mit dem Diebstahl in Verbindung standen. Wenn nicht, war er so klug wie zuvor.

Bruno Weiß öffnete ihm die Eingangstür des Büros. »Sieh an, der Privatdetektiv!«, lachte er. »Suchst du doch einen Job?«

Marius schüttelte den Kopf. »Nein, ich muss Galjenko noch einmal sprechen.«

Weiß zuckte mit den Achseln. »Schade! Ich könnte mir vorstellen, dass du gut in unser Team passt.« Er führte ihn zum Büro seines Chefs.

Galjenko empfing ihn – wie erwartet – wenig erfreut. »Ich habe keine Zeit, mich mit Privatschnüfflern herumzuschlagen«, erklärte er. Marius ging darauf nicht weiter ein.

»Ich dachte, es würde Sie interessieren, dass die Versicherung nach wie vor bereit ist, für das Bild eine Belohnung zu zahlen.«

»Warum sollte mich das interessieren, Sandmann?«

»Das Bild hat irgendwann seine Aufgabe erfüllt und es wäre für alle Beteiligten eine gute Sache, wenn es unbeschadet zu seinem ursprünglichen Besitzer zurückkehren würde.«

»Das müssen Sie den Leuten sagen, die das Bild haben.«

Marius lächelte. Galjenko hatte ihm keinen Sitzplatz angeboten. Deswegen stand er immer noch in der Tür zu dessen kleinem Büro und schaute auf den Geschäftsführer der Schütz Security herab, der hinter seinem Schreibtisch saß. »Vielleicht wäre es für Ihr Renommee ganz gut, wenn durchsickert, dass Sie bei der Rückgabe geholfen haben.«

»Je weniger von diesem Fall ›durchsickert‹, umso besser für uns.«

»Glauben Sie nicht, dass die Geschichte nicht bereits genug negative Schlagzeilen gemacht hat?«

»Wir kommen immer noch gut zurecht. Also: Warum sollten wir uns damit weiter beschäftigen?«

»Kennen Sie jemanden mit Namen Alexander Iljakow?«

»Nie gehört.« Galjenko wich Marius' Blick aus und schaute auf den Monitor.

»Ungewöhnlich. Immerhin ist er Ihr Chef.«

»Mein Chef ist jemand anders. Das sollten selbst Sie rausfinden können.«

»Jaja, ich weiß. Ihr Chef heißt Viktor Kashvilli. Ihm gehört die Cash Investment, eine Holding-Gruppe, zu der Ihre Firma zählt.«

»Genau so ist es. Toll recherchiert«, spöttelte der Mann hinter dem Schreibtisch.

»Cash Investment jedoch hat eine Muttergesellschaft. Sie können sich das vorstellen wie diese hübschen russischen Matroschkas. Kennen Sie die? Ein Tante hat mir mal eine geschenkt, als ich neun Jahre alt war. Sie haben eine Holzpuppe und wenn sie die aufmachen, steckt da drin eine weitere Holzpuppe. Und noch eine und noch eine.«

»Ich verstehe nicht, was das mit unserer Arbeit zu tun haben soll?«

»Nun, Schütz Security ist die erste Matroschka. Schaue ich hinein, finde ich eine zweite: Cash. Dahinter verbirgt sich noch eine Holding. In dem Fall ALI Holding mit Sitz auf den Bahamas. ALI ist eine Matroschka, die sich nicht so leicht öffnen lässt. Immerhin hat diese Firma einen Eigentümer. Sein Name ist Iwan Iljakow.«

»Iljakow ist kein so seltener Name, Meisterdetektiv.«

»Richtig. Und noch etwas: Iwan sitzt in der Psychiatrie, weil er sich nicht um sich selbst kümmern kann.«

»So? Dann spricht viel dagegen, dass dieser Spasti eine Firma auf den Bahamas leitet.«

»Das tut er nicht. Das macht sein Vormund für ihn. Und jetzt dürfen Sie raten, wer dieser Vormund ist.«

»Ich bin nicht gut in Ratespielen.«

»Dann helfe ich Ihnen: Interessanterweise hat Iwan Iljakow einen Bruder. Alexander Iljakow.«

»Okay! Was hat das alles mit uns hier zu tun?«

»Auf den ersten Blick nichts. Aber wie ich schon sagte: Es besteht ein Interesse, das Bild zurückzukaufen.« Marius nickte zum Abschied und ließ Galjenko in seinem engen Büro zurück. Er hatte gesagt, was er sagen wollte.

*

Alles in dieser Bar wirkte billig und trist. Scharenberg saß auf einem schäbigen Holzstuhl einem Mann gegenüber, der zwar deutlich jünger war als er, dessen Verfall jedoch weit vorangeschritten zu sein schien. Die Kopfhaut des Mannes glänzte fettig, die kleinen Augen lagen eng über der flachen Nase, das blasse Gesicht war von feinen Äderchen durchzogen, das rechte Ohr stand deutlich weiter ab als das linke und ließ an einen Hund denken, der ein Ohr eingeklappt hatte. Die fetten Arme lagen auf der abgeschabten Resopalplatte des Tisches. August Travers wäre ein ausgesprochen bissiger Hund gewesen, zumindest nach der Einschätzung der Kollegen, die sich mit Hooligans beim

Fußball beschäftigten. Es war selbst für den altgedienten Polizisten Scharenberg überraschend, was die Kollegen alles über ausländische Hooligans wussten. »Wir sind da bestens vernetzt«, hatten sie stolz erklärt. Scharenberg dachte mittlerweile, dass in den Polizeicomputern mehr über jemanden in Erfahrung zu bringen war, der einmal bei einem Fußballspiel einen Knallfrosch gezündet hatte, als über einen verurteilten Mörder.

Er legte Travers ein Foto Jean van Krijks vor.

»Das ist der verrückte Jean, oder?«, fragte der Glatzkopf.

»Hieß er so? Der verrückte Jean?« Travers nickte. Aus seinem Doppel- wurde ein Dreifachkinn, wie er erstaunt feststellte. »War der öfter mit euch unterwegs?«

Travers schüttelte den Kopf, unter seinem Kinn wackelte es mit. »Nein, mit dem verrückten Jean wollte keiner viel zu tun haben. Das gab nur Ärger.«

»Wart ihr nicht auf Ärger aus?«

Die Schweinsäuglein blitzten zornig. »Nicht auf jede Art von Ärger! Wir hatten noch Ehre im Leib damals.«

»Der verrückte Jean nicht?«

»Der? Nein! Wie ich sagte, der war komplett irre. Lief in Köln mit einer Waffe durch die Gegend.«

Scharenberg wurde hellhörig. »Was für eine Waffe?«

»Eine Pistole, irgend so ein Armeeteil, keine Ahnung. Jedenfalls fuchtelte er auf der Bahnfahrt die ganze Zeit damit herum und schrie, er würde es den Deutschen heute heimzahlen.«

»Den Deutschen?«

»Damals war der Krieg noch ein Thema. Immer gut für die Stimmung, wenn es nach Deutschland ging.«

»Jean scheint die Stimmung nicht gehoben zu haben.«

»Wenn jemand sturzbetrunken durch ein Zugabteil torkelt, dabei eine Pistole schwenkt und Parolen brüllt, punktet der nur selten bei seinen Mitfahrern. Scheiße, Mann, wir waren froh, als wir lebend in Köln ankamen und Jean abhängen konnten.«

»War er nicht mit im Stadion?« Scharenberg ließ sich seine Enttäuschung nicht anmerken.

»Doch, ich habe ihn in der Menge gesehen, wie er mit der Waffe rumfuchtelte. Mich wundert, dass er niemanden abgeknallt hat. Das Ding war scharf, verdammte Scheiße!«

»Wie hat er die Waffe ins Stadion bekommen? An den Ordnern und Kontrollen vorbei?«

Das Schweinegesicht des Althauers nahm einen belustigten Ausdruck an. »Glaubst du ernsthaft, uns hätte jemand kontrolliert? Ha! Dafür fehlte denen der Mumm. Wir hätten die damals direkt die Tribünenaufgänge hochgeprügelt, wenn irgendein Ordner Hand an uns gelegt hätte. Das war nicht wie heute. Heute lassen sich Kids vor jedem Spiel brav abtasten.« Er schüttelte erneut Kopf und Kinn und trank einen großen Schluck. Ein wenig weißer Schaum blieb an seiner Lippe kleben.

»Was war nach dem Spiel?«

»Nach dem Spiel haben wir Kölner gejagt«, Scharenbergs Gesprächspartner grinste breit. »Direkt neben dem Stadion gab's ein Waldstück. Da haben wir reingetrieben und verprügelt, wer uns in die Finger kam.« Sein Grinsen nahm einen seligen Ausdruck an bei dieser Erinnerung. Wie bei einem kleinen Jungen, der sich an sein schönstes Weihnachtsfest erinnert. »Du hättest das erleben sollen! Überall hörtest du die Schlägereien und die Schreie. Es war das reinste Massaker. Und dabei war es stockdunkel.«

»Wie konntet ihr in der Dunkelheit Freund und Feind unterscheiden?« Travers grinste noch breiter. Scharenberg fürchtete, seine Lippen würden reißen, wenn er weiter grinste.

»Wir haben uns einen Deutschen geschnappt und versprochen, ihn in Ruhe zu lassen. Im Gegenzug musste er für uns die Gruppen vor uns ansprechen. Haben sie ihm auf Deutsch geantwortet, gab es Schläge.« Er wirkte heute noch sehr zufrieden über seine List.

»Den Jungen habt ihr laufen lassen?«

»Iwoh! Das Verräterschwein hat eine besondere Abreibung bekommen!«

»Jean van Krijk war nicht bei euch?«

»Nein!«

»Habt ihr Schüsse gehört in der Nacht?«

»Wir haben eine Menge gehört in der Nacht. Schüsse? Nein, ich glaube nicht.«

»Bist du sicher?«

Travers nickte.

»Bis wann wart ihr in diesem Wald?«

Sein Gegenüber zuckte mit den Achseln. »Ich glaube, wir waren so gegen ein Uhr zurück auf der Straße.«

»Drei Stunden habt ihr da gewütet?«

»Ich sagte doch: Es war ein Massaker.«

12

Rui bockte. Nachdem Marius Schütz Security verlassen hatte, war er noch einmal an dessen Wohnung vorbeigefahren und hatte den weißen Audi auf dem Stellplatz gesehen. Jetzt saß der Brasilianer mit verschränkten Armen auf seinem Sofa und starrte den schwarzen Bildschirm des Flatscreens an.

»Rui! Woher hast du die Waffe? Damit ist ein Mann erschossen worden, verdammt noch mal!«

»Ich wollte das nicht!« Er rieb sich durch das Gesicht. »Ich hatte Angst! Es ging doch nur um das Lösegeld für Riela! Hätte der Alte nicht den Knüppel rausgeholt, wäre das nie passiert!« Er sprang auf und trat gegen das Sofa, das quietschend ein paar Zentimeter nach hinten rutschte.

Marius fragte sich, wie verzweifelt Rui sein musste, um auf einen alten Mann zu schießen. Um überhaupt auf jemanden zu schießen. Wichtiger jedoch schien es ihm für den Moment, den Brasilianer zu beruhigen.

»Wir reden später über den Überfall.«

»Aber der alte Mann …!«

»Später, Rui. Wir kümmern uns um den alten Mann. Jetzt musst du mir erst sagen, woher du die Waffe hattest.«

»Das kann ich nicht machen. Ich hab's versprochen.«

Also jemand, den Rui kannte. Für einen Moment schloss er die Augen. Dieser Fall war ein Albtraum: Arina, die tote Jana, Riela, deren Chancen zu überleben inzwischen fast bei Null stehen mussten. Und jetzt Rui, der eine Spielhalle überfallen hatte und schließlich noch ein alter Mann, der im Koma lag. »Rui, mit dieser Waffe ist vor dreißig Jahren bereits ein Mann erschossen worden. Die Polizei will wissen, von wem. Es geht hier um Mord.«

Rui heulte beinahe. »Damit habe ich doch nichts zu tun!«

»Du nicht. Der Mann, von dem du die Waffe hast, und den du schützt, schon.«

Ein Hoffnungsschimmer breitete sich auf dem Gesicht des früheren Fußballers aus. »Das kann nicht sein. Der ist doch kaum älter als ich. Der kann es nicht gewesen sein.« Er packte den Detektiv am Arm. »Glaub mir. Wir haben damit nichts zu tun. Wenn du ihn der Polizei auslieferst, bin ich dran!« Er ließ die Hand sinken. »Wer sucht dann nach Gabriela?«

»Ich!«

Rui schüttelte den Kopf, raufte sich die akkurat geschnittenen Haare. »Das alles kann doch nicht sein.«

»Du musst mir sagen, von wem du die Waffe hast. Danach können wir sehen, was wir tun. Wir kriegen das hin. Vertrau mir!«

Der Junge warf sich an Marius' Brust und heulte wie ein Schlosshund. Mehr schockiert als berührt nahm der Detektiv ihn in den Arm und tätschelte ihm den Rücken. »Wir schaffen das«, sagte er leise und hoffte, dass wenigstens Rui ihm glaubte.

Marius beobachtete die kaum achtjährigen Fußballer eine ganze Weile. Die Sonne schien. Zwei Elternpaare saßen auf der aus einfachen Betonquadern aufgeschichteten Tribüne und feuerten ihre Kinder selbst in diesem bedeutungslosen Trainingsspielchen lautstark an. Verstohlen blickten sie auf den Fremden. Vielleicht hofften sie darauf, dass er Talentscout eines Profivereins war, der ein Auge ausgerechnet auf ihr Kind geworfen hatte. Thorben Glock stand in der Mitte und kommentierte mindestens ebenso lautstark wie die Eltern den Spielverlauf. Mit einem doppelten Pfiff auf der Trillerpfeife beendete Glock das Spielchen. Die meisten der Jungen sammelten sich um ihn. Nur zwei liefen auf die Tribüne zu, wo ihre Eltern aufstanden, um sie in Empfang zu nehmen. Ein energischer Ruf des Trainers ließ die beiden Jungen zurückrennen. Ratlos herumstehend blieben die Eltern zurück. Schließlich löste sich der Kreis um ihn und alle Jungen rannten vom Feld. Der Trainer nahm den Spielball auf und ging zu einem Sportbeutel, den er neben dem Tor abgelegt hatte.

Der Detektiv stand auf und schlenderte zu ihm herüber. Thorben blickte auf, als er neben ihm stand. Es dauerte einen kurzen Augenblick, ehe er den Privatdetektiv erkannte.

»Hi! Du warst damals mit Rui beim Dart, oder?« Marius bejahte. Thorben richtete sich auf und schulterte die Tasche, während er weitersprach. »Der neue Nachbar, oder? Was führt dich hierher? Wenn du Lust hast, im Verein mitzuarbeiten: Nur zu, wir können jede Hilfe gebrauchen. Und falls du dein Kind hier anmelden willst: gern. Soll ich dir die Aufnahmeformulare holen?«

»Ich bin nicht deswegen hier.«

Thorben, der bereits langsam am Rand des Spielfelds in Richtung Ausgang lief, blieb stehen. Er winkte ein paar der Jungs zu, die sich auf ihren Fahrrädern wie eine zu klein geratene Motorradgang auf den Heimweg machten. Der Unterton in Marius' Stimme hatte ihn wachsam gemacht.

»Warum dann?«

»Du hast Rui eine Waffe gegeben.«

»Fuck!« Er ließ die Tasche fallen und trat mit dem Fuß dagegen. »Ich wusste, dass mir das noch Ärger einbringt.«

Thorben hatte offenbar keine Ahnung, wie viel Ärger ihm diese Waffe einbringen konnte. Sonst hätte er geschwiegen. Nicht jeder las offenbar Zeitung.

»Nicht unbedingt. Mich würde interessieren, wo du die Waffe her hast.«

Thorbens Augen verengten sich misstrauisch. »Warum willst du das wissen? Bist du ein Bulle?«

»Nein, ich bin kein Bulle. Sagen wir einmal, mir liegt Ruis Sicherheit am Herzen. Reicht das?«

»Nicht, um zu erklären, warum du mehr über diese Waffe wissen willst«, sagte Thorben mit heiserer Stimme.

»Sie gehörte deinem Vater«, riet Marius.

Thorben schüttelte heftig den Kopf. »Was ist mit der Waffe?«, verlangte er zu wissen.

»Vor dreißig Jahren wurde mit ihr ein Mann erschossen.«

»Scheiße!« Der Jugendtrainer rieb sich das Gesicht, ging zwei Schritte, drehte sich um und lief drei Schritte in die andere Richtung, bis er erneut vor Marius stehen blieb. »Stimmt das?«

»Das stimmt.«

»Verdammt!«

Wieder musste er sich bewegen. Marius wartete ab. Es ergab keinen Sinn, Thorben weiter unter Druck zu setzen. In ihm arbeitete es, Druck von außen würde diese Arbeit bloß aufhalten.

»Scheiße, scheiße, scheiße!« Schließlich fasste sich Ruis Freund ein Herz. »Es war bloß ein Dummejungenstreich. Ich wusste ewig, dass es diese Waffe gab. Na ja, irgendwann habe ich sie mir einfach genommen. Später, als Rui da war und wir uns angefreundet hatten, habe ich sie ihm gezeigt. Ich wollte Eindruck schinden. So waren wir damals.«

»Rui hat die Waffe damals nicht sehr beeindruckt, oder?«

»Mein Gott, der kam aus Brasilien. Der wirkte wie ein unschuldiger, hilfloser Kerl. Aber die Pistole hat ihn keinen Cent beeindruckt.«

»Vielleicht hat er öfter Waffen gesehen, da, wo er herkam.«

»Vermutlich. Daher wusste er jedenfalls, dass ich die Waffe besitze.«

»Hast du sie jemals benutzt?«

»Im Wald. Vielleicht habe ich ein paar Mal auf Kaninchen geballert. Mehr nicht.«

»Wann hast du die Waffe geklaut?«

Thorben überlegte. »Millenium«, sagte er schließlich, »kurz nach dem Jahrtausendwechsel, im Januar.«

»Damals warst du nicht älter als acht!«

»Neun, um genau zu sein.« Er grinste.

Wer immer die Waffe vorher gehabt hatte, konnte froh sein, dass nicht viel früher ein Unglück geschehen war. »Und wem hast du sie geklaut?«

»Meinem Onkel«, sagte er nach langem Schweigen.

Er zog sich die Kapuze tief ins Gesicht, bevor er das Bettenhaus der Uni-Klinik durch einen der hinteren Eingänge betrat. Er vermutete, dass sein Opfer auf der Intensivstation lag. In einem kleinen Aufenthaltsraum saß eine Krankenschwester hinter einer brusthohen Theke aus MDF-Platten. Ein Pfleger beugte sich über sie, gemeinsam studierten sie den Rechner vor ihnen. Rui Barque schlich an ihnen vorbei.

Leise horchte er an den Türen, die rechts und links in die Zimmer führten. Wo er Gespräche hörte, ging er weiter. Wo er nichts hörte, öffnete er die Türen und schaute hinein. Als ihm eine junge Krankenschwester entgegen kam, huschte er rasch in ein Zimmer. Drinnen lauschte er angespannt. Sie ging weiter. Er drehte sich um. Ein einzelner Mann lag in dem Raum. Er war an Schläuche angeschlossen und schlief oder lag im Koma. Rui trat näher an das Bett heran. War das nicht der Mann, den er suchte? Er war sich nicht sicher. In der Aufregung des Überfalls hatte er sich sein Gesicht nicht wirklich einprägen können. Aber doch! Das war der Mann! Er betrachtete ihn eine Weile, wie er da friedlich schlief, aus einem Beutel tröpfelte eine Flüssigkeit in seinen Körper. »Das wollte ich nicht«, flüsterte er. »Es war für Riela. Bitte verzeihen Sie mir. Es tut mir leid.«

*

Der Leitende Polizeidirektor Sebastian Jansen saß mit bleicher Miene vor seinem Computer, Pressechef Carsten Bluth neben ihm. Auf dem Monitor lief im Vollbildmodus das Video, das zeigte, wie Schuvert Frank Schaffrath zusammenschlug. Als es zu Ende war, schaltete Jansen den Vollbildmodus aus und las den Artikel, den Verena Talbot zu diesem Video geschrieben und auf dem Online-Portal einer überregionalen Zeitung veröffentlicht hatte. Ein Link führte weiter zu einem Kommentar, verfasst von einem Redakteur dieser Zeitung. Die Stoßrichtung war eindeutig: Die Kölner Polizei hatte versucht, ein Vergehen im Dienst zu vertuschen. Er verwies weiter auf das große Glück, dass eine engagierte Journalistin nicht lockergelassen hatte und warf am Ende zwei Fragen in den Raum. Zum einen: Was war mit den Fällen, über die weniger hartnäckig berichtet wurde? Zum anderen, und das beschäftigte Jansen viel mehr: Warum hatte der Leitende Polizeidirektor seinen Laden so schlecht im Griff? Jetzt waren Jansens Chefs ins Visier der Presse geraten. Das würde ihnen nicht gefallen.

»Wir hätten das von Anfang an anders angehen müssen«, sagte Jansen.

»Sie hat Glück gehabt«, widersprach Bluth. »Eigentlich hätte alles gut laufen müssen. Es gab keine Beweise und die Talbot und ihr Kerl bieten genug Angriffsfläche. Es ist ja nichts Neues, dass sich Frau Talbot mit der Polizei anlegt. Sie hat sich sogar schon mit dem MAD verkracht! Bei dem Anschlag damals an Karneval hat …« Weiter kam er nicht.

»Angriffsfläche?«, brüllte Jansen. »Wer bietet denn jetzt Angriffsfläche?! Sie Vollidiot haben uns da reingerissen! Mit Ihrer scheiß Wagenburgstrategie! Nix zugeben! Alles leugnen! Die Talbot kann uns nix beweisen, haben Sie gesagt! Sie sind ein Arschloch, Bluth, ein gottverdammter Volltrottel! Sie haben's versaut! Sie …« Jansen musste Luft holen, bevor er weitersprechen konnte.

»Wir können das noch geradebiegen«, nutzte Bluth die Gelegenheit und ging dazwischen.

Jansen blieb der Mund offen stehen. Er überlegte ernsthaft, ob Bluth den Verstand verloren hatte.

»Ich krieg Sie aus der Schusslinie.«

»Wie? Wa…?« Trotz seiner Wut erkannte Jansen, dass sich ihm hier vielleicht doch eine Chance auftun konnte, seinen Ruf im Präsidium zu retten.

»Das Video sieht nicht gut aus. Wenn wir klar machen können, dass es zu diesem Schlag eine Vorgeschichte gab, eine, die auf dem Video-Schnipsel nicht zu sehen ist, sind

Sie raus. Eine Vorgeschichte, die Schuvert vielleicht erst nachträglich offiziell einräumen wollte …«

»Dann ist Schuvert erledigt.«

»Er bekommt ein Disziplinarverfahren. Das zieht sich hin und wenn Gras über die Geschichte gewachsen ist, stellt der Staatsanwalt das Verfahren ein. Wie immer.«

»Schuvert wird das nicht gefallen. Genauso wenig wie den anderen Kollegen.« Jansen war sich zudem nicht sicher, ob Bluths Plan funktionieren würde. Er hatte den Verdacht, dass die Talbot das Verfahren mit Argusaugen verfolgen würde und jeden Anschein von Gefälligkeiten für den Beschuldigten zum Anlass für eine neue Kampagne nehmen würde. Trotzdem sah er die Vorteile in Bluths Strategie. Er selbst käme mit heiler Haut davon. »Bringen Sie mir Schuvert!«, sagte er.

*

Der Streifenwagen hielt direkt vor Ruis Haus. Die Beamtin auf dem Beifahrersitz deutete auf den Audi in der Einfahrt. »Das müsste der Wagen sein, oder?«

Ihr Kollege schaute kurz in seinen Notizblock, eine kleine Kladde, die er immer bei sich trug und die gelegentlich zu Spott unter den Kollegen führte. »Die Nummer stimmt. Er ist es.«

»Idiot«, setzte die Beamtin das Gespräch fort, während sie beide aus dem Wagen stiegen und zu dem Auto hinüberliefen. »Er kann sich doch denken, dass sich auf der Frankfurter Straße irgendwer das Nummernschild merkt. So kommt man mit Fahrerflucht doch nicht davon!«

Ihr Kollege beugte sich jetzt an der Stoßstange des Audi herunter und begutachtete den Schaden, den Ruis Flucht verursacht hatte. »Nicht einmal den Schaden hat er beseitigen lassen.« Der Beamte schüttelte traurig den Kopf, als er sich erhob. Gemeinsam gingen sie zur Haustür. »Wusstest du eigentlich, dass der mal Fußballprofi war?«

»War er?« Für die Streifenbeamtin machte das keinen Unterschied. Sie interessierte sich nicht für Fußball. Allenfalls Welt- oder Europameisterschaften schaute sie gemeinsam ›mit den Mädels‹. Ihr Interesse galt allerdings eher den Spielern als dem Spiel, selbst wenn sie sich die Namen nie merken konnte. »Nationalspieler?«

»Nein, Profi beim FC.«

»Arme Sau!«

Jemand öffnete die Haustür, als sie gerade schellen wollten. Die beiden nickten sich kurz zu und nutzten die Gelegenheit, um ins Haus zu gehen. Vor Ruis Wohnung blieben sie stehen. Der Beamte schellte. Sie lauschten. Hinter der Tür hörten sie ein Geräusch.

13

Marius Sandmann konnte am besten nachdenken, wenn er seinen Körper beschäftigte. Deshalb lag er nun auf seiner Hantelbank und stemmte Gewichte, während er überlegte, wie er das Gespräch mit einem mutmaßlichen Mörder angehen sollte.

Das Klingeln des Smartphones unterbrach seine Gedanken.

»Marius Sandmann hier.«

»Daniel Meierhof, ich rufe im Auftrag von Esteban Chavez an. Sie hatten mit ihm vor ein paar Tagen gesprochen.«

»Ja, das ist richtig.« Marius erinnerte sich an das Gespräch mit Rui Barques früherem Berater.

»Er würde gerne mit Ihnen sprechen.«

»Okay. Wann und wo?«

»Warten Sie, ich stelle ihn durch.« Manche Leute machten es anscheinend gerne komplizierter. In der Leitung ertönte kurz ein Samba-Rhythmus, während er in der Warteschleife hing. Chavez meldete sich rasch.

»Verzeihen Sie, dass ich Sie störe. Es geht um Rui.«

»Was ist mit ihm?«

»Ich weiß es nicht. Das wollte ich von Ihnen wissen. Sie haben mich bei unserem Gespräch ein wenig in Sorge versetzt, muss ich gestehen. Rui ist ein guter Kerl, wenngleich ein wenig naiv. Es wäre leicht, sein Vertrauen zu erschleichen und ihn in Schwierigkeiten zu bringen.« Dem würde Marius durchaus beipflichten. Doch deswegen rief Chavez nicht an. »Ich wollte nur hören, ob er in Deutschland ist oder vielleicht in Brasilien.«

»Wie kommen Sie darauf, dass Rui in Brasilien ist?«

»Ein Freund erzählte, er habe Gabriela dort gesehen.«

Als Marius seinen Renault unweit von Ruis Haus parkte, fühlte er sich an Wolgograd erinnert. Mehrere Streifenwagen blockierten die Straße und verhinderten, dass Marius näher am Haus halten konnte. Das Blaulicht rotierte auf den Fords und schleuderte das Licht kreisrund in alle Richtungen. In den Fenstern der Nachbarhäuser erkannte Marius die Silhouetten der Bewohner, die neugierig auf das Spektakel starrten. Ein Uniformierter stand vor den Wagen, die Arme auf dem Rücken verschränkt, und hielt die wachsende Menge Schaulustiger davon ab, näher heranzugehen. Hinter ihm sammelten sich die Beamten des Sondereinsatzkommandos und warteten darauf, wie sich die Situation entwickeln würde.

Der Privatdetektiv stieg aus dem Wagen und ging zu dem Beamten hinüber. Sein Herz pochte. Er dachte an Jana in Wolgograd. War etwas mit Rui geschehen? Oder hatte Rui davon erfahren, dass Gabriela in Rio war und war durchgedreht? Lebte er noch?

»Was ist los?«, fragte er den Uniformierten und hielt ihm eine Visitenkarte entgegen. Der nahm sie und las, dass es sich bei seinem Gesprächspartner um Uwe Kroog handelte, Journalist bei einer Nachrichtenagentur, deren Namen der Beamte noch nie gehört hatte. Er gab sie zurück. Marius steckte sie rasch ein.

»Geiselnahme. Mehr kann ich Ihnen nicht sagen. Sie müssen sich an Herrn Bluth von der Pressestelle wenden.«

»Der weiß bestimmt weniger als Sie.« Marius lächelte den Beamten verschwörerisch an. »Wer ist der Geiselnehmer?«

Der Beamte lächelte freundlich zurück, schüttelte den Kopf. »Keine Chance, Junge!«

Marius ließ sich nicht beirren. »Hier wohnt ein früherer FC-Profi, oder? Steckt der mit drin?«

Der Beamte blickte starr geradeaus, als versuche er, Marius' Existenz zu leugnen. Klarer musste er nicht antworten. Der Detektiv wandte sich ab, zog sein Smartphone aus der Tasche und wählte Ruis Nummer. Keine Reaktion. Er drückte die Wahlwiederholung.

Er drückte sie noch drei weitere Male, bis sich Ruis

Stimme endlich meldete. »Die Bullen! Wieso sind hier die Bullen?«, preschte seine Stimme los, bevor Marius reden konnte. »Die standen vor meiner Tür! Das war deine Schuld, oder? Verdammt, Sandmann, ich hab dir vertraut.«

Marius unterbrach Rui. »Erzähl mir, was bei dir los ist.«

»Das weißt du doch. Die Bullen waren da. Du hast sie doch geschickt. Verräter!« Abrupt beendete Rui das Gespräch.

»Fuck!« Marius drückte die Wahlwiederholung. Beim zweiten Mal nahm der Brasilianer das Gespräch an.

»Ich weiß von gar nichts«, redete Marius los, bevor Rui erneut mit seinen Anklagen beginnen konnte. »Ich habe dir keine Bullen auf den Hals gehetzt. Also erzähl mir verdammt noch mal, was los ist!«

Die Stille ließ ihn befürchten, dass Rui das Gespräch erneut abgebrochen hatte. Schließlich begann der frühere Fußballer zu reden. »Sie standen vor der Tür. Zu zweit. Ich dachte, ich warte ab, bis sie gehen. Aber sie sind einfach geblieben und haben an die Tür geklopft. Sie sind einfach nicht gegangen, verstehst du?« Er schluchzte. Marius vermutete, dass Rui mit den Nerven am Ende war. Keine guten Voraussetzungen! »Sie haben an die Tür geklopft. Immer und immer wieder! Ich hab mir das Küchenmesser geholt. Dann habe ich aufgemacht und mir die Polizistin geschnappt. Ich wollte doch nur, dass sie endlich gehen!«

Marius sparte sich die Frage, warum Rui eine Polizistin als Geisel genommen hatte, wenn er wollte, dass die Polizisten verschwanden. Er kannte ihn gut genug und wusste, wie wenig durchdacht er handelte. Das machte die Sache nicht besser. Ganz im Gegenteil! »Ist sie noch bei dir?« Er versuchte, seine Stimme so ruhig klingen zu lassen, wie es nur ging.

»Ja, sie ist hier.«

»Geht es ihr gut?« Dämliche Frage, dachte er, gleich nachdem er sie gestellt hatte. »Ist sie verletzt?«

»Nein, nicht wirklich«, antwortete Rui und Marius spürte, wie sein Herz stockte.

»Was heißt das: ›nicht wirklich‹?«

»Sie hat einen Kratzer am Hals von dem Messer. Tut mir leid«, rief er in den Raum hinein. Marius hörte eine dumpfe Stimme im Hintergrund antworten, konnte jedoch nicht verstehen, was sie sagte. Rui wandte sich zurück an Marius. »Es ist echt nichts Ernstes.«

»Okay, hast du mit der Polizei gesprochen?«

»Nein! Ich rede nicht mit denen! Aber die haben mit dem Megafon herumgebrüllt.«

»Was haben sie gesagt?«

»Ich soll die Frau rauslassen. Dann würde alles gut.« Er machte eine kurze Pause. »So dumm bin ich nicht! Die sollen mich hier rauslassen. *Dann* passiert nichts. Ich will hier einfach nur weg!«

»Die lassen dich nicht gehen.« Vermutlich hätte ein geschulter Psychologe in diesem Augenblick die Hände über dem Kopf zusammengeschlagen und gleichzeitig versucht, Marius das Telefon zu entreißen. Der Detektiv vertraute allerdings darauf, dass der Schock Rui zum Denken bringen könnte.

»Was soll ich tun?« Um wie viel besser wäre es gewesen, der Fußballer hätte sich diese Frage gestellt, bevor er einer Polizistin ein Messer an den Hals gesetzt hatte. Nun war es zu spät. Hinter dem SEK entdeckte Marius ein bekanntes Gesicht. Allerdings war er sich nicht sicher, ob das ein gutes Zeichen war. Erst einmal antwortete er Rui.

»Vor allem musst du die Ruhe bewahren. Ich versuche

hier mit den Leuten zu reden. Wir finden eine Lösung. Wir stehen das durch.« Manchmal überraschte es ihn, wie überzeugend er lügen konnte.

Das Telefon am Ohr wandte sich Marius an den wachhabenden Polizisten und tippte ihm auf die Schulter. Mit dem Zeigefinger deutete er auf Hauptkommissar Hannes Bergkamp, der mit dem Leiter des SEK ins Gespräch vertieft war. »Kann ich mit Hauptkommissar Bergkamp sprechen?«

»Sie sehen doch, dass der gerade beschäftigt ist!«

Marius wandte sich an Rui. »Du musst *unbedingt* am Handy bleiben, hörst du?«

»Warum? Was hast du vor?«, antwortete der Geiselnehmer aufgeregt.

»Bleib einfach dran!«

Marius gab das Telefon dem Polizisten. »Bringen Sie das Bergkamp, er wird es haben wollen.« Unsicher schaute der Beamte auf das Smartphone in seiner Hand. »Denken Sie nicht im Traum daran, das einzusacken«, schärfte der Detektiv ihm ein. »Und drücken Sie auf gar keinen Fall das Gespräch weg.«

»Wer ist da dran?«

»Bergkamps Frau!« Der Polizist runzelte die Stirn. »Rui Barque, falls Ihnen der Name etwas sagt«, korrigierte sich Marius flüsternd. Verwirrt blickte der Beamte den Detektiv an, ehe er aufgeregt zu Bergkamp rannte. Dort angekommen hielt er dem das Telefon hin wie ein Kind, das seiner Mutter ein Spielzeug bringt. Er deutete auf Marius. Bergkamp nahm verdutzt das Telefon und blickte in Marius' Richtung. Sein Gesicht lief feuerrot an, als er den Privatdetektiv erkannte. Mit großen Schritten stapfte er zu ihm herüber. Das Telefon hielt er immer noch in der Hand.

»Was zum Teufel machen Sie hier, Sandmann?«

»Ich löse Ihr Problem.« Er verkniff sich, ein ›wie immer‹ hinterherzuschieben. Der Hauptkommissar wirkte gereizt genug. Eine Zornesfalte bohrte sich regelrecht in seine Stirn, die Röte nahm weiter zu.

»Danke! Das können wir Profis gut allein regeln. Warum verpissen Sie sich nicht einfach und beschatten irgendwelche untreuen Ehemänner?«

»Warum gehen Sie nicht einfach ans Telefon und reden mit Ihrem Geiselnehmer?«

Bergkamp starrte das Smartphone in seiner Hand an, als sähe er so ein Gerät das erste Mal. Hoffentlich hatte er nicht aufgelegt, dachte Marius.

Schließlich hielt sich Bergkamp das Telefon ans Ohr. Es sah aus, als fürchtete er, das Gerät könne direkt neben seinem Gesicht explodieren. »Ja bitte«, sagte er. Rui schien zu antworten, denn Bergkamps Zornesfalte grub sich noch tiefer in die Stirn.

Marius verdankte es dem Einsatzleiter des SEK, dass er nun vor der weiß getünchten und künstlich auf alt getrimmten Wohnungstür stand und auf Einlass wartete. Es hatte Marius nicht viel Überredungskunst gekostet, Rui dazu zu bewegen, ihn in die Wohnung zu lassen. Vermutlich war der Brasilianer sogar froh, das alles nicht mehr allein durchstehen zu müssen. Wäre es allerdings nach Bergkamp gegangen, hätte der Detektiv alles weitere auf der Rückbank eines Streifenwagens verfolgt. »Er vertraut ihm, also redet er mit ihm«, hatte der Mann vom SEK erklärt und damit das Vorurteil widerlegt, dass er und seinesgleichen immer die gewaltsame Lösung bevorzugten.

Jetzt, wo Marius schellte, meldete sich allerdings Ruis

Misstrauen zurück. »Ist jemand bei dir?«, brüllte er durch die geschlossene Tür. Im Spion konnte der Detektiv vage eine Bewegung erkennen, wahrscheinlich Rui, der nach draußen spickte, um zu schauen, ob nicht doch ein paar Männer vom Sondereinsatzkommando neben der Tür lauerten.

»Ich bin allein«, antwortete Marius so ruhig wie möglich. Ein Moment herrschte Schweigen.

»Zieh die Jacke aus!«

Marius zog die schwarze Kapuzenjacke aus und hielt sie in der Hand.

»Dreh dich um!«

Marius drehte sich langsam um die eigene Achse. Es würde keinen Sinn ergeben, mit Rui über seine Vorsichtsmaßnahmen zu debattieren. Also sagte er nichts.

»Okay«, hörte er schließlich hinter der Tür. Zweimal wurde der Schlüssel im Schloss herumgedreht. Vorsichtig schob Rui die Tür einen Spalt weit auf und streckte eine Pistole, offenbar die Waffe der Geisel, hervor. Marius sah zunächst nur das halbe Gesicht seines Klienten. Schweiß stand ihm auf der Stirn, die Augen waren blutunterlaufen. Ruis Hand zitterte so stark, dass die Pistole am Holz der Tür klapperte. Er öffnete sie weiter und zog Marius hinein. Hinter ihm schloss er zweimal ab.

Die Einkaufstüten, die er bei seinem ersten Besuch vor dem Fenster gesehen hatte, standen immer noch da. Der Geschirrberg auf der Küchenzeile war ebenso gewachsen wie der Stapel mit Fast-Food-Verpackungen daneben. Nur die Vorhänge waren zugezogen und auf dem Boden vor der Heizung saß die Polizistin. Ihre Beine waren mit Paketklebeband regelrecht verschnürt, die Handschellen der Beamtin verbanden ein Handgelenk mit dem Heizungsrohr. Beide Hände waren mit einem zweiten Paar Handschellen aneinandergefesselt, weswegen sie in einer unangenehm verwinkelten Stellung da saß. Dennoch hätte Marius beinahe laut losgelacht. Das zweite Paar Handschellen war mit einem puscheligen, pinken Stoff umwickelt – ein Exemplar, das zweifelsohne nicht aus einem Laden für Securitybedarf stammte. Die Polizistin sah das Aufblitzen in seinen Augen und schaute ihn wütend an.

»Geht es Ihnen gut?«, fragte Marius.

»Ja, prima!«, bellte sie zurück.

Rui fuhr sich mit der Hand, die die Pistole hielt, durchs Gesicht. Marius sah, dass die Sicherung der Waffe offen war. Kein beruhigender Anblick, schon gar nicht in der Hand eines Mannes, der mit den Nerven am Ende war.

»Ich will hier raus«, antwortete der Brasilianer. »Die sollen mich gehen lassen!«

»Und dann?«

»Keine Ahnung, egal, einfach nur weg, irgendwohin …«

»Du kommst nirgendwohin«, warf die Geisel ein. Marius dachte, dass sie von Geiselnahmen noch weniger verstand als er. Rui richtete die Waffe auf sie.

»Halt die Klappe! Oder ich knall dich ab! Glaubst du, das macht mir was aus? Ja? Glaubst du das?« Er lief drei Schritte auf die Frau zu, hielt die Waffe an ihren Kopf. Sie krümmte sich zusammen, senkte den Kopf. Als ob diese Position sie schützen konnte.

»Rui«, rief Marius. Der ließ von der Polizistin ab. Marius wandte sich ihr zu.

»Wie heißen Sie?«

»Britta, Britta Wagner.«

»Okay, Britta, haben Sie Kinder?« Sie wollte den Kopf schütteln, Marius hob warnend die Augenbrauen.

»Zwei Kinder, Anna und Max«, log sie und blickte Rui fest in die Augen. Der schaute weg. Rasch nickte Marius der Polizistin kurz zu. Sie hofften beide, dass Ruis Hemmschwelle, sie zu töten, nun größer war. Jetzt, wo sie einen Namen trug und Menschen, sogar Kinder zu Hause auf sie warteten, die sie brauchten.

»Lass Britta gehen«, schlug Marius vor.

»Auf keinen Fall! Sie ist alles, was ich habe. Ohne die bin ich geliefert.«

»Sie ist nicht alles, was du hast.«

»Nicht?« Rui lachte heiser. »Schau dich um! Was habe ich? Meine Karriere ist im Arsch, ich habe einen Haufen Schulden, Gabriela ist weg und wahrscheinlich längst tot.« Keuchend hielt er inne, blickte von Marius zu Britta. »Nur einen großen Abgang, den kann ich mir noch verschaffen.« Er richtete die Waffe erneut auf die Polizistin. Marius sah, wie er den Finger an den Abzug legte.

»Gabriela lebt.«

Wie in Zeitlupe drehte sich Rui zu ihm um, ließ die Pistole neben die Hüfte sinken und schaute ihn mit großen Augen an. »Sie lebt«, wiederholte er. Das war keine Frage, sondern eine Feststellung, von der Marius wusste, dass sich Rui an sie klammern würde.

»Einer von Chavez' Leuten hat sie in Rio gesehen.«

»Was macht sie in Rio?« Seine Fassungslosigkeit stand Rui ins Gesicht geschrieben.

»Ich weiß es nicht«, erwiderte Marius und spielte den einzigen Trumpf aus, den er hatte: ein Versprechen und eine wahrscheinlich trügerische Hoffnung. »Wenn du mir die Waffe gibst und mit mir rausgehst, werde ich das herausfinden. Ich werde nach Rio fliegen und nach ihr suchen, bis ich sie gefunden habe.«

Rui schluckte. »Das würdest du tun, Mann?« Bevor Marius antworten konnte, fiel ihm der Brasilianer um den Hals und drückte ihn. Marius hörte ihn an seinem Ohr schluchzen. Sein erster Impuls war es, Rui von sich wegzuschieben. Stattdessen legte er seinen Arm um den Jungen. Er fühlte sich klein und knochig an. Mit der anderen Hand tastete er nach der Waffe, die Rui losließ und ihm gab, ohne dabei aufzusehen. Vorsichtig führte Marius den Jungen nach draußen.

TEIL 3

MAUERN

1

Kurz nachdem Marius einen zwischen Erschöpfung und Euphorie pendelnden Rui an die Polizisten des SEK übergeben hatte, klingelte sein Telefon. Er drückt den Anruf weg. Stattdessen hockte er sich erschöpft auf die oberste Stufe vor der Hautür und lehnte sich an die Säule, die das Vordach trug. Vor ihm wurde Rui vorsichtig, fast rücksichtsvoll in einen Wagen gesetzt. Britta Wagner, in eine graue Wolldecke eingewickelt, trat nun ebenfalls aus dem Haus. Ein ganz in Schwarz gekleideter Kollege des SEK und ein Rettungssanitäter in weißer Hose und leuchtend roter Jacke stützten sie. Sie blickte Marius an und ging wortlos weiter. Der Detektiv sah ihr nach, wie sie in dem geschäftigen, nun deutlich entspannter wirkenden Treiben vor Ruis Haus verschwand. Schließlich starteten die beiden schwarzen Kleinbusse des SEK, wendeten und brausten mit Blaulicht davon.

Rui saß in dem Mannschaftswagen, Bergkamp ihm gegenüber, eine zweite Beamtin neben sich. Die Blicke von Detektiv und Klient trafen sich. Rui sagte etwas, das Marius nicht verstehen konnte, aber von den Lippen ablas: »Sie lebt«, formten die stummen Lippen und Ruis Augen strahlten dazu. War es ein Fehler gewesen, ihm so viel Hoffnung zu schenken? Vielleicht hatte sich Chavez' Freund geirrt? Falls sie in Rio war: warum diese Entführung? Was steckte dahinter? Oder besser: Wer steckte dahinter? Gabriela selbst? Das Handy klingelte erneut. Dieses Mal nahm Marius das Gespräch an.

*

»Du scheinst deinen Triumph gar nicht richtig zu genießen?« Frank Schaffrath sprach immer noch ein wenig lallend. Es würde Monate dauern, bis er wieder vor Gericht auftreten konnte. Immerhin hatte sein Gehirn keine bleibenden Schäden davongetragen. Er hatte den Krawattenknoten gelockert, das Glas mit Aperol Spritz stand vor ihm auf dem runden Holztisch. Der erste Tropfen Alkohol seit dem Vorfall, wie er es nannte. Sein linker Arm war noch eingegipst, die Schulter stabilisiert. Hinter dem Baum im Hof konnte er vage die Lichter in den Fenstern gegenüber sehen. Auf dem Tisch brannte eine Kerze in einem Windlicht. Das Licht flackerte leicht, sodass die Schatten, die die Gläser auf das Gesicht seiner Freundin Verena warfen, auf ihren Wangen tanzten. Sie bildeten einen Kontrast zu dem starren Blick, mit dem die Journalistin in den dunklen Hinterhof hinausstarrte, wirkten in ihrem Tanz lebendiger als das Gesicht, auf dem sie flackerten.

Schließlich wandte sich Verena ihm zu. Wie er dieses perfekt geschnittene Gesicht liebte, die kühle Strenge darin. Eine senkrechte Falte zerstörte gerade diese Vollkommenheit. »Ich habe Angst«, sagte sie. Es war das erste Mal, dass Frank Schaffrath sie das sagen hörte. Er verstand es nicht.

»Warum? Du hast gewonnen. Wir haben gewonnen. Die Polizei hat klein beigegeben, Schuvert ist suspendiert. Wovor solltest du Angst haben?«

Sie schaute in den dunklen Hof. Irgendwo klapperten Töpfe, ein Hund bellte. »Es ist nur so eine Ahnung.«

Der Anwalt beugte sich vor und packte Verena am Knie. Seine Hand fuhr ein wenig ihren Oberschenkel hoch. Er bemerkte, wie schon diese Berührung eine Erektion bei ihm auslöste. »Du musst dir keine Sorgen machen«, sagte er. »Es ist vorbei.«

»Das glaube ich nicht.« Der Hund bellte immer noch. Eine Frauenstimme wies ihn zurecht. Er verstummte.

»Du hast mit härteren Gegnern gekämpft, Verena. Warum jetzt so eine Angst?«

Sie nahm ihre Tasche vom Boden, die sie neben ihren Stuhl abgestellt hatte und kramte einen Briefumschlag hervor, den sie Frank reichte. Der entnahm ihm einen Zettel, faltete ihn auf und las.

»Was soll das bedeuten: ›Steck deine Finger nicht in anderer Leute Angelegenheiten, sonst stecken die dir ihre Finger sonstwo rein‹?«

Ihre Stimmte krächzte leicht, als sie sprach. »Der hing heute Morgen an meinem Wagen. Die zweite Warnung in dieser Woche.«

»Aber was soll das?«

»Als ich sechzehn war, bin ich mit einem Mann zusammengekommen. Irgendwann sind wir spazieren gewesen. Nichts besonderes. Ich war jung. Mir klopfte das Herz bis zum Hals. Er hat meine Hand gehalten. Mehr war bis dahin nicht gewesen. Obwohl er älter war. Es war toll.« Sie schnäuzte sich. »Er führte mich zu einem ›besonderen Platz‹, wie er es nannte. Du kennst das vielleicht. Der Steingarten oben am Decksteiner Weiher.« Schaffrath sah sie fragend an. Seine Hand lag immer noch auf ihrem Oberschenkel. »Neben dem Fort!«, ergänzte Verena gereizter, als sie gewollt hatte. Schaffrath schwieg. »Da war noch ein Mann. Ein Freund, wie er sagte.« Verena atmete schwer aus. Sie holte Luft, als nähme sie Anlauf, für das, was sie nun sagen würde. »Sie fingen an mich …«, sie suchte nach dem richtigen Wort, »zu betatschen.« Sie schwieg. Schaffrath nahm seine Hand von ihrem Oberschenkel.

»Sie haben dich vergewaltigt?«

»Nicht direkt«, ihre Antwort kam zögerlich. Schaffrath beugte sich zurück, schuf Abstand zwischen sich und der Frau.

»Was heißt das? Wolltest du das, was sie getan haben?« Sein Entsetzen war kaum zu verbergen.

»Bist du irre? Nein, ich wollte das nicht!«

»Also haben sie dich vergewaltigt!«, stellte der Rechtsanwalt fest.

»Nicht so wirklich«, Verena konnte die Tränen kaum zurückhalten. Noch immer war nicht klar ersichtlich, ob aus Wut oder Schmerz. »Also wir hatten keinen Sex, keinen Geschlechtsverkehr. Es waren nur ihre Finger.« Sie heulte nun richtig. Es war das erste Mal, dass Frank Schaffrath seine Freundin weinen sah. Vermutlich war es überhaupt das erste Mal seit fünfzehn Jahren, dass jemand Verena Talbot weinen sah. Sie hatte Wehrlosigkeit und Schwäche aus ihrem Leben zu verbannen versucht. Es wäre ihr fast gelungen. Schaffrath überlegte, sie zu umarmen, brachte es aber nicht über sich, das heulende Elend in den Arm zu nehmen.

*

»Thorben Glock hier«, meldete sich die Stimme.

Marius Sandmann saß auf dem Fahrersitz seines Renault, die Füße auf dem Bürgersteig und beobachtete immer noch müde, wie sich die Szene vor Ruis Haus langsam auflöste. Ein Rettungswagen, der nicht zum Einsatz gekommen war, fuhr an ihm vorbei.

»Ruis Kumpel! Wir hatten gesprochen«, fuhr Thorben fort, als Marius nicht antwortete.

»Richtig, ja. Was kann ich für dich tun?«

»Er will mit dir sprechen«, antwortete Thorben.

»Wer?« Marius brauchte einen Moment, um die Geiselnahme hinter sich zu lassen und sich auf diese andere Geschichte zu besinnen, die so weit davon entfernt schien und doch so viel mit ihr zu tun hatte.

»Der Mann, von dem ich die Waffe habe: mein Onkel.«

»Wann?«

»Jetzt!«

Marius ließ sich die Adresse geben. Er ging hinüber zu dem Mannschaftswagen, in dem Bergkamp und Rui saßen. Der Hauptkommissar öffnete von innen die Tür. Marius musste ihm versprechen, für alle weiteren Fragen zur Verfügung zu stehen. Dann drückte er Ruis Hand, ging zurück zu seinem Renault und fuhr davon.

Daniel Huus wohnte am südöstlichen Rand von Köln-Zollstock, direkt am Südfriedhof, wo Reihenhäuschen aus den 1920er- und 30er-Jahren des letzten Jahrhundert eine kleinen Idylle bildeten. Thorben wartete in seinem Wagen vor dem Haus. Er stieg aus, als Marius seinen Renault vor ihm parkte und gab ihm wortlos die Hand. Sie gingen gemeinsam die drei Stufen zur Tür hinauf und schellten. Huss öffnete sofort. Vermutlich hatte er hinter der Tür auf sie gewartet. Sein Neffe blieb draußen und verabschiedete sich rasch. Marius registrierte, dass er seinem Onkel kaum in die Augen geschaut hatte. Er hingegen folgte Huus in ein dunkles Wohnzimmer, dessen Fenster einen Blick in den kleinen Garten hinter dem Haus erlaubte, in dem eine Frau mit einem Hund spielte.

Huus musste etwa fünfundvierzig Jahre alt sein. Der

Detektiv hatte einen älteren Mann erwartet. Immerhin lagen die Ereignisse dreißig Jahre zurück. Sein Gesicht war fahl, als habe er nur wenig Schlaf gefunden. Das schüttere Haar war nach hinten gekämmt. Eine Frisur, die das hagere Gesicht unvorteilhaft betonte. Sie schwiegen eine Weile, während sie Seite an Seite hinaus in den Garten blickten, von wo die Frau ihnen fröhlich zuwinkte.

»Es wäre mir lieber, sie wäre nicht da«, begann Huus das Gespräch und ließ offen, ob er nur diesen Moment meinte oder mehr. Am liebsten hätte Marius ihm vorgeschlagen, das Gespräch ein andermal zu führen. Er fühlte sich leer und nicht bereit für das, was ihn erwartete. Nur wusste er, dass dies vielleicht die einzige Chance war, um die Wahrheit ans Licht zu bringen.

»Sie kann uns nicht hören«, sagte der Detektiv stattdessen.

»Das ist gut so«, erwiderte der Mann. Anschließend schwiegen sie eine Weile.

»Die Waffe«, begann Marius schließlich erneut.

»Ja, die Waffe …« Huus suchte nach Worten. »Ich hatte sie eigentlich längst vergessen. Wir wohnen seit bald zwanzig Jahren hier. Als wir eingezogen sind, habe ich sie im Keller in einer Kommode eingeschlossen. Danach habe ich da nie wieder hineingeschaut.«

»Bis Thorben Ihnen gestanden hat, dass er die Waffe vor Jahren gestohlen hatte.«

Huus nickte. »Ich bin als Erstes in den Keller gerannt und habe die Schublade aufgesperrt. Das Tuch, in dem ich die Waffe eingewickelt hatte, lag noch da.«

»Und es war leer.«

»Das Tuch war leer«, wiederholte er Marius' Feststellung.

»Thorben hatte also nicht gelogen.« Huus schüttelte den Kopf. »Wie sind Sie an diese Waffe gekommen?«

Huus schaute einen Moment auf die Frau draußen im Garten. »Ich habe sie dem Mann abgenommen, den ich damit erschossen habe.«

»Im November 1984? Wie alt waren Sie da?«

»Ich war vierzehn.«

»Gerade strafmündig geworden.«

»Gerade strafmündig geworden und kurz vorher von der Polizei beim Ladendiebstahl erwischt.« Mit der Hand fuhr er sich durch die spärlichen Haarsträhnen. »Wir hätten das damals anders lösen müssen. Ich war jung, ich hatte Angst.«

»Erzählen Sie einfach, was passiert ist.«

»Ich war beim Fußball. FC gegen Standard Lüttich, Europapokal. Das glaubt man heute nicht mehr, was?«, schob er ein und grinste gequält. »Nach dem Spiel wollte ich zu Fuß nach Hause laufen. Durch den Wald, das habe ich immer so gemacht. Normalerweise war das kein Problem. Du gingst die Straße in Richtung Lindenthal, in den Park und über den Gürtel nach Hause. Wir wohnten in Sülz damals. Meine Eltern und meine Brüder, meine ich.«

»Nur dieser Abend war nicht normal«, stellte Marius fest, bevor sich Huus in allzu langen Betrachtungen seiner Familiengeschichte verlieren konnte.

»Nein, beileibe nicht. Es regnete leicht. Irgendwann hörte ich Geschrei und Leute rannten an mir vorbei in den Wald hinein. Als ich zur Seite schaute, kamen sie von der anderen Straßenseite herübergelaufen, schwangen ihre Fahrradketten und irgendwelche Holzlatten oder Äste, die sie im Wald aufgelesen hatten. Belgische Hooligans. Sie haben Jagd auf uns gemacht. Wir sind also alle weggerannt, den Hang hoch und in den Wald hinein, die Belgier immer dicht hinter uns. Um mich herum schrien alle. Ich hörte Schläge, Schmerzensschreie. Ich habe mich in eine Kuhle geworfen und gewartet, bis dieser Sturm über mich hinweg getobt ist.«

»Wie lange waren Sie in dieser Kuhle?«

Huus zuckte mit den Achseln. »Ein oder zwei Stunden.«

»Und dann?«

»Dann bin ich rausgeklettert, als es eine Weile ruhig war. Es war gespenstisch. Also habe ich geschaut, dass ich möglichst rasch in Richtung Stadt davon kam.« Er goss sich ein Glas Wasser ein und bot Marius ebenfalls eins an. »Plötzlich war da dieser Typ. Er fuchtelte mit einer Pistole herum und brüllte etwas auf Französisch. Ich habe kein Wort verstanden. Ich habe nur die Waffe gesehen und habe die Beine in die Hand genommen.«

»Er hätte Sie einfach abknallen können.«

»Er hat nicht getroffen. Aber er ist uns nachgerannt und hat mich eingeholt. Es kam zum Handgemenge, ich konnte ihm die Waffe entreißen und ehe ich mich versah, hatte sich ein Schuss gelöst. Er stolperte zunächst nur. Erst als ich das Blut sah, wusste ich, was passiert ist.« Draußen bellte der Hund fröhlich, durch die Glasscheibe von ihnen getrennt.

»Sie sollten mit der Polizei reden. Ich glaube nicht, dass Ihnen viel Ärger droht, wenn Sie glaubhaft machen können, dass Sie in Notwehr gehandelt haben.«

»Nach dreißig Jahren glaubt mir das doch niemand mehr.«

»Herr Huus, Sie waren vierzehn damals! Dieser Mann, den Sie erschossen haben, hieß Jean van Krijk und hatte ein ziemlich übles Vorstrafenregister. Die werden Ihnen glauben.« Huus seufzte schwer. Er blickte hinaus aus dem Fenster. Dachte er daran, was er wegen dieser alten Geschichte alles verlieren konnte?

»Vielleicht ist es besser so. Man kann nicht ewig hoffen, mit einem Mord davonzukommen«, sagte er endlich und wandte sich vom Fenster, dem Hund und der Frau ab.

»Eine Frage habe ich noch. Mit wem waren Sie damals im Wald unterwegs?«

Huus blickte Marius überrascht an. »Ich war allein. Wie kommen Sie darauf, dass ich mit jemandem zusammen im Wald war?«

»Sie sagten ›Wir hätten das damals anders lösen müssen.‹«

»Da muss ich mich wohl versprochen haben.«

*

Sie stellte sich als Nikki Bach vor. Paula bot der Mittvierzigerin mit den langen dunklen Haaren einen Stuhl an. Doch noch bevor sie saß, sagte sie ihre wichtigsten Sätze.

»Sie suchen nach der Person, die diesen Mann vor dreißig Jahren erschossen hat, nicht wahr?«, fragte sie.

Paula bejahte.

»Das bin vermutlich ich«, sagte sie, als sie ihre große hellbraune Tasche neben sich auf den Boden stellte und die Beine übereinanderschlug.

2

Versprochen war versprochen. Nach zwanzig Stunden Flug und einem Zwischenstopp in Lissabon landete Marius Sandmann das erste Mal in seinem Leben auf einem anderen Kontinent. Da er nur Handgepäck mit sich führte, konnte er sich den Irrweg zu der Gepäckausgabe sparen und verließ den Antonio Carlos Jobim International Airport fast so, als würde er einen Bahnhof verlassen. Der Flughafen lag zwanzig Minuten nördlich des Stadtzentrums. Die zahlreichen Taxifahrer, die wie wohl vor jedem Flughafen, vor dem Ausgang warteten, setzten sich eilig in Bewegung, als Marius mit einer Gruppe europäischer Geschäftsleute das Terminal verließ. Ein kleiner dunkelhäutiger Mann mit dichtem Schnauz und einer Baseballkappe der WM 2014 hielt ein Schild mit seinem Namen hoch. »You are friend of Señor Chavez? Señor Sandmann?« Marius bejahte, überrascht, dass Chavez ihm einen Fahrer geschickt hatte. Der Mann gab ihm die Hand und griff bereits nach Marius' Umhängetasche. Die jedoch behielt der Detektiv bei sich. Er überlegte, ob er dem Mann trauen konnte. Aber es war allemal besser, mit einem Ortskundigen in Rio unterwegs zu sein, als allein in der Sechs-Millionen-Stadt nach Gabriela zu suchen. Also stieg er ein, als der Schnauzbärtige mit einem aufrichtigen Lächeln die Beifahrertür eines alten VW Käfers öffnete.

»I get you there!«, sagte er mit einem breiten Akzent und lachte dabei.

Das erste Stück der Fahrt enttäuschte seine Erwartung an Rio de Janeiro, die Stadt am Zuckerhut, die Stadt des

Samba. Das Flughafengelände war so unspektakulär und sachlich wie jedes Flughafengelände auf der Welt. Auf der anderen Seite der Straße lagen die flachen, grünen Wiesen der Ilha de Governador, der Gouverneursinsel, auf der der Flughafen etwa zwanzig Kilometer nördlich des Stadtzentrums lag. Schließlich bog das Taxi auf die Küstenstraße ab, die zur Autobahn in Richtung Stadt führte, und Marius ließ den Blick über den Atlantik gleiten, bevor er in einem Brückengewirr am Ende der Insel die Orientierung zu verlieren drohte. Kurz schaute er misstrauisch zu seinem Fahrer hinüber, der leise eine Melodie aus dem Radio mitsummte und sich ganz auf den Verkehr vor ihnen konzentrierte, überwiegend ältere Pkw, die gut auf die verwitterte Betonpiste der Brücke passten. Nach einigen kurvenreichen und verwirrenden Auf- und Abfahrten, von denen der Detektiv nicht sicher war, ob sie sie seinem Ziel näher brachten oder nur den Gewinn seines Fahrers in die Höhe trieben, landeten sie schließlich auf der Avenida Presidente João Goulart, die sich auf alten Brückenpfeilern ruhend zunächst parallel zur Insel über das Meer spannte und sie aufs südamerikanische Festland führte. Linker Hand erstreckte sich hinter einem gleißend hellen Schottergelände ein Gewerbegebiet, in der Ferne sah Marius die diesigen Umrisse mehrerer Hügel. Auf der anderen Seite blickte er über flache Wiesen. Noch immer war das Zuckerhut-Rio kilometerweit entfernt. Eine achtspurige Autobahn führte sie ins Zentrum. Ab hier ging es durch immer enger werdende Gassen, vorbei an halb fertiggestellten und zugleich halb verfallenen Häusern die Hügel hinauf. Der Detektiv döste vor sich hin, der lange Flug forderte seinen Tribut. Eine Bodenwelle und ein heftiges Hupen weckten ihn auf.

»Everything is okay, Señor«, sagte der Taxifahrer eilig. Es klang, als summe er immer noch das Lied aus dem Radio. »It's not long now.«

Marius sah sich um, an einer Straßengabelung stand eine weiße Kirche, deren Fenster hellblau eingefasst waren. Davor verkaufte ein Mann von der Ladefläche seines Wagens Obst.

Nach weiteren fünf Minuten Fahrt erreichten sie eine etwas wohlhabendere Gegend mit zwei- bis dreistöckigen allein stehenden Gebäuden, die erst auf den zweiten Blick offenbarten, wie schäbig sie waren. Der Fahrer hielt vor einem der Häuser, dessen grüne Verschläge verschlossen waren. Nur der schwarze, neue Mercedes in der Auffahrt deutete daraufhin, dass jemand im Haus war. Marius gab dem Fahrer ein Trinkgeld und stieg aus. Ein kurzes Hupen, dann fuhr der VW Käfer los und verschwand hinter der nächsten Biegung. Marius stand allein auf der Straße. Die Heuschrecken in den Gärten schienen alle anderen Geräusche zu übertönen. Eine Frau öffnete die Tür des Hauses und winkte ihn heran. Er ging hinein. Drinnen war es angenehm kühl. Die Frau sagte nichts, als sie ihn in eine Art Wohnzimmer führte, wo er starr vor Schreck in der Tür stehen blieb.

Die Männer, die ihn anstarrten und ihre Waffen auf ihn richteten, kannte er. Es hatte ihn schließlich einiges an Mühen und Überredungskünsten gekostet, sie auf der Videoüberwachung des Kölner Parkhauses zu entdecken.

»Setz dich!«, sagte der blonde Mann am Fenster mit deutlich hörbarem russischen Akzent und zeigte mit der Waffe auf einen Sessel in der Mitte des Zimmers. Marius tat, wie ihm befohlen.

»Was ist mit Gabriela dos Santos?«

»Mit wem?«

Marius sah, wie beide Männer Schalldämpfer auf ihre Pistolen schraubten und ihn dabei nicht aus den Augen ließen. »Der jungen Frau, die ihr in einem Kölner Parkhaus entführt habt.«

»Ich weiß nicht, wovon du sprichst, Deutscher. Wir waren noch nie in Köln.«

»Es gibt eine Videoaufzeichnung aus dem Parkhaus.« Kurz zuckte der Mundwinkel des dunkelhaarigen Russen.

»Darum kümmern wir uns später«, sagte sein Kompagnon nur.

»Aber warum habt ihr Gabriela entführt? Das ergibt keinen Sinn!«

»Du stellst zu viele Fragen.« Er grinste. »Genau wie sie. Wer sich zu sehr für andere interessiert, achtet zu wenig auf sich selbst.«

»Und irgendwann verschwindet er einfach. Oder sie.«

»Aber warum habt ihr sie entführt?«

Der Dunkelhaarige drückte Marius die Pistole an die Schläfe. »Ihr macht in Deutschland einfach immer viel zu viel Aufhebens um Mord.«

Marius verstand. »Ihr wolltet sie einfach verschwinden lassen.« Aber dann saß Rui mit im Auto und wurde zum unerwünschten Zeugen, dachte er. Sie hatten Mist gebaut. Das ließ ihn für sein eigenes Überleben in diesem Moment hoffen.

»So wie dich jetzt«, sagte der Blonde und minderte Marius Hoffnung wieder. »Steh auf!« Dem Detektiv blieb nichts anderes übrig, als dem Befehl zu folgen. Die Pistole des einen Russen im Rücken, den anderen vor sich, wurde er zurück in den Flur geführt. In einem Raum am Ende des schmalen Durchgangs sah er Chavez. Mit einem

Mal verstand er alles. Gabriela dos Santos hatte herausgefunden, mit wem Chavez Geschäfte machte und welcher Art diese Geschäfte waren. »Hat sie Sie erpresst?«, rief er dem Spielerberater durch den Flur zu. Es würde zu dem Bild passen, das er sich von Ruis Freundin gemacht hatte: diejenige, die sich kümmerte, wenn es hart auf hart ging. Genau so jemanden brauchte Rui wohl auch. Chavez wagte es nicht einmal, Marius in die Augen zu schauen und schloss die Tür. Für den Detektiv war das Antwort genug.

Die Frau, die ihn hineingelassen hatte, stand neben ihm und trat in den Flur, als sie an ihr vorbeigingen. Die beiden Russen schoben ihn hin zu einer Holztreppe, die in den Keller des Hauses zu führen schien. Die Stufen knarzten, als der vordere der beiden sie betrat. Marius hörte den Mann hinter sich mit der Frau auf Russisch sprechen. Im Augenwinkel sah er, dass er sich von ihm abgewandt hatte. Er gab dem Mann vor ihm einen Stoß und warf sich fast gleichzeitig rückwärts gegen den Blonden. Polternd stolperte der erste der Männer die Treppe hinunter. Sein Komplize wurde gegen die Wand geschleudert, die Waffe fiel ihm aus der Hand. Marius kickte sie unter eine Kommode. Dann rannte er den engen Flur entlang zur Haustür. Er rüttelte an der Klinke. Verschlossen. Hinter sich hörte er Flüche, die Frau schrie, der Russe im Keller brüllte vor Schmerzen. Offenbar hatte er sich beim Sturz ernsthaft verletzt. Glück für Marius. Nur half ihm das nicht, wenn die Tür versperrt war. Panisch sah er sich um. Der Blonde suchte offenbar seine Waffe. Die Frau zeigte unter die Kommode und schrie immer noch. Links neben der Tür war ein Fenster. Der Detektiv griff nach einem Hocker, von dem ein Telefon zu Boden fiel. Der Russe lief jetzt los. Er schien Marius mit blanker Körperkraft überwältigen zu wollen. Der Detektiv nahm sich nicht mehr die Zeit, mit dem Hocker das Fenster zu zerschlagen, sondern sprang einfach hindurch, ihn dabei wie eine Art Schild vor sich haltend. Dann rannte er los.

Er hörte erst auf zu rennen, als seine Lungen brannten. Als er sich umschaute, hatte er nicht die leiseste Ahnung, wo er war. Schwer atmend lehnte er sich an eine Hauswand. In der kleinen, abschüssigen Gasse spielten ein paar Kinder Fußball mit einer Blechdose, die polternd über den brüchigen Asphalt schepperte. Eine Hand packte den Detektiv am Arm. Kurz jagte ihm die Berührung einen Schreck in die Glieder, seine Kniekehlen zitterten und beruhigten sich erst, als er sah, dass es nur eine kleine, alte Frau war, die ihn am Ärmel gepackt hatte. In ihrer anderen Hand hielt sie ihm ein in Plastikfolie verpacktes T-Shirt entgegen und sagte irgendetwas auf Portugiesisch, das Marius nicht verstand. Er schüttelte energisch den Kopf, machte sich von der Hand der Alten los und rannte weiter. Doch nun hatte er, einen Kopf größer und unschwer als Europäer zu erkennen, die volle Aufmerksamkeit der Straße erregt. Die Kinder hielten in ihrem Spiel inne und riefen nach ihm. Manche versuchten ihn anzufassen. Ein Mann, dessen Gesicht unter einer schwarzen Schieberkappe fast vollständig verborgen war, probierte ihn in ein kleines Ladenlokal zu ziehen, das Marius für eine Art Café hielt. Marius riss sich los. »Polizia!«, brachte er schließlich hervor. Der Mann ließ von ihm ab, schimpfte auf Portugiesisch und rief den anderen etwas zu. Marius versuchte ihm zu erklären, dass er nicht seinetwegen die Polizei sprechen wolle. Aber es war zu spät. Bevor die Situation eskalieren konnte, floh der Detektiv in eine Seitengasse. Über eine weitere kleine Straße, auf der ein paar kläffende Hunde nach ihm schnappten, gelangte er auf eine Hauptstraße. Vor einem Supermarkt stand eine Frau neben einem gelben Fiat Punto und unterhielt sich mit dem Besitzer des Ladens. Marius ging auf sie zu. Die beiden musterten ihn neugierig. Hinter den beiden sah er den schwarzen Mercedes um die Ecke biegen. Ohne Nachzudenken, sprang der Detektiv in den Punto. Die Frau schrie ihm hinterher, als er sich hinter das Steuer schwang und über die Straße zurück in das Wirrwarr der Gässchen hineinjagte.

Zwar fuhr der Fiat deutlich langsamer als der Mercedes, doch in den engen Straßen, durch die Marius ihn lenkte, war er seinem Verfolger überlegen. Allerdings half das nicht weiter, als ein alter VW Bulli die Straße so blockierte, dass er auch mit seinem Punto nicht mehr vorbeipasste. Der Fahrer, der gerade Zementsäcke auslud, weigerte sich auf Marius' Hupen zu reagieren. Einige Menschen, die auf der Straße standen, beteiligten sich an dem Geschrei des Mannes. Vielleicht war es besser, den Fiat einfach stehen zu lassen und zu Fuß weiter zu fliehen. Nur hätte er dann keine Chance, aus diesem Viertel und dem Labyrinth hinauszugelangen. Also legte er den Rückwärtsgang ein. Der schwarze Mercedes, dem sich ein Porsche Cayenne angeschlossen hatte, jagte heran. Der Detektiv drückte aufs Gas. Kreischend setzte der Punto zurück. Einige Meter hinter ihm ging eine kleine Gasse ab, die er vor dem Mercedes erreichen musste. Sein Fahrer ahnte, was sein Opfer vorhatte und drückte ebenfalls aufs Gas. Kurz vor dem Mercedes erreichte Marius die Gasse. Krachend legte er den ersten Gang ein, hinter ihm fiel ein Schuss. Die hintere Scheibe des Puntos zerbarst in Tausende kleiner Scherben. Bevor ein zweiter Schuss abgefeuert werden konnte, bog

Marius in die Gasse ein und gab Gas. Den wertvollen Vorsprung, den er in dem Labyrinth herausgeholt hatte, hatte er durch dieses Manöver verloren. Die beiden Luxuskarossen jagten nur wenige Meter hinter ihm durch die enge Straße. Marius glaubte, dass er die Häuser rechts und links mit der Hand berühren konnte, so dicht kam er ihnen. Fast sekündlich sah sich Marius gezwungen zu hupen, damit Fußgänger beiseite springen konnten. Sie drängten sich eng an die Hauswand.

Erneut hörte der Detektiv Schüsse hinter sich. Eine Kugel pfiff förmlich an seinem Ohr vorbei. In seinem Ohr sirrte es noch lange leise nach, als die Kugel bereits die Frontscheibe durchschlagen und zertrümmert hatte. Ein Stoß traf den Wagen und ließ Marius Kopf aufs Lenkrad krachen. Er schaute sich um, der Mercedes hing nun unmittelbar hinter ihm. Zum Glück war die Straße zu eng, sodass der Beifahrer die Pistole nur aus dem Fenster halten und schießen konnte, ohne richtig zielen zu können. Ein zweiter Stoß, er meinte das Lachen im Wagen hinter sich hören zu können, als der Punto einen Satz nach vorn machte. Schließlich war die kleine Gasse zu Ende und Marius bog auf eine größere Straße ein. Hier würde er keine Chance mehr haben. Im Seitenspiegel bemerkte er den Kühler des Mercedes, der sich neben den Punto schob. Am Straßenrand parkten Autos. In einiger Entfernung sah er rechts eine Seitenstraße. Ein Wagen war mitten auf der Fahrbahn geparkt. Der Detektiv sah die roten Signallampen auf dem schwarzen Fahrzeug der Policia Civil blinken. Er hielt genau auf sie zu. Die Polizisten blickten zu ihm herüber und begannen zu schreien. Der Aufprall schleuderte ihn endgültig gegen das Lenkrad, er spürte den Schmerz auf der Stirn, hörte Metall aufeinanderkrachen, sah, wie sich die Motorhaube des Punto wie in Zeitlupe auffaltete und den Blick in die Gasse versperrte, wo mehrere Polizisten ihre Schlagstöcke herausrissen und losliefen. Dann sah Marius Sandmann nichts mehr.

3

Verena schloss die Haustür auf, klemmte sich den Schlüsselbund anschließend zwischen die Zähne, um mit der linken Hand und dem Knie die schwere Holztür des Altbaus aufzudrücken, in dem sie seit einem Jahr mit Schaffrath zusammenlebte. In der rechten Hand hielt sie die Tasche mit dem Laptop und einem Stapel Ausdrucke, den sie für eine Recherche brauchte. Ihre Absätze hallten auf den alten Fliesen in dem mit weißem Stuck geschmückten Flur. Sie setzte den Fuß bereits auf die erste Stufe der alten Holztreppe mit dem elegant geschwungenen Geländer, als sich eine schwere Hand vor ihren Mund legte. Jemand packte sie an der Schulter und zerrte sie in Richtung des dunklen Innenhofes. Sie stolperte dem Mann, dessen Kopf in einer Skimütze steckte, hinterher, erschrocken, wie leicht es ihm fiel, sie wegzuzerren.

Draußen wurde sie gegen die Wand gepresst, der raue Ziegelstein scheuerte ihre Haut auf. Mit dem Knie stieß sie gegen den Mülleimer. Niemand würde auf das Scheppern reagieren. Irgendwer hatte Fleisch in den Müll gekippt, dachte sie spontan. So roch es zumindest. Fleisch zog Ratten an, hatte ihre Mutter immer gesagt. Man musste es gut einpacken, bevor man es wegwarf. Die Ratten rochen es sonst kilometerweit. Da musste man sich nicht wundern!

Der Mann knöpfte ihre Jeans auf. Verena versuchte sich wegzudrehen, sie versuchte zu schreien. Weder das eine noch das andere gelang ihr. Der Angreifer drückte seine Hand nur noch fester auf ihren Mund. Sie spürte die einzelnen Fingerglieder, ihre Haut unter ihnen brannte förmlich, als kochte die Hand vor Wut. Tränen stiegen ihr in die Augen, als er seine Hand grob in ihren Slip schob. Mit einem Mal wusste sie, was er vorhatte. Sie fühlte, wie sich jeder einzelne Muskel in ihrem Körper zusammenkrampfte.

»Da stehst du doch drauf«, flüsterte ihr die Stimme ins Ohr und der Atem verdrängte den Geruch nach fauligem Fleisch für einen kurzen Augenblick. Sie wand sich. Irgendwie bekam sie das Bein wenigstens ein bisschen frei, während die Hand brutal nach ihrem Ziel tastete. Sie zog das Knie hoch, traf aber nicht richtig. Doch immerhin gut genug, dass der Vergewaltiger sie losließ und sich die Leiste hielt. »Spinnst du?«, fragte er und schon sah sie ihn wieder auf sich zukommen. Sie hatte keine Chance. Körperlich war sie dem Mann unterlegen. Das Einzige, was ihr zu ihrer Rettung einfiel, war das, was der Journalistin immer einfiel: Enthüllung. Sie griff nach der Skimaske und zog daran. Halb schon hatte Verena sie dem Mann vom Kopf gezogen, als der sich gegen sie stemmte und die Maske mit beiden Händen festhielt. Ein zweites Mal schoss ihr Knie in die Höhe und dieses Mal traf sie richtig. Unter einem Schmerzensschrei torkelte der Vergewaltiger nach hinten, sie aber hielt die schwarze Wollmütze in der Hand. Entsetzt blickte Robert Schuvert sie an. »Du Schlampe«, zischte er.

»Verpiss dich!«, brüllte sie ihm entgegen. »Hau ab!«

Schuvert stolperte aus dem Hof, stieß gegen die Mülltonne, die auf den Boden polterte. Im zweiten Stock des Nachbarhauses wurde ein Fenster aufgerissen.

»Ist bald mal Ruhe da unten?«, schrie jemand herab.

»Halt die Fresse, du blöder Wichser!«, brüllte Verena mit tränenerstickter Stimme zurück, ihre Finger krallten sich in die Mütze.

*

Einen Täter zu haben, der sich selbst stellte, war eine große Arbeitserleichterung für eine Polizeiermittlung. Zwei Täter, die sich selbst des gleichen Verbrechens bezichtigten, hingegen ein Problem. Paula und Wolfgang Scharenberg saßen mitten im Gespräch mit Nikki Bach, die sich des Mordes an Jean van Krijk beschuldigte, als Paulas Handy klingelte. »Jetzt hätten Sie mich früher oder später doch sowieso gefunden. Da war es an der Zeit, mit allem reinen Tisch zu machen«, sagte Bach gerade. Paula winkte ihr kurz, als Zeichen, dass sie einen Moment schweigen sollte. Am Telefon meldete sich ein Mann, der sich als Daniel Huus vorstellte und sein Kommen ankündigte.

»Worum geht es?«, hatte Paula ihn gefragt.

»Sie suchen doch nach dem Mörder dieses Belgiers aus dem November '84, oder?« Paula hatte das bejaht, während sie aufstand und auf den Flur hinausging, damit sie das Gespräch nicht im Beisein ihrer Hauptverdächtigen führen musste.

»Nun ja«, hatte Huus weitergesprochen und es klang, als schäme sich da ein Schüler für einen dummen Streich, den er jetzt gestehen musste. »Ich würde mich gerne stellen«, hatte er nach einer kurzen Pause mit fester Stimme gesagt.

Jetzt saß Paula mit Huus in dem kleinen, fensterlosen Vernehmungszimmer im vierten Stock, während eine Etage tiefer Franka und Scharenberg mit Nikki Bach redeten. Ihre Geschichten unterschieden sich nur in einem Punkt. Jeder von ihnen behauptete, er allein habe den Mord begangen. Zudem erzählte Huus Paula zu ihrer Überraschung, dass ihm Marius Sandmann geraten hatte, sich an sie zu wenden. Eigentlich hätte sie dem Privatdetektiv dankbar sein können, dass er ihr half, ihren Fall aufzuklären. Stattdessen jedoch spürte sie eine leichte Wut, dass Marius ihr in ihre Ermittlung reinpfuschte. Sie konnte einen Mord genauso gut alleine aufklären. Schließlich war sie die Polizistin. Als ihr einfiel, dass sich ihr früherer Chef Hannes Bergkamp genauso über Sandmann geäußert hatte, verstärkte sich ihre Wut noch, richtete sich jetzt zudem auf sie selbst.

»Warten Sie bitte hier«, sagte sie zu Huus, stand auf und nickte dem Beamten vor der Tür kurz zu. Sie nahm die Treppe in die dritte Etage, klopfte an die Tür ihres Büros und bat ihre beiden Mitarbeiter hinaus auf den Flur, während Nikki Bach drinnen wartete.

»Was machen wir jetzt?«, fragte Franka, nachdem sie von Paula über Huus' Aussage informiert worden war.

»Der Staatsanwalt kann sie wegen gemeinschaftlichen Mordes anklagen«, schlug Scharenberg vor, lehnte dabei an der Wand, die Arme vor der Brust verschränkt.

»Totschlag bestenfalls! Und eigentlich können wir von Notwehr ausgehen.«

Scharenberg schüttelte den Kopf. »Sie haben zwei Mal geschossen. Das spricht nicht für Notwehr.«

»Vielleicht ist er trotz des ersten Treffers weiter auf sie

losgegangen?«, fuhr Franka hoch. »Außerdem: Die beiden waren erst vierzehn! «

»Mir sind Vierzehnjährige begegnet, die das cool fänden, einen Menschen zu erschießen«, erwiderte Scharenberg kühl.

»Bei den beiden ist es nicht so. Denen steht nach dreißig Jahren die Unsicherheit und die Angst ins Gesicht geschrieben!«, antwortete Franka

»Ich hab's gesehen«, schaltete sich Paula ein.

»Glauben Sie ihnen?«, fragte Scharenberg mit einer gewissen Schärfe in der Stimme.

»Tust du das nicht?«, reagierte Franka schneller als Paula. Fassungslos.

Scharenberg zuckte mit den Achseln. »Wenn ich glauben wollte, ginge ich in die Kirche.«

Frankas grüne Augen verengten sich.

Paula kannte diesen Blick. Fast hätte sie gelacht. »Es ist nicht unsere Aufgabe, über das Strafmaß zu urteilen. Wir liefern dem Staatsanwalt, was wir haben, und dann soll der entscheiden, wen von beiden er weswegen anklagt. Eine Sache können wir aber noch versuchen«, sagte sie schließlich.

Die Frau war wunderschön. Ihr schwarzes Haar fiel in sanften Bögen um ihr zartes, fast weißes Gesicht und den schlanken Hals, an dessen Haut sich ein kleines silbernes Kreuz schmiegte. Aus grauen Augen blickte sie Marius Sandmann ruhig ins Gesicht. Sie hatte sich über ihn gebeugt, der Detektiv meinte einen leichten Hauch von Orangenduft wahrzunehmen. Draußen hupten Autos. Die Frau setzte sich zurück auf ihren Stuhl.

»Sie sind also wach«, sagte sie auf Deutsch ohne jeden

Akzent. Gleichzeitig drückte sie eine Klingel hinter seinem Kopf. Er lag in einem Bett, weißes Bettzeug bis ans Kinn gezogen, ein Infusionsständer neben ihm. »Können Sie mich hören?«, fragte die Frau, weil Marius nicht reagierte.

»Ja«, sagte er heiser. Die Frau stand auf, ging in den Flur und kam mit einem Plastikbecher zurück, aus dem sie dem Detektiv zu trinken gab. »Danke«, sagte er. Sie lächelte nicht einmal. Marius sank zurück in die Kissen. Er schaute sich um, sah die Flecken an den angegrauten, früher sicher einmal weißen Wänden, die Tische und Ablagen an den Wänden, die ihn an Arztpraxen aus den 80er-Jahren erinnerten. Die Frau folgte seinem Blick.

»Eine deutsche Firma hat dieses Krankenhaus 1984 gebaut, eingerichtet und schlüsselfertig übergeben«, sagte sie, als wisse sie, was Marius dachte. Eine Krankenschwester kam herein, sah Marius an und sagte ein paar Worte auf Portugiesisch. Die schöne Frau antwortete ihr, die Krankenschwester fühlte kurz Marius' Stirn, ihre Hand war warm, sie notierte seinen Zustand auf einem Klemmbrett und verschwand. »Marius tastete nach einem Verband auf seiner Stirn. »Sie sind mit Ihrem Wagen in einen Streifenwagen der Polizei gerast«, stellte die Schönheit nüchtern fest.

Der Detektiv hob einen Arm und betrachtete die Wunden und Blutergüsse darauf, hob das Betttuch an und betastete mehrere Blutergüsse an seiner linken Seite. Sie schmerzten. Er kannte solche Verletzungen und solche Schmerzen. Er drückte fester auf eine der Wunden, spürte, wie sich der Schmerz in Wellen um sie herum ausbreitete und schließlich nachließ. »Den Polizisten hat das wohl nicht gefallen. Sie sind in Rio schnell mit dem Knüppel bei der Hand.«

»Und wer sind Sie?«, fragte der Detektiv.

»Ich bin von der deutschen Botschaft. Elzer ist mein Name. Nachdem die Policia Civil sich abreagiert hatte, hat jemand Ihre Tasche durchwühlt und Ihren Personalausweis und den Reisepass gefunden. Zu Ihrem Glück haben die uns sofort eingeschaltet und Sie nicht erst sechs Wochen in irgendein Gefängnis gesteckt. So kurz vor der Weltmeisterschaft will hier keiner schlechte Presse haben. Das kommt nicht gut an im Ausland, wenn ausländische Staatsbürger von der Polizei verprügelt werden. Nicht einmal, wenn sie vorher in brasilianische Polizeifahrzeuge hineinrasen.«

»Ich bin verfolgt worden.«

»Davon weiß ich nichts. Die Polizisten haben gesagt, sie hätten die Kontrolle über ihren Wagen verloren. Ihre Wunden stammen offiziell übrigens alle von diesem Unfall. Sie hatten einfach Pech.«

»Und jetzt?«

»Nichts!« Die Schöne zuckte mit den Achseln und schlug die Beine übereinander. Als sie Marius' Blick bemerkte, zog sie ihren Rock ein Stück über die Knie herunter. »Sobald Sie aufstehen können, bringe ich Sie zum Flughafen und setze Sie in das erste Flugzeug nach Deutschland.«

»Was ist, wenn ich nicht nach Deutschland zurück will?«

»In dem Fall setzt die brasilianische Polizei Sie in das Flugzeug.« Die schöne Frau stand auf und tätschelte ihm den Arm. »Ich gehe eine rauchen. Laufen Sie nicht weg! Ist besser für Sie.« Der Detektiv sah ihr nach, wie sie den Raum verließ. Noch Minuten, nachdem sie die Tür geschlossen hatte, hallte der Schmerz in seinem Arm nach und der Detektiv saugte ihn förmlich in seinen Körper hinein. Sie hatte einen Bluterguss getroffen.

Das Taxi brachte Marius Sandmann und die gut aussehende Botschaftsmitarbeiterin auf direktem Wege zum Flughafen. Jetzt saßen sie am Gate und warteten, dass die Lufthansa-Stewardess den Check-in startete. Keiner der beiden sprach. Frau Elzer beschäftigte sich mit ihrem Handy. Marius dachte über seinen Aufenthalt in Rio nach. Chavez hatte ihn reingelegt und so langsam fügte sich ein Bild zusammen.

Nervös schaute er sich alle paar Sekunden um, fürchtete er doch, dass der Spielerberater und seine Männer jeden Augenblick auftauchten.

»Fühlen Sie sich verfolgt?«, fragte Elzer und es klang nicht wie Anteilnahme, eher als wolle sie eine Diagnose erstellen. Der Detektiv schwieg. Seine Versuche, seinen schönen Schatten von seiner Geschichte zu überzeugen und vielleicht mehr über die Männer erfahren zu können, die Chavez begleitet hatten, waren allesamt gescheitert. Im Endeffekt musste er froh sein, dass er lebend aus Rio zurückkehren würde. Was erwartete ihn in Köln?

»Check-in for flight LU410 to Frankfurt!«, ertönte es aus den Lautsprechern, ein Steward stand plötzlich vor ihnen und forderte Marius freundlich auf, an Bord zu kommen. Bevor die übrigen Passagiere eincheckten, betrat Marius das Flugzeug, den Steward hinter sich und den unbeteiligten Blick der Elzer in seinem Nacken spürend. Eine blonde Stewardess begrüßte ihn und lächelte ihn an, als sei er der willkommenste Gast, den sie sich je erträumt hatte.

»Eine Zeitung für Sie?«, fragte sie freundlich.

Als Marius die Schlagzeile las, griff er zu.

›Liebesdrama! Spielerberater erhängt sich!‹, stand da in großen Buchstaben. Marius schlug die Zeitung auf und verstand die Welt nicht mehr. Dem Bericht zufolge hatte sich Chavez in seiner Wohnung in Rio erhängt. In einem Abschiedsbrief gestand er, Gabriela dos Santos in einem Waldstück bei Köln ermordet zu haben. Sie habe sich ihm verweigert, anschließend sei er ausgerastet. Marius legte die Zeitung weg und dachte darüber nach, was das überhaupt zu bedeuten hatte. Er hatte die Aufzeichnungen der Videoüberwachung im Parkhaus gesehen. Wie also konnte sich Gabriela ihm anschließend verweigert haben? Das ergab keinen Sinn.

*

Daniel Huus wirkte nervös, als Paula ihn bat, mitzukommen und ihn mit dem Fahrstuhl ins Büro hinunterbrachte. Sie musterte kurz den uniformierten Beamten, der sie begleitete. Es schien, als messe er sie mit dem gleichen abschätzigen Blick, den ihr ihrer Ansicht nach alle Kollegen zuwarfen.

»Warten Sie einen Moment«, beschied sie Huus und damit dem Beamten, bevor sie die Bürotür öffnete und hineinschaute. Nikki Bach saß mit dem Rücken zu ihnen an Scharenbergs Schreibtisch. Die Hauptkommissarin bat Huus herein, der ihr unsicher folgte.

Noch bevor sich Nikki Bach umdrehte und erkennen konnte, wer den Raum betreten hatte, spannten sich ihre Schultern leicht an. Paula beobachtete Huus, der wohl schon wusste, wer dort auf dem Stuhl saß und sich jetzt zu ihm herumdrehte.

»Hallo!«, sagten beide mit belegter Stimme. Eine merkwürdige Stimmung füllte den Raum zwischen ihnen. Peinliche Berührtheit lag darin, und Schuldgefühle. Paula meinte, einen Widerwillen zu spüren, dem anderen zu begegnen. Als ob ein lange gehütetes, gemeinsames Geheimnis die beiden voneinander entfremdet hatte. Und dennoch gab es zwischen ihnen immer noch eine gewisse Anziehungskraft. Die unsicheren Blicke, der Griff ins Haar, die aufrechtere Haltung, die Huus mit einem Mal einnahm … Paula schaute Franka an, die den gleichen Eindruck zu haben schien und offenbar auch den zweiten Gedanken der Hauptkommissarin teilte: ›Das Gleiche empfinde ich, wenn wir uns sehen.‹

Paula bot Huus einen Stuhl neben Nikki an und setzte sich auf die Kante ihres Schreibtischs. Beide schauten sich an und erinnerten an Schulkinder im Direktorenzimmer.

»Ihre Geschichten stimmen weitgehend überein«, begann die Hauptkommissarin, »und was Sie über van Krijk erzählt haben, deckt sich mit dem Bild, das wir uns von ihm gemacht haben. Es wird eine Gerichtsverhandlung geben. Ihre Anwälte werden auf Notwehr plädieren. Wahrscheinlich wird das Gericht ihnen folgen.«

»Und selbst wenn der Richter auf Totschlag entscheidet: Ihr Fall wäre minderschwer und deshalb vermutlich verjährt«, schob Franka hinterher. Beide blickten sie überrascht an, als würde ihnen das wirklich jetzt erst klar.

»Nur machen Sie Ihren Anwälten und dem Gericht die Sache deutlich leichter, wenn Sie im entscheidenden Punkt die Wahrheit sagen. Wer von Ihnen hat van Krijk erschossen?«

»Wir waren gemeinsam bei diesem Fußballspiel«, begann Nikki zu erzählen. Huus legte ihr die Hand auf das Bein, sie schob sie beiseite.

»Es war unsere erste Verabredung«, ergänzte der Mann. Sie schauten sich an, als suchten sie in den Augen des anderen das, was sie damals miteinander verbunden hatte.

»Und unsere einzige!«

»Sie haben sich danach nie mehr gesehen?«, fragte Franka. Beide zögerten mit der Antwort.

»Gesehen ja.«

»Wir sind uns aus dem Weg gegangen.«

»Warum?«, fragte Scharenberg und wirkte aufrichtig interessiert dabei. Paula hätte ihn am liebsten geohrfeigt.

Doch Bach antwortete ihm tatsächlich. »Weil wir vergessen wollten, was in dieser Nacht geschehen ist. Und weil der Anblick des anderen uns jedes Mal daran erinnert hat.«

»Vielleicht erzählen Sie, was weiter geschehen ist. Das hilft manchmal abzuschließen«, schlug Paula vor.

»Manchmal …«, antwortete die Frau, ohne den Zweifel in ihrer Stimme zu verbergen. »Wir waren halt bei diesem Spiel«, sie schaute Huus an und für einen Moment sah Paula den schwärmenden Teenager vor sich, »danach sind wir in den Wald gegangen. Das war für uns beide der kürzeste Heimweg und …«, sie überlegte, wie sie es sagen sollte. »Für Teenager boten sich viele Möglichkeiten in diesem Wald. Sie wissen, was ich meine.« Sie grinste und wirkte sehr traurig dabei. »Plötzlich kamen die Hooligans.«

»Wir haben uns versteckt«, fügte Huus hinzu.

»Und das Beste draus gemacht«, kicherte Nikki. »Als die Luft rein zu sein schien, wollten wir uns auf den Heimweg machen, als plötzlich dieser Riese vor uns stand. Er war betrunken, brüllte irgendetwas und ging auf Daniel los.« Sie trank einen Schluck Wasser. Scharenberg füllte das Glas nach. Vielleicht entwickelte er mit den Jahren doch noch gewisse Umgangsformen? »Danke! Wir konnten uns losreißen und sind weggerannt. So gut das nachts in einem Wald eben geht.«

»Hinter uns hörten wir die Schüsse!«, ergänzte Huus.

»Ich habe mich völlig entsetzt umgedreht. Da stand dieser belgische Hüne breitbeinig da, die Waffe in beiden Händen und schoss in unsere Richtung! Wir sind gerannt wie die Irren. Schließlich glaubten wir uns in Sicherheit.«

»Ich habe mich völlig erschöpft an einen Baum gelehnt. Daniel hockte keuchend vor mir auf dem Boden.«

»Plötzlich stand er vor uns!«

»Es schien fast, als habe er genau hinter dem Baum gestanden, an dem ich lehnte. Auf einmal war er neben mir und drückte mir die Pistole an den Kopf. ›Da seid ihr ja wieder, meine Kleinen‹ hat er gesagt. Er fing an, an mir rumzufummeln.«

»Ich habe mir einen Ast geschnappt und ihm gesagt, er soll aufhören«, ergänzte Huus.

»Du bist weggerannt!«, fuhr Nikki Bach fort und blickte Huus dabei das erste Mal während ihrer Erzählung an.

»Er hat mich mit der Waffe bedroht«, erwiderte Huus kleinlaut.

»Uns beide«, sagte Nikki nur und wandte sich Paula zu. »Irgendwann habe ich jedenfalls angefangen mich zu wehren. Er hat die Waffe fallen lassen und ich weiß nicht mehr wie, ich hatte sie in der Hand. Er ging auf mich los. Da habe ich geschossen.« Sie trank einen Schluck.

Paula versuchte sich vorzustellen, wie eine jüngere Version dieser Hand eine Waffe hielt und schoss. Sie stellte sich vor, wie van Krijk überrascht schaute, das Blut auf seiner Kleidung bemerkte, den Schmerz, wie er taumelte, wie ein zweiter Schuss fiel und er schließlich zu Boden sackte.

»Sie können ihn unmöglich allein vergraben haben«, sagte sie.

»Nein, Daniel hat mir geholfen.«

»Sie sind zurückgekommen?«, fragte Scharenberg. Der Angesprochene nickte.

»Warum sind Sie nicht zur Polizei gegangen?« Paula hätte Franka diese Frage durchaus beantworten können. Nikki Bach kam ihr zuvor.

»Wir hatten Angst.«

»Vor der Polizei?«

»Ich war ein paar Tage vorher beim Ladendiebstahl erwischt worden. Die Polizisten haben mir erklärt: ›Noch so eine Geschichte und du gehst in den Knast! Die warten da nur auf so Jüngelchen wie dich!‹«, warf Huus ein.

Nikki redete weiter. »Mein Vater hätte mich umgebracht, wenn er erfahren hätte, dass ich nicht bei meiner besten Freundin übernachtet habe, sondern mit einem Jungen bei einem Fußballspiel war. Das war nicht wie heute! Bei uns zu Hause am allerwenigsten!«

»Da war es besser, einen Mann einfach zu vergraben und zu hoffen, dass es niemals rauskommt?«, fragte Franka, ihre Fassungslosigkeit kaum verbergend.

»Na ja, besser vielleicht nicht. Nur irgendwann ist es zu spät, verstehen Sie? Dann müssen Sie nicht nur erklären, dass Sie gelogen haben, sondern auch, warum Sie einen Menschen getötet haben und warum Sie das jahrelang verschwiegen haben.«

»Es wusste niemand davon?«

»Niemand außer uns.«

Nikki und Daniel blickten Paula an, als erwarteten sie

von ihr nun das Urteil über ihr Verhalten. »Sie haben einen Menschen getötet und so getan, als wäre das nichts«, sagte die Hauptkommissarin.

»Wie konnten Sie damit nur weiterleben? All die Jahre?«, entfuhr es Franka.

»Gar nicht«, flüsterte Nikki Bach leise. So leise, dass nur Paula sie verstand.

4

Paula Wagner stoppte den Wagen vor dem Haus, in dem Franka Schilling in einer kleinen Zweizimmerwohnung lebte. Sie hatten die Aussagen von Nikki Bach und Daniel Huus aufgenommen, ein Protokoll erstellt und von beiden unterschreiben lassen. Danach hatte Paula sie nach Hause geschickt. Alles andere war zunächst einmal nicht mehr ihre Sache. Sie hatte Franka angeboten, sie nach Hause zu fahren, ohne genau zu wissen, was sie sich davon erhoffte. Jetzt standen sie hier, verlegen, unsicher, wie sie miteinander umgehen sollten. Paula war in Gedanken bei Bach und Huus. Franka starrte aus dem Fenster. Sie machte keinerlei Anstalten auszusteigen.

»Ich überlege, mich versetzen zu lassen«, sagte sie schließlich.

»In eine andere Stadt?«

»Nein, nur in eine andere Abteilung«, antwortete die junge Polizistin. Sie legte die Hand auf Paulas Bein. »So weit möchte ich von dir nicht weg sein.« Paula wusste nicht recht, was sie sagen sollte. »Ich liebe dich. Wirklich! Aber du steckt so voller Wut, voller Hass! Das macht es schwer, es neben dir auszuhalten.«

»Dich hasse ich nicht.«

»Du hasst jeden von uns! Die gesamte, gottverdammte Kölner Polizei!«

»Vielleicht sollte ich mich besser versetzen lassen?«, schlug Paula mit dem Anflug eines missglückten Grinsens vor.

»Vielleicht solltest du das wirklich«, sagte Franka und öffnete die Beifahrertür. »Ich fände es traurig.« Mit diesen Worten stieg sie aus und ließ Paula allein.

*

Das Waldstück war nur schwer zugänglich und die Kolonne aus Polizeifahrzeugen und Kleintransportern der Spurensicherung verfuhr sich zweimal.

Schließlich parkten die Wagen auf einem Forstweg, mehrere Kilometer südwestlich von Euskirchen. Die Mitarbeiter der Spurensicherung sperrten einen Bereich ab und begannen zu graben. Der Boden war locker und das Graben ging gut voran, sodass sie nach einer Viertelstunde bereits die Hand der Toten sehen konnten. Sie ragte aus einem schwarzen Müllsack heraus, den die Männer freilegten. Erst nachdem sie alle Spuren gesichert und fotografiert hatten, zog jemand den Müllsack ein Stück herunter, um die Leiche darin zu begutachten. Anschließend brachten sie sie in die Kölner Rechtsmedizin. Rui Barque brach neben der toten Gabriela dos Santos zusammen und selbst der Leiter der Rechtsmedizin, Doktor Volker

Brandt, bei den Polizisten wegen seiner Eigenheiten und Scharfzüngigkeit gefürchtet, sah sichtlich betroffen aus, als der heulende Ex-Fußballer von zwei Beamten hinausgeführt wurde, die Schultern gesenkt, den Kopf zwischen beiden Händen verborgen.

*

Etwas war anders. Das Schloss der Tür sperrte ein wenig. Marius' Misstrauen war geweckt. Leise schloss er die Tür zu seiner Maisonettewohnung auf, öffnete sie ein paar Zentimeter und lauschte in das Innere der Wohnung hinein. Nichts. Nur ein Knacken. Ein Brummen. Die Heizungstherme hatte sich eingeschaltet. Nichts weiter. Er aktivierte die Kamera des Smartphones ein und hielt es in den Spalt der Tür. Über das Display konnte er in den Flur und die dahinterliegenden Räume schauen. Nichts zu sehen. Alles unverändert. Er steckte es zurück und öffnete die Tür.

Leise betrat er den Flur seiner Wohnung. Bildete er sich alles nur ein? Bestand gar kein Grund zur Vorsicht? Er ging ein paar Schritte, blieb stehen, lauschte. Nichts. Noch ein paar Schritte, die Tür zum unteren Badezimmer, das er kaum nutzte, war angelehnt. Er stieß sie mit einer Hand auf. Ein Widerstand stoppte sie. Leise ging er einen Schritt nach vorn. Er würde sich mit voller Kraft gegen die Tür werfen. Was immer oder wer immer dahinter war, würde durch den Stoß hoffentlich so getroffen werden, dass er für einige Sekunden überrumpelt genug war, damit Marius ihn überwältigen konnte.

Eins.

Zwei.

Drei.

Marius warf sich mit der Schulter gegen die Tür, die knallend zurückwich. Nichts stoppte ihren Schwung. Der Detektiv verlor das Gleichgewicht, stolperte in das Bad hinein. Aus den Augenwinkeln sah er einen dunklen Schatten, ein schwarzer, rechteckiger Gegenstand sauste auf ihn nieder, traf ihn an der Schläfe. Ein zweiter Schlag von rechts ließ ihn benommen gegen die Tür prallen, bevor er zusammensackte. Verschwommen sah er eine Gestalt über ihn hinübersteigen und über den Flur hinauslaufen. In seiner Hand hielt er das schwarze Rechteck.

Als er zu sich kam, musste er sich zunächst einige Minuten auf den Rand der Badewanne setzen. Um die Benommenheit abzuschütteln, drehte er das kalte Wasser auf und hielt den Kopf unter die Brause. Im Anschluss inspizierte er Büro und Wohnung. Vorsichtig, immer noch misstrauisch und befürchtend, dass hinter den Türen und in jeder Ecke jemand lauerte. Dabei wusste er im Grunde, dass der Einbrecher allein gewesen und geflohen war. Während seines Rundgangs stellte er fest, dass der Dieb gefunden hatte, wonach er gesucht hatte. Marius' Laptop war verschwunden. Da ein Fünfzigeuroschein, den er auf der Küchentheke hatte liegen lassen, unberührt geblieben war, musste er davon ausgehen, dass der Einbrecher es genau auf das Laptop abgesehen hatte. Auf die Informationen, die sich darauf befanden. Auf alle Beweise, die er in seinen beiden Fällen, die so viel miteinander zu tun hatten, gesammelt hatte. Auf die Beweise, die er aktuell am dringendsten brauchte: die Bilder aus dem Parkhaus. Hektisch kramte er das Smartphone hervor. Er hatte damit Standbilder der Videoüberwachung fotografiert. Mit klopfendem Herzen durchsuchte er die Bildergalerie. Es bewahrheitete sich, was er befürchtet hatte: Er hatte sie beim Überspielen auf den Rechner gelöscht. Er wählte die Nummer der Parkhausaufsicht und war wenig überrascht zu erfahren, dass die DVDs, auf denen die Aufzeichnungen gesichert worden waren, vor ein paar Tagen vernichtet worden waren. Jetzt hatte er nichts mehr in der Hand.

Nachdem seine Beweise geraubt worden waren, hatte er sich an etwas erinnert, dass er zuvor bereits erfolgreich genutzt hatte: Offshore Leaks, eine Internet-Datenbank der internationalen Journalistenvereinigung ICIJ, die sich mit Geldwäsche quer über den Globus beschäftigte.

Es kostete ihn einige Stunden Recherche in einem Internetcafé, bis er hatte, was er suchte: eine Verbindung zwischen Chavez und einer Holding, die sich zu Iljakow zurückverfolgen ließ. Alles hing miteinander zusammen. Die Fußballschule, aus der Rui stammte, gehörte Chavez' Beratungsfirma und einer Gruppe von Investoren, zu denen Iljakows Holding gehörte. Der Russe wusch nicht nur sein Geld über die Geschäfte mit dem Fußball. Er verdiente noch daran.

Zum zweiten Mal binnen weniger Tage saß Marius jetzt in dem Büro des Bochumer Staatsanwalts Peter Schwarz und zeigte ihm, was er herausgefunden hatte.

»Das ist monströs«, sagte Schwarz. »Er investiert in die Ausbildung der Spieler, verkauft sie an sich selbst zu einem überhöhten Preis, der vermutlich nie fließt.«

»Jedoch sauber in den Büchern auftaucht«, ergänzte Marius.

»Genial!«, rief Schwarz fast schon beeindruckt aus. »Was die ganze Sache für uns noch schlimmer macht: Wir werden nichts davon beweisen können. Zumindest kommen wir nicht ganz nach oben.«

»Iljakow geht straffrei aus? Das kann nicht sein! In seinem Auftrag wurde eine russische Journalistin ermordet. Und vermutlich Chavez.« Wahrscheinlich sogar Gabriela dos Santos, überlegte Marius im Stillen. Er dachte an den Zettel, den er bei seinem ersten Besuch in Ruis Wohnung gefunden hatte. Auf dem drei Nummern notiert waren. Keine Telefonnummern, wie er ursprünglich gedacht hatte, sondern Kontonummern. Konten, die er bei seinen Recherchen über Offshore-Leaks Iljakow und Chavez hatte zuordnen können. Das würde kaum für eine Mordanklage reichen. Schon gar nicht, wenn der Fall abgeschlossen war, weil der Täter sich angeblich erhängt hatte. Schwarz schaute ihn bedauernd an.

»Es tut mir leid, Sandmann. Sie werden nichts davon beweisen können. Wir können und wir werden nachbohren. Aber die Gelder sind weg und jetzt, wo Chavez tot ist, werden die Hintermänner die alten Strukturen auflösen und neue aufbauen. Das geht schnell und ist leicht.«

»Keine Gerechtigkeit also«, stellte der Privatdetektiv fest.

Mit einem mulmigen Gefühl kehrte Marius Sandmann aus Bochum zurück. Es war nicht nur die ernüchternde Erkenntnis, wie wenig er und die Staatsanwaltschaft ausrichten konnten. Es war mehr noch die Angst, dass die eigene Wohnung kein sicherer Ort mehr war. Als er die Bürotür öffnete, wäre Marius Sandmann fast auf einen Umschlag getreten. Er erschrak, als er ihn sah. Ein weiterer Einbruch? Zum Glück sah es so aus, als sei er nur unter der Tür durchgeschoben worden. Vorsichtig fühlte er mit den Fingern nach dem Inhalt. Er konnte ein Stück Papier und ein Foto ertasten. Nichts, was ihm Sorgen bereiten musste, also riss er das braune Papier auf. Drinnen steckte ein Foto, das die ›Ballspieler‹ von Max Ernst zeigte. Das Gemälde stand vor einem alten Schrank. Offensichtlich war es dort abgestellt worden, um fotografiert zu werden. Der Zettel war einfach gefaltet. Marius klappte ihn auf. Er war mit dem Computer beschrieben. Es stand nichts anderes darauf als eine Mobilfunknummer. Marius wählte sie. Nach dem vierten Klingeln meldete sich eine männliche Stimme mit eindeutig osteuropäischem Akzent.

»Herr Sandmann, schön dass Sie anrufen.« Er versuchte, die Stimme zu identifizieren. Es gelang ihm nicht, obwohl er sicher war, sie bereits gehört zu haben.

»Sie haben mir eine Nachricht geschickt.«

»Ja, wir haben gehört, dass Sie mit einer bestimmten Versicherung arbeiten und ein gewisses Bild suchen. Ich vermute, das Bild auf dem Foto sieht ihm sehr ähnlich?« Der Mann lachte leise.

»Das kann ich natürlich mit Sicherheit erst sagen, wenn ich das Original gesehen habe.«

»Das können Sie gerne machen. Reden Sie mit der Versicherung und melden Sie sich.«

»Warum wollen Sie das Bild auf einmal zurückgeben?«

»Es hat seinen Zweck erfüllt. Jetzt kann ich es verbrennen oder zu Geld machen. Was würden Sie tun?«

»Über wie viel Geld reden wir?«

»Fünfhunderttausend Euro.«

»Ich weiß nicht …«

»Reden Sie mit der Versicherung!« Der Mann brach das Gespräch ab.

*

Das Handy riss Verena Talbot aus ihren Gedanken. Sie ertappte sich dabei, dass sie mindestens zehn Minuten auf den Bildschirm ihres Laptops gestarrt hatte. Das Display zeigte ihr Frank Schaffraths Nummer. Sie drückte den Anruf weg und begann den Artikel zu lesen, an dem sie schon seit Stunden saß. Jetzt klingelte das Festnetztelefon. Fluchend stand sie auf und ging in den Flur, wo sie das Telefon von der Station nahm und zurück in ihr Arbeitszimmer ging.

»Was willst du?«, bellte sie ihren Lebensgefährten an. Sie hätte erst gar nicht drangehen sollen.

»Schuvert hat sich erschossen«, sagte Frank. Statt zu antworten, drückte sie das Gespräch weg und setzte sich zurück auf ihren Stuhl. Sie verspürte nicht die leiseste Genugtuung. Sie dachte an den Vater zweier Kinder, an dessen kaputtes Leben und daran, dass, wenn wirklich alles schieflief, nun zwei weitere Leben verkorkst sein würden. Was hätte es aus ihr gemacht, wenn sich ihr Vater erschossen hätte? Was hatte es aus ihr gemacht, dass sie als Teenager vergewaltigt wurde? Sie löschte den Artikel, in dem sie minutiös Schuverts Angriff geschildert hatte, nahm die Skimaske, die neben dem Laptop auf dem Schreibtisch lag, und warf sie in den Mülleimer.

*

Der Privatdetektiv blickte auf das stille Wasser des Adenauer Weihers unweit des Kölner Fußballstadions. Keine

Welle belebte das trübe Wasser. In der linken Hand hielt Marius eine schwarze, unauffällige Reisetasche mit Fünfhunderttausend Euro in verschiedenen Scheinen. Auf die Kennzeichnung der Scheine hatte die Versicherung verzichtet. Für sie war das hier ein simples Geschäft, hatte Marius im Gespräch mit seinem alten Studienfreund und Kontakt bei der Firma, Robert Wolters, rasch gemerkt. Immerhin waren Fünfhunderttausend Euro ein guter Preis für den Max Ernst und es war allemal günstiger, als den tatsächlichen Schaden zu ersetzen. Ein gutes Geschäft für alle Beteiligten also: Die Versicherung zahlte weniger, Juist bekam sein Bild zurück und der Erpresser eine nicht zu unterschätzende Summe Bargeld. Trotzdem hatte er die Pistole eingesteckt, die er Rui abgenommen hatte. Er hatte überlegt, sie der Polizei zu übergeben. Doch da Rui den Beamten offenbar nicht gesagt hatte, was wirklich mit der Waffe geschehen war, hatte er es gelassen. In dem ganzen Durcheinander hatte er sie rausschmuggeln können. Mit ihr in der Jackentasche fühlte er sich sicherer. Zwei Enten landeten mit lautem Geschrei auf dem Weiher. Marius drehte sich um, als er Schritte hörte. Überrascht blickte er Arina in die grünbraunen Augen.

»Was machst du hier?«

Arina Kasakowa kam langsam auf ihn zu, hielt beide Hände in den Taschen ihres schwarzen Trenchcoats verborgen. Sie trug Jeans und ungewohnte Nike-Turnschuhe an den Füßen. »Juist schickt mich. Die Galerie ist schließlich betroffen und wir haben ein Interesse daran, dass alles glattgeht.« Sie umarmte ihn und küsste ihn auf beide Wangen.

»Das glaubst du doch wohl selber nicht«, erwiderte der Detektiv gepresst, als fürchtete er, seine Verabredung stehe bereits hinter einem Baum und lausche.

»Ich will wissen, was mit Jana passiert ist«, erwiderte Arina und blickte Marius fest in die Augen. »Sie hat nach deinem Bild gesucht und jetzt ist sie tot.«

»Das ist nicht *mein* Bild.«

»Aber für dich hat sie danach gesucht!«, beharrte die schöne Russin. Ihm blieb keine Zeit für eine Antwort. Ein Auto fuhr auf dem nahen Teerweg vor, drehte, sodass es mit der Schnauze in Richtung Junkersdorfer Straße stand, und hielt.

»Versteck dich«, raunzte Marius Arina zu. Sie gehorchte und verschwand in den Büschen. Marius ging dem ›Artnapper‹ ein paar Schritte entgegen. Vor allem, um wegzukommen von der Russin, deren Anwesenheit alles komplizierter und gefährlicher machte. Aus dem Auto, einem Mietwagen, wie Marius an der Seitenaufschrift erkannte, stieg ein kräftiger Mann mit kurzen blonden Haaren. Marius erkannte ihn.

»Ich hatte mit Galjenko gerechnet.«

Dessen Mitarbeiter Bruno Weiß lachte. »Das kann ich mir vorstellen. Galjenko ist einfach zu sehr ›Security‹ für gute Geschäfte. Wie du!«

»Also bist du Iljakows Mann?«

»Iljakow? Kenne ich nicht.« Der stämmige Blonde grinste. »Ich bin meine eigene kleine Ich-AG.«

»Ein Auftragsdieb.«

»Ich liefere, was die Leute haben wollen. Mehr nicht.«

»Wieso hast du das Bild zurückbekommen? Wenn du es überhaupt hast.«

»Dein Verdienst«, grinste Weiß. »Deine Suche hat einfach zu viel Unruhe verursacht. Das ist nicht gut fürs Geschäft. Und bevor Iljakow das Bild einfach verbrennt, dachte ich mir, mache ich noch ein wenig Geld damit. Wäre doch auch schade um das gute Stück, oder?« Er wechselte den Tonfall und wurde ernst. »Du hast mir etwas mitgebracht?« Weiß deutete auf Marius' Tasche.

»Quid pro quo«, antwortete der Detektiv.

»Do ut des«, antwortete Bruno. »Zuerst will ich sehen, was du hast.« Der ›Smalltalk‹ war beendet. Brunos Ton wurde geschäftsmäßiger. Marius stellte die Tasche auf den Boden und zog den Reißverschluss auf. Der Deutsch-Russe beugte sich hinüber und schaute hinein. Er nahm eines der Geldbündel hinaus und hielt es Marius hin. »Aufreißen«, sagte er. Der Detektiv gehorchte, riss die Banderole von dem Bündel und gab es zurück. »In Ordnung!« Sein ›Geschäftspartner‹ zog den Reißverschluss zu und packte die Tasche am Griff. Marius hielt ihn fest.

»So nicht! Erst das Bild!«

Ein Grinsen ließ eine Narbe neben der schiefen Nase in Brunos Gesicht unschön hervortreten. Doch er ließ die Tasche los.

Marius' linke Hand umklammerte sie fest, als er dem anderen in den Wald folgte, die rechte suchte das kalte Metall der Pistole. Hinter sich hörte er leises Rascheln. Offenbar folgte Arina ihnen. Der Detektiv hätte sie am liebsten verflucht. Hoffentlich hatte der Russe sie nicht gehört. Um ihre Geräusche zu übertönen, begann er zu reden.

»Der Wald ist nicht unbedingt der beste Aufbewahrungsort für ein altes Gemälde. Ich hoffe, es hat keinen Schaden genommen?«

»Wenn deine Versicherung mit dem Bild nicht einverstanden ist, kann sie mich ja anrufen und reklamieren«, erwiderte der Russe ironisch und blieb schließlich vor einer Kuhle inmitten einer Baumgruppe stehen. Darin lag ein schwarzes Bündel aus dicker Plastikfolie. »Du kannst es dir gerne anschauen, wenn du magst.«

Marius nickte und stieg in die Kuhle hinab. Vorsichtig riss er die Folie auf und wickelte sie ein Stück weit ab, bis er das Bild darin erahnen konnte. Mit dem Handy leuchtete er dessen Oberfläche ab. Dem ersten Augenschein nach hatte es keine ernsten Schäden davongetragen. Er richtete sich auf. Drei Meter hinter Bruno stand Arina. Der Russe drehte sich um. Dann zog er eine Waffe. Marius hielt das Bild noch in der Hand. »Was soll das? Wollt ihr mich reinlegen?« Mit der Waffe winkte der Mann Arina hinüber zu dem Detektiv in die Kuhle. »Beide da rein!«

Doch den Augenblick, in dem Bruno abgelenkt war, hatte Marius genutzt. Er richtete die Glock auf seinen Verhandlungspartner. »Waffe runter!«

Bruno macht einen Schritt nach vorn, griff nach Arina und hielt ihr seine Pistole an die Schläfe. Er legte den Kopf fast auf ihre Schulter. Angewidert versuchte sich Arina kleiner zu machen. Vergeblich. Bruno grinste, als posierte er für ein Foto mit ihr. »Das wollte ich selber gerade sagen! Also: Waffe runter, Detektiv!«

Marius wägte ab. War es möglich, dass Bruno und Arina unter einer Decke steckten? Wenn er damit falsch lag, würde der Russe vermutlich nicht zögern, sie zu erschießen. Er reichte ihm die Pistole.

»Umdrehen! Mit dem Lauf zu dir!« Marius gehorchte. Bruno nahm die Waffe entgegen. Anschließend ließ er Arina los und stieß sie weg. Sie krallte sich an seiner Hand fest und biss zu. Die Glock fiel zu Boden. Arina nahm sie und warf sie Marius zu. Der fing sie und richtete sie auf den Russen, aber konnte nicht schießen, da Arina noch immer mit Bruno rang.

Bruno schleuderte Arina von sich weg, richtete seine Waffe auf sie, fluchte. »Was willst du verdammte Schlampe überhaupt?«

»Ich will wissen, was mit Jana geschehen ist!«, brüllte sie. Marius sah, wie er die Pistole auf Arina richtete, hörte das Klicken der Sicherung, das den Schusskanal freigab, fühlte, wie er den Finger um den Abzug legte, spürte die Armmuskeln, die die Pistole hielten, hörte den Knall, als der Russe auf Arina schoss, das Klingeln in seinen Ohren kurz darauf, sah, wie Arina aufsprang und zu ihm rannte, panisch »Schieß! Schieß!« brüllte.

Danach glaubte er nichts mehr gesehen zu haben. Er hörte nur die sieben Schüsse, bis sein Magazin leer war. Das Nächste, an das er sich erinnerte, war der Russe, der auf dem Boden lag und zuckte.

Er hörte den Russen würgen, sah das Blut und wie in Zeitlupe registrierte er, wie Arina sich zu ihm herunterbeugte und auf Russisch auf ihn einschrie. Dann zuckte Bruno Weiß nicht mehr.

Erschöpft lehnte sich der Detektiv gegen einen Baum. Seine Knie zitterten, trotz der Kälte spürte er den Schweiß, der ihm den Nacken hinunterlief. Am liebsten hätte er die Waffe weit von sich geschleudert, aber ihm fehlte die Kraft dazu. Seine Finger umkrampften sie stattdessen. Er hatte den Mann getötet, der ihm vor Kurzem noch angeboten hatte, in seinem Team mitzuarbeiten. Er blickte hinüber zu dem leblosen, blutüberströmten Körper. Wie konnte es jemandem leicht fallen, einen Menschen zu erschießen?

»Wir müssen die Polizei rufen«, sagte er schließlich und blickte Arina Hilfe suchend an.

»Spinnst du?«

»Aber …« Er hielt die Waffe hoch, mit er Bruno Weiß sieben Kugeln in den Körper gejagt hatte.

Arina berührte ihn sanft am Arm. »Beruhig dich, Marius«, flüsterte sie. Sie nahm ihn in den Arm und hielt ihn fest.

»Wir müssen ihn verschwinden lassen. Das ist das Beste. Am besten gleich hier.«

»Du willst ihn hier verscharren?« Er löste sich aus ihrer Umklammerung.

»Was glaubst du, was passiert, wenn du die Polizei rufst? Mit einer illegalen Waffe in der Hand? Als Mörder? Du hast ihn erschossen, Marius. Sieben Kugeln! Da wirst du kaum auf Notwehr plädieren können.«

»Das ist meine Sache! Verschwinde einfach. Ich regle das hier.«

»So einfach ist das nicht.« Sie schaute hinüber zu dem Toten. »Jetzt ist Weiß einfach nur ein russischer Dieb, der sich abgesetzt hat. Gehst du zur Polizei, bist du der Mann, der den russischen Dieb erschossen hat.«

»Aber er hat auf eigene Rechnung gehandelt! Niemand wusste davon!« Ein wenig Verzweiflung schlich sich in Marius' Stimme. Er stieß sich von dem Baum ab, an dem er gelehnt hatte.

»Darum geht es nicht. Im Grunde ist Weiß denen egal. Ist er weg, dann ist er eben weg. Aber sie können es nicht zulassen, dass er erschossen wurde, ohne dafür Rechenschaft einzufordern. Und sie werden nicht nur dich jagen. Irgendwer wird herausfinden, dass ich ebenfalls dabei war. Möchtest du auch für mein Leben die Verantwortung übernehmen, Marius?«

Sie vergruben Bruno Weiß' Leiche in einem abgelegenen Waldstück. Anschließend stellten sie seinen Leihwagen in der Nähe der Station ab, an der er ihn gemietet hatte. Marius konnte Arina davon abhalten, den Schlüssel in den Nachttresor zu werfen und damit ein wunderbares Bild für die übliche Videoüberwachung zu liefern. Keine Zeugen, kein Verdacht. Arina reichte ihm die Hand, als sie sich verabschiedeten. Die Tasche mit dem Geld hielt sie in der anderen Hand. Marius selbst trug den Ernst unter dem Arm.

»Was wirst du jetzt tun?«, fragte er.

»Das willst du nicht wissen«, sagte sie, machte einen Schritt nach vorn und küsste ihn kurz auf beide Wangen.

Er sah ihr lange nach.

5

Rui Barque stand an einem offenen Grab. Auf die Handschellen hatten die beiden Beamten, die ihn begleiteten, verzichtet. Sie warteten einen halben Meter hinter ihm, die Hände vor dem Gürtel gefaltet. Nur wenige Menschen waren zu Gabriela dos Santos' Beerdigung erschienen. Ihrer Familie aus Brasilien fehlte das Geld, um die Reise zu bezahlen, die Zahl ihrer beider Freunde hatte sich mit Ruis Festnahme deutlich verringert. Die wenigen Trauernden hinter ihm nahm er kaum wahr.

Ein Mensch und der Fußball waren ihm Zeit seines Lebens wichtig gewesen. Sowohl Gabriela als auch seine Leidenschaft hatte er verloren. Am liebsten wäre er mit in dieses Grab hineingestiegen, hätte sich auf den Sarg gelegt, an Rielas Wärme gedacht, sich an ihren Körper erinnert, wie er eng an ihn geschmiegt neben ihm lag. So hätten die vier Männer mit den grauen Mänteln, die den Sarg getragen hatten und nun neben dem Grab standen, ihn gleich mit ihr beerdigen können. Denn tot war er ja sowieso, zumindest innerlich.

Einer der Polizisten legte ihm sanft die Hand auf die Schulter. Rui fuhr sich durch das Gesicht, versuchte sich die Tränen wegzuwischen. Es gelang ihm nicht.

»Kommen Sie!«, sagte der Polizist leise und hielt die Hand auf Ruis Schulter, als wäre er ein Freund. Rui folgte ihm schließlich, schaute mit gesenktem Kopf halb herüber zu den Trauergästen, die ihn anstarrten, um sogleich verlegen den Blick zu senken. Auch Hannes Bergkamp, der Polizist, der ihn so lange verhört hatte, senkte den Blick. Rui erinnerte sich nicht an viel aus diesen Gesprächen. Nur an seine Erleichterung, als Bergkamp ihm sagte, dass der Mann, auf den er geschossen hatte, überleben würde. Riela hatte diese Chance nie gehabt.

*

Noch am gleichen Morgen hatte Marius das Bild auf direktem Wege zum Hauptsitz der Versicherung gebracht und dort Wolters übergeben. Ebenfalls am gleichen Tag hatte der Marius' Honorar überwiesen. Der Detektiv hatte noch nie so viel Geld besessen. Dennoch machte er sich Sorgen. Was, wenn Weiß doch nicht auf eigene Faust gehandelt hatte? Immer noch hing die Angst nach, die der Einbruch ausgelöst hatte. Arinas Worte hatten ihn kaum beruhigen können. Zu viel war passiert. Zu oft war der Detektiv bedroht worden. Es war an der Zeit, ein paar Vorkehrungen zu treffen. Also hatte er das Geld der Versicherung genommen und eine Festung gebaut. Vor die Fenster im Erdgeschoss hatte er Gitter einbauen lassen. Die Kugelhanteln erschienen ihm nicht mehr Schutz genug zu sein. Beide Wohnungstüren, im Erdgeschoss wie im ersten Stock, hatte er durch schwere Holztüren mit Metallzargen ersetzt, die durch doppelte Schlösser und Riegel gesichert waren. In jedem Raum überwachte eine Minikamera, unauffällig platziert, jede Bewegung. Ebenso hatte er den Flur, das Treppenhaus und den Innenhof mit kleinen, unauffälligen Kameras bestückt. In der Nacht hatte er zwei Kameras hinter Regenrohren an der Straßenfront des Hauses angebracht, die sowohl die Tür wie die Straße zwanzig Meter in beide Richtungen überwachten. Über das Internet konnte er alle Kameras kontrollieren.

Die Glock trug er in den nächsten Wochen stets bei sich. Munition hatte er über das Internet bestellt. Nach ein paar Tagen wich die akute Angst langsam. Dennoch gewöhnte er sich rasch daran, die Wohnung und ihre Umgebung überwacht zu halten. Es war sicherer so. Nur gegen die nächtlichen Träume, in denen ein blutverschmierter Bruno Weiß langsam auf ihn zukam, halfen weder die Waffe noch die Kameras.

EPILOG

Alexander Iljakow lag auf dem Bett eines Hotelzimmers in Baden-Baden. Die Hände hatte er entspannt über dem Kopf verschränkt, im Fernsehen lief ein Sportsender und zeigte ein Fußballspiel. Irgendein Freundschaftsspiel zweier WM-Teilnehmer. Er hatte nicht darauf geachtet, wer spielte, und die dreibuchstabigen Kürzel, die links oben in der Ecke die Mannschaften bezeichneten, hatte er sich noch nie merken können. Draußen schien die Sonne, doch er hatte keine Lust, vor die Tür zu gehen. Seine Frau und seine Tochter waren unterwegs, shoppen und danach vermutlich irgendein Museum. Beides bedeutete ihm nichts. Er döste ein wenig vor sich, mit halb geschlossenen Lidern gab er sich der Langeweile des Spiels hin und lauschte dem deutschen Kommentar, von dem er kein Wort verstand. Seitdem dieser Bochumer Staatsanwalt angefangen hatte, in seinen Geschäften herumzustöbern, war es kurzzeitig unruhiger geworden. Nicht lange. Sie hatten ein paar Firmen gelöscht, ein paar neue gegründet, damit der Staatsanwalt beschäftigt war, und ihre Geschäfte über Firmen abgewickelt, die sie vor seinem Blick verbargen. Alles lief gut.

Als es klopfte, sah er auf die Uhr. Er erwartete niemanden. Zwar hätte er sich ein Mädchen aufs Zimmer bestellen können, während seine Frau unterwegs war, aber er hatte keine Lust verspürt und heute darauf verzichtet. Es klopfte erneut. Verärgert stellte er den Ton ab und schwang sich vom Bett. In Shorts, Unterhemd und auf nackten Füßen schlurfte er zur Tür.

Hatte er doch ein Mädchen bestellt? Er schaute in die grünen Augen mit den braunen Sprenkeln unter den blonden Haaren, die ein wenig unecht wirkten. Erst dann sah er die Waffe, die die Frau auf ihn richtete. Der Schalldämpfer passte nicht, zu neu, dachte er spontan.

»Für Jana«, sagte die Frau nur und er verstand nicht. Er spürte einen Schlag in der Herzgegend, ein Reißen und sackte zu Boden. Den zweiten Schuss, an der Schläfe angesetzt, spürte er nicht mehr.

Den Kriminalbeamten der Baden-Badener Polizei war der Fall so rätselhaft wie unangenehm. Ausländische Mordopfer bedeuteten immer Unannehmlichkeiten. Die Russen kamen zahlreich und ließen viel Geld in der Stadt. Ein Mord konnte die Dinge nur unnötig komplizierter machen. Für die Russen, für die Polizisten, für die Tourismusbranche, von der die Stadt lebte.

Doch von einer Aufklärung waren sie weit entfernt. Niemand hatte irgendetwas gesehen. Vage meinte ein altes Ehepaar aus Cuxhaven sich an eine junge Frau mit blonden Haaren zu erinnern, doch bei der Augenfarbe gerieten sie in Streit. Grün, behauptete sie. Braun, schwor er. So kamen sie nicht weiter! Schließlich waren irgendwann alle Beteiligten froh, als der Fall aus der deutschen und vor allen Dingen russischen Presse so langsam verschwand und sich im Reich der Verschwörungstheoretiker ansiedelte, wo Leute behaupteten, Iljakow sei nicht nur einflussreicher Geschäftsmann und rühriger Präsident eines Fußballvereins in seiner Heimatstadt Wolgograd gewesen, sondern vor allem Boss eines Syndikats, das mit allem handelte, was sich gut zu Geld machen ließ: Waffen, Drogen, Frauen. Man konnte nur den Kopf über solche Geschichten schütteln. Was bitte sollten solche Sachen mit Fußball zu tun haben? Und mit diesem wunderbaren, spannenden, die ganze Welt in Atem haltenden Sportfest, der Fußballweltmeisterschaft, die in wenigen Wochen in Brasilien, dem Land der Spielfreude, des Karneval und des Samba, beginnen sollte?

ENDE

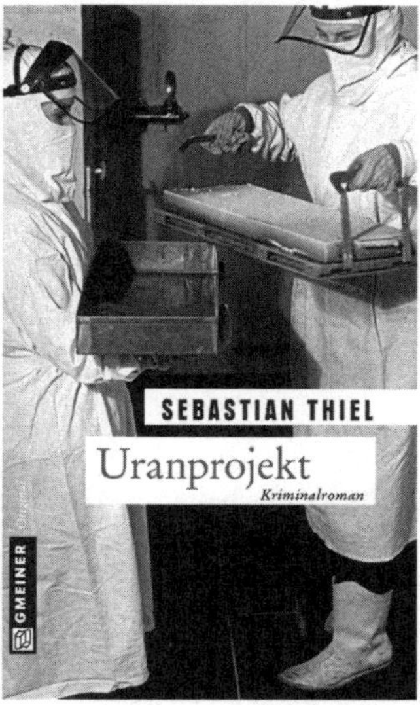

Sebastian Thiel
Uranprojekt
978-3-8392-1549-4

»Atmosphärisch, düster, beängstigend«

Sommer 1944. Nikolas Brandenburg ist aus Paris nach Düsseldorf zurückgekehrt. Der ehemalige Kommissar muss in seinem Elternhaus untertauchen, da er sich dem französischen Widerstand angeschlossen hat. Als eines Nachts ein Schwerverwundeter vor seiner Tür liegt, führt ihn dieser nicht nur mit alten Weggefährten zusammen, sondern auch in den Dunstkreis des streng geheimen »Uranprojekts«. Eine Operation, die Hitler doch noch zum Sieg verhelfen soll. Nikolas unternimmt alles, um dies zu verhindern.